Voordat het laat wordt

KADER
ABDOLAH

Voordat het laat wordt

2023 Prometheus Amsterdam

Omslagontwerp Suzan Beijer
Omslagbeeld Dirk Wüstenhagen
Foto auteur Marco Bakker
Zetwerk Mat-Zet bv, Huizen
www.uitgeverijprometheus.nl
ISBN 978 90 446 5403 5

Proloog
In het hoofd van elke mens graast een koe.

En zo sprak Zarathustra:

In den beginne was Ahura Mazda.

Hij leefde in een onbegrensde ruimte van licht.

En Hij bezat alle kennis.

Om Zijn wereld te scheppen, veranderde Hij het onstoffelijke tot het stoffelijke.

Hij maakte vuur van licht, wind van vuur, water van wind en de aarde van water.

En zo zit in de kern van alles water en vuur.

En met behulp van blijdschap maakte Hij de hemel, groot en onbeperkt in een ovale gestalte.

Want Hij achtte blijdschap een noodzakelijk bestanddeel voor de mens die Hij wilde maken.

De mens als Zijn ultieme doel.

En toen bedacht Hij de koe.

De koe in Zijn verbeelding was groot, haar kleur was wit en ze straalde als de maan.

Ahura Mazda schiep gras voor de koe.

Het gras was hoog, zonder vertakkingen, zonder beschermende laag,
zonder stekels maar knapperig, zoet en groen.
Alles was nu klaar.
En Ahura Mazda begon met Zijn doel van de schepping: de mens.

1

Genoeg is genoeg.

Ik ging terug.

Dertig jaar lang van thuis, van huis weg zijn, was genoeg geweest.

Ik moest terug.

Anders werd het laat.

Ik liet dus alles achter en ging weg.

Maar ik wist niet wat ik in plaats van dat alles zou krijgen.

Weggaan, je taal, je ouderlijk huis en alles achterlaten is een geschenk van de mens aan zichzelf, en voor een kunstenaar zelfs een noodzakelijke stap. Maar die stap kan slechts tot een bepaald moment zijn vruchten afwerpen. Na dat moment gaat de kracht ervan verloren en keert het proces zich tegen zichzelf. Ik was op dat punt beland, en ik wilde terug naar huis, naar de plek waar ik vandaan kwam. Daar was ik al eerder achter gekomen, maar door het bewind van de geestelijken in mijn vaderland kon ik niet terugkeren. En zo te zien gaat dat regime niet voorbij tijdens mijn resterende levenstijd.

Daarom besloot ik om niet te zitten wachten, ik liet alles achter en ik ging.

Nu ben ik op de plek waar ik zou moeten zijn, waar ik thuishoor.

Zo is het gegaan. En ik zit nu achter het antieke houten bureau van mijn grootvader, van mijn overgrootvader, van mijn betovergrootvader, en ik schrijf om alles uit te leggen. Alles wat gebeurd is, en alles wat nog gaat gebeuren.

2

Mijn boeken zijn in vele talen vertaald, maar met een paar van die vertalingen voelde ik me blijer en meer betrokken. Dat zijn de vertalingen die eigenlijk illegaal zijn uitgegeven, waar ik niks voor betaald kreeg. Daar horen ook de Koerdische vertalingen bij, die in het Koerdistan van Irak werden uitgegeven. Ik was daar populair, omdat de Koerdische lezers zich thuis voelden in mijn boeken. Ik ben er een paar keer uitgenodigd om de presentaties van de vertalingen bij te wonen, maar ik durfde niet te gaan, want de bebaarde mannen van het regime van de geestelijken zijn ook daar erg aanwezig en actief. Ze zouden me meteen ontvoeren, in de gevangenis zetten en iets van me maken waardoor ik mezelf niet meer zou kunnen zijn.

De man die mijn Koerdische vertaling maakte is een mooi mens, ik heb hem een paar keer ontmoet. Tijdens onze eerste ontmoeting kwam hij langs bij mij thuis. Hij had een exemplaar van de vertaling meegenomen, en een doos gedroogde vijgen uit Koerdistan. Hij had een klassiek pak aan, het soort pak dat je tijdens een belangrijke gelegenheid draagt.

'Uw lezers willen graag dat u een keer naar Erbil komt,' zei hij.

'Wie weet,' zei ik.

Een paar jaar later kwam hij nog een keer langs. Dit keer had hij drie vertaalde boeken meegenomen.

Nadat we een glaasje thee hadden gedronken en over de situatie in Koerdistan hadden gepraat, nam ik hem in vertrouwen en zei ik: 'Ik wil terug naar huis. Dertig jaar ballingschap is genoeg geweest, ik kan niet langer wachten tot ze me het land in laten. En ondertussen zit mijn moeder in mijn ouderlijk huis op mijn terugkomst te wachten.'

Hij luisterde aandachtig, maar ik aarzelde toch om mijn overpeinzingen verder met hem te delen.

Ik liet een stilte vallen, stond op en bood hem nog een glaasje thee aan.

Toen ik hem het glaasje overhandigde, zei ik: 'Laat ik het zo zeggen: ik overweeg om illegaal het vaderland binnen te gaan. Onbegonnen werk, maar toch wil ik het doen. Anders wordt het laat.'

Met grote ogen keek de vertaler me aan. Ik zei wat ik hem eigenlijk wilde zeggen: 'Kan je iets voor me doen?'

'Graag, maar wat zou ik voor u kunnen betekenen?'

'Wil je van je connecties gebruikmaken en informeren of het mogelijk is dat iemand me via het Koerdistan van Irak naar het Koerdistan van Iran terugsmokkelt?'

'Terugsmokkelt?' zei hij verbaasd en hij zette zijn glas neer.

'Ja, terug. Ik heb mijn beslissing genomen, ik wil de rest van mijn leven thuis doorbrengen.'

Hij maakte het bovenste knoopje van zijn nieuwe overhemd los. Hij leek eigenlijk zijn colbert te willen uitdoen, maar hij was een ware Koerd: dat zou hij in de aanwezigheid van een schrijver nooit doen.

Met zijn traditionele zakdoek veegde hij het zweet van zijn voorhoofd.

'Even nadenken,' zei hij. 'Ik ga kijken wat ik kan doen.'

Een paar maanden later kreeg ik een mail van hem, en we ontmoetten elkaar weer.

'Ik heb een paar contacten gelegd,' zei de vertaler. 'Er zijn mogelijkheden. Maar ik hoef u niet te vertellen dat het een erg riskante onderneming is.'

Vroeger, in mijn studententijd, had ik een mooie lange baard, het was in de hippietijd. Uit die tijd was alleen mijn lange snor overgebleven, en die leek erg op een Koerdische snor. Toen het zover was, pakte ik een rugzak en vloog ik naar Turkije om vanuit daar naar Erbil te gaan.

3

Ik kon het niet geloven, opeens was ik in Erbil.

Ik hou van die stad, ik hou van nieuwe ervaringen. Ik hou van opnieuw beginnen.

Het is belangrijk om soms opeens met iets totaal anders bezig te zijn, om iets toe te voegen aan wie je bent.

Erbil is een stad die zelf ook een grote verandering heeft ondergaan: van een provinciestad is het een hoofdstad geworden, de hoofdstad van Irakees Koerdistan.

Het was opeens een stad van hoop geworden voor miljoenen Koerden in Iran, in Turkije, in Syrië en in Armenië.

De stad heeft iets van een droom, een soort verlangen dat gerealiseerd wordt.

De Koerden hebben altijd gedroomd van een eigen staat, van een Groot-Koerdistan. Iets wat onmogelijk leek, maar met Erbil mogelijk bleek te worden. Het was weliswaar nog geen Koerdistan als een zelfstandig land, maar wel een autonoom Koerdistan dat bij Irak hoorde.

En opeens was ik daar.

Eén gedachte bood me houvast: ik ga, en we zullen wel zien wat er gebeurt.

Vanaf het kleine vliegveld van Erbil ging ik met een bus naar het centrum van de stad, waar mijn vertaler me bij het busstation opwachtte.

Het was donker toen ik uit de bus stapte. De vertaler had traditionele Koerdische kleding aan, waardoor ik hem niet meteen herkende.

Hij verwelkomde me en we liepen naar een klein eetcafé in de bazaar, dat iets van de eethuizen van de vertellingen van Duizend-en-een-nacht had.

We namen plaats aan een kleine tafel in een hoek, die je van buiten niet kon zien.

'Ik blijf niet lang,' zei de vertaler en hij bestelde twee glaasjes thee.

We dronken onze thee en praatten kort over de ontwikkelingen in de stad. Ik zag dat hij ontspannen in zijn stoel zat. Nadat hij het laatste slokje van zijn thee had gedronken, reikte hij me onder de tafel een paspoort aan. Voor dit illegale paspoort had ik hem eerder contant betaald.

Ik legde het op mijn schoot en bladerde er voorzichtig doorheen. Ik had een nieuwe naam: Refiq Foad.

Ik bedankte hem en gaf hem onder de tafel mijn echte paspoort, ter bewaring.

'Er komt straks iemand anders om u mee te nemen,' zei hij. 'Bestel iets te eten en blijf zitten tot die man er is.'

Hij stond op en ging er meteen vandoor. Ik bleef alleen achter met mijn nieuwe paspoort.

Ik dacht even na over wat ik zou moeten doen als er niemand kwam. Het antwoord wist ik wel; ik zou in Erbil blijven met mijn valse paspoort, en ik zou als Refiq Foad met een nieuw leven beginnen.

Maar zover was het nog niet, en ik had honger.

Een lekkere etensgeur hing in het café; ik keek wat anderen aten, het was een soort soep met brood. Ik bestelde hetzelfde.

De soep was heerlijk, en het brood was oorspronkelijk, maar nog honderd keer heerlijker was het avontuur van de terugreis waaraan ik begonnen was. Ik had dertig jaar lang geschreven in een taal die me dierbaar was maar niet de mijne was, en mijn werk had zijn vruchten afgeworpen. Daarom was dit het moment om ermee te stoppen en met iets nieuws te beginnen.

Het liefst wilde ik in mijn eigen taal gaan schrijven, in de oude Perzische taal van mijn voorvaderen. Ik was ooit met die taal begonnen als jonge schrijver, toentertijd waren er zelfs twee boeken van mij gepubliceerd. Nu was het mijn droom om de resterende tijd van mijn leven hoog in de bergen door te brengen, bij mijn ouderlijk huis en in mijn eigen taal.

Ik at mijn soep op, bestelde nog een glaasje thee en wachtte op de man. De vertaler had me gezegd dat de vreemdeling me bij binnenkomst met deze woorden zou begroeten: 'Salam eleikom, Refiq Foad. Wat een toeval. Wat doet u hier?'

Ik wachtte.

4

Wachtend op die man in dat eetcafé kwamen er herinneringen in me op. Herinneringen uit de tijd van Saddam Hoessein, toen hij president van Irak was. Niet te geloven dat ik hem van begin tot eind heb meegemaakt. De Irakese Koerden wilden hun onafhankelijkheid, en Saddam bombardeerde ze met chemische wapens. Vrouwen, kinderen en eigenlijk iedereen stierf in de straten. Een pijnlijke scène uit die tijd heb ik nog duidelijk op mijn netvlies staan: een vader in Koerdische kleding die zijn zoon wilde redden, en allebei lagen ze dood op de stoep.

Autonomie voor de Koerden bleek onbegonnen werk, maar een droom werd gerealiseerd: Saddam werd opgehangen voor de misdaden die hij jegens de menselijkheid begaan had.

In het Koerdistan van mijn vaderland werden dezelfde misdaden gepleegd door de geestelijken.

Ik hoorde dat er een motor voor de deur stopte, en een Koerdische man van een jaar of vijftig met een hoofddeksel kwam het café binnenlopen.

Hij was ongeschoren en zag eruit als een bergbewoner met een hard gezicht en grove handen. Hij had kleine, scherpe bruine ogen die als juwelen diep vanuit zijn oogkassen alles in de gaten hielden. Ik beschrijf de smokkelaar hier weliswaar in vertrouwen op papier, maar eigenlijk moet je niets van je smokkelaar onthouden en ook niks aan hem vragen. Hoe minder je weet, des te beter, want als je gearresteerd wordt, zijn de eerste vragen: 'Wie was de smokkelaar, hoe heette hij, hoe zag hij eruit?'

Daarom moet je eigenlijk je mond houden en je ogen sluiten wanneer je je smokkelaar ontmoet.

Hij had een zwarte tas bij zich en het stof van de weg lag nog op zijn schouders. Hij liet zijn blik door het café gaan, zag me, liep naar me toe en riep: 'Salam eleikom, Refiq Foad. Wat een toeval. Wat doet u hier?'

Ik kwam half overeind, maar hij legde een hand op mijn schouder om me op mijn stoel te laten zitten en nam tegenover me plaats.

Hij bracht zijn hoofd naar voren en in ouderwets gebroken Perzisch, zoals de Koerdische grensbewoners Perzisch spreken, zei hij: 'Ik heb Koerdische kleren voor u. U kunt zich in de berging omkleden. Als u klaar bent, gaan we weg.' Hij schoof met zijn voet de zwarte tas naar me toe.

Ik pakte de tas en ging de halfdonkere berging in. Ik kleedde me om, stopte mijn eigen kleren in de tas en kwam als een Koerd weer naar buiten.

'Gooi die tas daar maar neer, die haal ik later op,' zei hij met een gebaar naar de berging.

Ik gooide hem niet, maar legde hem onder de spullen die er al lagen.

'We gaan,' zei hij.

Ik wilde de ober om de rekening vragen, maar de man zei: 'Hoeft niet, het is al betaald.'

Ik volgde hem naar de deur.

'Achterop!' zei hij.

Onhandig nam ik achter hem plaats op de motor en hij reed weg door de donkere, onverlichte straten buiten het centrum.

Ik zat achter op de motor van een man wiens naam ik niet eens wist, maar het deed me goed. Eindelijk had ik mijn schrijftafel verlaten en ik was van een pad gestapt waarop ik dertig jaar lang gewandeld had.

De man reed in het donker in de richting van de bergen en ik liet alles van mijn schouders vallen: mijn huis, mijn auto, mijn vrouw, mijn kinderen die nu volwassen waren, mijn buren, mijn boeken, mijn computer, de afwasmachine die niet meer goed werkte, de tafel, de stoelen, mijn sleutelbos, mijn fiets, de wind, de wolken, de regen, de dijken en de gele treinen.

Opeens ervoer ik een ongekende vrijheid, een soort vrijheid die ik tot dat moment niet gekend had.

Toen ik het vaderland ontvluchtte, begreep ik voor het eerst de betekenis van vrijheid. Maar deze nieuwe belevenis was totaal anders dan mijn eerste ervaring. Vrijheid had blijkbaar verschillende rangen en kwaliteiten.

Door deze nieuwe vrijheid werd mijn hart opeens gevuld met een grote blijdschap, die ik nog niet eerder in mijn leven had meegemaakt.

Toen ik uit mijn gedachten ontwaakte, nog altijd achter op de motor, zag ik opeens de Melkweg die met zijn ontelbare sterren boven mijn hoofd hing; dezelfde Melkweg die ik uit mijn kindertijd in ons huis in de bergen kende.

Onder die wonderbaarlijke hemel vol sterren besefte ik nog iets anders. Ik besefte dat ik voor niets en niemand bang was, want ik had een leeftijd bereikt waarop ik niets meer te verliezen had. En wat me ook zou overkomen, het zou een nieuwe welkome ervaring zijn, zelfs als ik in de gevangenis belandde.

Dat ik niet bang was had ook nog andere redenen.

Normaliter probeerde iedereen zich het land uit te laten smokkelen, weg te vluchten voor het middeleeuwse regime van de geestelijken. Maar het gebeurde haast nooit dat iemand zich het land bínnen liet smokkelen.

Er was dus een enorme grenscontrole naar Irak toe, maar geen strenge controle voor de mensen die in de tegenovergestelde richting gingen, want het waren meestal de Irakees-Koerdische grensbewoners die per motor of bestelwagen op en neer reden.

Ik was dan wel in de veronderstelling dat ik niet bang was, toch presenteerde de angst zich door een laag zweet op mijn voorhoofd en het harder kloppen van mijn hart. Maar ik hield mezelf in de hand, want ik was aan een ongewone reis begonnen die ik hoe dan ook wilde afmaken.

Ik kende die regio heel goed, vroeger had ik daar een tijd doorgebracht. Het was in de periode dat er een heftige oorlog tussen de geestelijken en de Koerden van Iran gaande was.

Ik was jong, een opkomende schrijver, en lid van een ondergrondse gewapende guerrillabeweging tegen de geestelijken.

De Koerden van Iran droomden over autonomie en de guerrillabeweging steunde ze in hun strijd.

Met een geweer over mijn schouder en een blokschrift en een pen in mijn binnenzak, reed ik op een motor langs het grensgebied en ik deed verslag voor onze ondergrondse krant.

Ik reed door de bergen, langs de dorpen en praatte met mensen, ik interviewde de Koerdische verzetsleiders en deed verslag uit het front.

Ik had het niet door, maar ik was tegelijkertijd met mijn eerste boek bezig. Het was een boek over de Koerden dat later clandestien met duizenden exemplaren tegelijk werd gepubliceerd.

Het was dus in die regio dat ik schrijver werd.

Nu reed ik weer op een motor, deze keer achterop bij een Irakese Koerd, in de richting van dezelfde regio.

Na een aantal uur gereden te hebben, stopte hij bij een eenvoudig boerenhuis hoog op een berg. 'Welkom!' zei hij en hij stapte af.

Ik schudde het stof van de weg van mijn kleren en volgde hem de woning in.

5

De woning was eigenlijk een herdersverblijf in de bergen, een stenen hut met een stenen muur eromheen om de schapen binnen te houden. Er lagen tientallen schapen te slapen op de grond terwijl de herdershond over ze waakte. De hond kende de man en de motor, daarom blafte hij niet. Kwispelend liep hij naar me toe, hij snuffelde aan mijn hand en keerde daarna terug naar zijn plek.

De man praatte niet, de hele weg had hij geen woord met me gewisseld. Nu vroeg hij, zonder naar mij te kijken: 'Kan je motorrijden?'

'Ja, jawel,' zei ik.

Hij gooide een herdersjas van schapenvacht naar me, wees naar een donkere kamer en zei: 'Ga daar liggen.'

Ik weet niet wat hij van plan was, maar ik omarmde alles wat me zou overkomen. Ik was moe, ging liggen en trok de jas, die scherp naar oude schapen rook, over mijn hoofd en ik viel direct in slaap.

In de laatste jaren werden de herders in de grensgebieden goed in de gaten gehouden door de gewapende grensbewakers, want de schapen graasden zowel op Irakees als Iraans grondgebied. De mensensmokkelaars hadden de herders en de schapen daarom als een smokkelmogelijkheid gebruikt en hadden op die manier veel mensen over de grens weten te krijgen. Maar nadat de bewakers erachter waren gekomen, was dat niet meer mogelijk.

Ik was nog diep in slaap toen de man me wakker maakte. Ik dacht dat het ochtend was geworden, maar het was nog nacht.

'Sta op!' riep de man in het donker van de kamer.

Ik stond slaperig op en volgde hem naar de binnenplaats. Hij ging op een rots staan en zei: 'Kom hier!'

Ik liep naar hem toe, hij wees naar een bergpad dat in het licht van de sterren vaag zichtbaar was. Hij zei: 'De weg is nu veilig. De bewakers zijn net weg, het is de tijd van hun wachtwisseling. Pak die motor, volg die route, rijd naar de andere kant van die berg en stop bij de eerste herdershut. De herder weet dat je komt. Eenmaal daar ben je over de grens.'

Ik wist niet of ik moest geloven wat hij zei. Ik had zo veel verhalen gehoord over mensensmokkelaars die mensen halverwege in de steek lieten als ze eenmaal hun geld binnen hadden. Maar ik stond er nu en ik had geen andere keuze dan hem te geloven.

'Ga! Pak de motor! Je hebt niet zo veel tijd. Haast je, anders moet je hier nog een nacht wachten,' zei hij.

Ik liep naar de motor, naar zijn motor, maar hij riep: 'Niet die, de andere.'

Ik liep naar een andere motor, die bedekt met een dikke laag stof tegen de muur stond.

Nog wat slaperig ging ik erop zitten, maar hij startte niet en rook erg naar gelekte benzine.

De man liet me afstappen, ging er zelf op zitten en bracht de motor met een paar harde bewegingen van zijn voet tot leven.

'Ga!' zei hij weer en hij duwde de motor met mij erop weg. En ik reed, terwijl de spanning, of toch de angst, de resterende slaap uit mijn hoofd deed wegvliegen als een vogel. Toch weer die angst – maar door mijn vele ervaringen ermee kende ik het mechanisme van de angst en kon ik hem wegdrukken.

De weg, de route, was een muilezelpad langs de heuvels. Als de man beweerde dat de weg veilig was, moest ik maar geloven dat dat zo was.

Ik reed en ik kon niet uitmaken of het nog diep in de nacht was, of dat straks de zon opkwam. Ik vestigde mijn aandacht nu alleen op de weg.

Na een halfuurtje gereden te hebben, kwam opeens en onverwachts de zon op en de Melkweg verdween. In het zonlicht ontwaarde ik een woning, een soort stenen hut op een berg in de verte. Ik reed nog een kwartiertje. Nu hoorde ik een hond; als het goed was, was dat de hond van de herder aan de andere kant van de grens.

Ik moest geloven dat het waar was, dat ik straks over de grens reed. En het was waar, want opeens verscheen de hond die ik had gehoord met een druk kwispelende staart op de weg, maar hij blafte niet. Blijkbaar herkende hij de motor en wist hij dat hij voor reizigers op die motor niet moest blaffen. Hij rende voor me uit en ik reed hem achterna. De hond holde naar een man die op een rots stond en een lange herdersjas over zijn schouder droeg.

De man deed de deur van de woning open, gebaarde naar me en ik reed met motor en al naar binnen. Hij liet de hond binnen en deed de deur dicht.

In één klap was ik werkelijk terug in het vaderland. Een onmogelijke droom was mogelijk gebleken, voor nu. Ik hield er rekening mee dat alles nog mis kon gaan, maar op dat moment was ik daar.

Ik stapte van de motor af en zette een voet op de grond, de grond waar ik toe behoorde en die me erg dierbaar was.

'Welkom! Je hebt zeker honger,' zei de herder in een mooi gemengd Perzisch-Koerdisch. 'Kom mee, het ontbijt staat klaar.'

Ik liep hem achterna.

De winter was pas net voorbij, het was koud in de bergen. Een houtkachel brandde in de kamer. De man ging bij het vuur zitten en ik nam tegenover hem plaats. Hij schoof een dienblad met verse boter en een beker melk naar me toe. Hij maakte zijn oude brood warm op de kachel en overhandigde me er een stuk van. Toen de thee klaar was, schonk hij een glas voor me in.

Er viel een stilte. Hij at niet met me, praatte ook niet verder met mij. Hij kende de discipline van de smokkelaars: niets extra zeggen, niets extra vragen.

Ik schatte dat hij een man van veertig was, maar met zijn grijze baard en de diepe groeven in zijn voorhoofd en wangen zag hij er ouder uit.

Toch brak ik de stilte en zei ik in het Koerdisch: '*Jiyan çawa ye?* Hoe is het leven hier?'

Verrast zei hij: '*Tu bi zimanê kurdî dizanî?*'

'Ja, ik kan een beetje Koerdisch praten.'

Hij werd blij, en ik vertelde hem in het kort dat ik heel lang geleden een tijdje in Koerdistan gewoond had. Maar hij vroeg niet wat ik in die tijd in Koerdistan deed. Ongetwijfeld vermoedde hij wat ik gedaan kon hebben.

Toen er weer een stilte viel, zei ik: 'Wat is het plan?'

'Wachten. Je blijft binnen tot het weer donker is. Ik ga zo met de schapen de deur uit, er is nog brood en boter. Met zonsondergang ben ik terug.'

Hij stond op, riep zijn hond en deed de buitendeur open. De hond zag erop toe dat alle schapen buiten waren om te grazen. Ik ging op een rots op de binnenplaats staan en keek hoe ze weggingen.

'Niet zo op die rots staan, je bent veel te zichtbaar! Ga naar binnen,' riep de herder.

Ik klom de rots af, ging de kamer binnen, schonk een glaasje thee voor mezelf in en bleef naast de kachel zitten.

De kamer had geen verlichting, maar er zat wel een gat in de muur dat als een luik fungeerde. Alle spullen in de kamer waren basaal. Een kleed, een oud versleten matras, een deken, een kussen, een half gebroken spiegel aan de muur, een emmer water, een theepot, een klein zakje gedroogde theebladeren, een kleine pot suikerklontjes. Verder niets.

Er was ook een kleine zakradio die de man in de zak van zijn jas had gedragen. Toen hij wegging, haalde hij die radio uit zijn jaszak en legde hem in de kleine nis in de muur, waarschijnlijk voor mij, zodat ik me niet zou vervelen.

Met het glaasje thee in mijn hand ging ik bij het gat in de muur staan. Ik keek naar de bergen en dacht na.

Nu ik daar stond, was de fase van verbeelding en dromen voorbij en een realistische vraag diende zich sterk aan: wat ga je verder doen?

Op die vraag dacht ik al eerder antwoord gegeven te hebben. Ik wilde terug naar huis, om de resterende tijd van mijn leven in mijn eigen taal te schrijven. Maar deze doelstelling klonk toch nog fictief. Ik had iets realistischers nodig om steviger, en meer gerechtvaardigd, terug naar huis te kunnen gaan.

En dat had ik: mijn moeder.

Mijn moeder was de honderd gepasseerd, maar ze wilde niet sterven. Ze wilde niet heengaan voordat ze haar zoon nog een keer in haar armen had genomen. Dat had ze ooit aan de telefoon duidelijk tegen me gezegd. Maar dat was lang geleden, in een tijd toen ze haar herinneringen nog niet kwijt was. Ze was nu een hoogbejaarde vrouw zonder geheugen die, met een verzorgster, nog steeds in mijn ouderlijk huis aan de andere kant van het land hoog in de noordelijke bergen woonde.

Dat was het dus. Ik wist dat elke vlucht, elke terugkeer, elk avontuur eigen wetten heeft. En de reiziger moest die wetten gehoorzamen.

'Gehoorzaam me!' riep het pad.

Ik gehoorzaamde.

6

Door het gekras van een kraai werd ik wakker. Ik was naast de kachel in slaap gevallen en de kleine radio stond aan, een oude Arabische zangeres zong een weemoedig lied:

Je ogen brachten me terug
Naar de voorbije tijden
Ze leerden mij
Om spijt te hebben
En het doet pijn
Want alles wat ik na jou zag
Was een verloren tijd

Ik stond op en keek door het luik naar buiten. De zon ging geleidelijk achter de toppen van de bergen onder en wierp een sterk, roodgeel licht over de rotsen.

Ik zag eerst de kudde schapen in het zonlicht en toen de herder, die na een dag grazen langs de helling van de vallei naar boven kwamen. Het duurde nog even tot ze bij de woning waren.

In de vallei, vlak onder de stenen hut van de herder, zag je hier en daar groene plekken van de opkomende bergplanten. Iets verderop, achter de winterse bomen, waren een paar kleine gehuchten zichtbaar, waar meestal een aantal verwante families woonde.

Vroeger was ik vaak langs zulke gehuchten gereden, had ik met de dorpelingen gepraat en gegeten, en was ik af en toe bij ze blijven slapen.

Toen de Koerdische strijders de slag tegen de geestelijken aan het verliezen waren, trokken ze zich geleidelijk terug naar de bergen en verscholen zich in die gehuchten om in een noodgeval naar Irak te vluchten.

Toen de hond me achter het luik zag, begon hij te blaffen. De herder riep dat hij zich koest moest houden.

Ze arriveerden bij de hut, de herder opende het hek van de stenen omheining en liet de schapen erdoorheen. De hond bleef buiten tot het laatste schaap binnen was.

De man groette me en vroeg kort of ik me niet had verveeld.

'Nee, dankzij de radio. Dank daarvoor,' zei ik.

Hij zei verder niets, liep de kamer binnen, zette thee en begon op de kachel eten te maken met bergwortels die hij meegenomen had.

'Eerst eten we,' zei hij terwijl hij de wortels in stukjes sneed. 'Midden in de nacht gaan we met de motor naar het eerste dorp waar 's ochtends vroeg een bus naar de stad Piranshahr vertrekt. We moeten die bus halen, anders moet je nog een paar dagen wachten. De buschauffeur is op de hoogte van je komst. Hij zal niet met je praten, jij ook niet met hem. Je gaat op de achterste rij zitten. Eenmaal in Piranshahr beloop je je eigen pad. En als je per ongeluk wordt aangehouden, weet je niets over de buschauffeur, en al helemaal niet over mij en deze hut. Duidelijk?'

'Duidelijk!'

We aten in stilte samen. Daarna schonk hij me een glaasje thee in, en zei: 'Als je wilt kan je gaan slapen, ik maak je wakker.'

Hij pakte de radio, ging onder zijn schapenwollen jas liggen en luisterde naar een Irakees-Koerdische zender.

Ik had geen slaap, pakte mijn thee en ging buiten in het donker zitten.

Zittend op een steen naast de schapen terwijl de hond naast mijn voeten op de grond lag, herinnerde ik me opeens wat ik net gedroomd had toen ik naast de kachel in slaap was gevallen. Het was een mooie, buitengewone droom. Onverwachts waren alle mannen en vrouwen van mijn familie bij mij in die hut langsgekomen. Ze maakten het allemaal goed en waren gezond, vooral de doden.

De kraai had me, volgens de wet van de dromen, halverwege wakker gemaakt, daarom kon ik de rest van de droom niet meemaken.

In al die jaren dat ik niet naar huis mocht gaan, droomde ik voortdurend van iedereen die ik miste. Allemaal levendige dromen.

Een keer kwamen alle meisjes van vroeger samen giechelend bij me langs, het waren de meisjes die mijn moeder hielpen tijdens de saffraanoogst. Ze hadden net als tijdens de oogsttijd geelbruine vingers en ze roken naar saffraanbladeren.

Wanneer ik verdrietig was, verscheen mijn grootvader in mijn slaap en praatte hij met me.

Mijn vader was doofstom, daarom was mijn grootvader sterk aanwezig geweest in mijn leven, ook na zijn dood in mijn dromen.

In zulke gedachten verzonken zat ik daar naast de hond en de schapen en keek ik naar de heldere hemel.

Ik voelde een lichte, fijne nekpijn, zodat ik mijn nek onbewust masseerde. Ik dacht even dat het door stress kwam, of door een verborgen angst. Maar daar op die binnenplaats begreep ik ineens wat de oorzaak van de pijn was.

De pijn kwam door die buitengewoon donkerblauwe hemelen in de nachten van de bergen. Gisteravond, toen ik achter op de motor zat, keek ik de gehele weg van Erbil tot aan de hut in de bergen met mijn hoofd achterover naar de Melkweg die vlak boven me hing. Naar de maan die zo groot en helder was, naar Mars die rood schitterde, naar de hoopgevende planeet Jupiter in de verte en naar Saturnus met zijn wonderbaarlijke ringen in mijn verbeelding.

Dertig jaar lang had ik ze niet zo miraculeus gezien. Het was mijn hemel, de hemel van de woning van mijn ouders. Daar kwam de nekpijn vandaan.

Het was mijn grootvader die me voor het eerst in contact bracht met de sterren en planeten, en hij toonde me een plek in de hemel die me altijd de weg naar huis zou wijzen.

Ik was een jaar of zeven en op een avond reikte hij mij een ouderwetse telescoop aan, van de soort die Galileo Galilei had, en zei: 'Kijk daar, naar die rode punt in de verte.'

Ik keek, en opeens trilde ik van geluk: ik zag een rood hemellichaam dat als een lantaarn licht gaf.

'Mars,' zei hij.

Sindsdien was Mars thuis.

Ik leerde er een bijbehorend antiek gebed bij, van de eerste bewoners van die uitgestrekte oude vlakte:

> Ahura Mazda creëerde zeven verdiepingen tussen de aarde en de hemel waar Hij zelf woonde.
>
> Daarna riep Hij de sterren tot leven.
>
> En Hij vestigde in elke verdieping een superster, respectievelijk:

Venus, Jupiter, Saturnus, Mars, Zon, Aarde en Mercurius.
De kraai vliegt namens Mercurius over de aarde en waarschuwt de mens.

7

Laat in de nacht zat ik weer achter op de motor en we reden om de bus in dat dorp te halen.

In de periode van strijd voor de autonomie mocht geen enkele krant, radio of televisie over de Koerden berichten. Ik deed het toch, reed door de bergen, deed verslag voor ons ondergrondse blad, en mijn verhalen werden meteen gepubliceerd. Op elke plek in die bergen waren veel doden gevallen, door alle gewapende gevechten. Overal op deze rotsen waren oude bloedsporen te vinden. Ik had een keer de executies van twee van mijn kameraden meegemaakt. Ik hoorde gevechten aan de voet van de bergen, ging achter een rots staan en keek met mijn kleine ouderwetse verrekijker naar wat er gaande was.

Twee van onze kameraden werden tegen een rotswand gezet en geëxecuteerd. De bebaarde mannen lieten de lijken daar liggen en reden weg. Ik snelde me naar die plek, knielde naast mijn dode kameraden, kuste hun voorhoofd en sloot hun ogen.

Een van hen was een jonge arts die te paard van het ene dorp naar het andere ging om patiënten te bezoeken. De ander was een wegenbouwingenieur, die altijd van de nieuwe wegen van Groot-Koerdistan droomde. Beide kameraden droomden van een autonoom Koerdistan. Later heb ik hun namen gecombineerd en als mijn schrijversnaam gebruikt.

Nu ik achter op de motor in het donker reed, herkende ik die rots. En pas nu besefte ik echt wat een impact deze twee doden op mijn leven hebben gehad, dat deze twee mij nooit zouden verlaten.

Na zo'n twee uur op die krakkemikkige motor gereden te hebben, verscheen het dorp in de verte. Het was een typisch bergdorp met huizen die van bergstenen en klei waren gemaakt, eigenlijk dezelfde soort woningen die daar al sinds de Middeleeuwen werden gebouwd.

Vlak voor het dorp deed de herder de motor uit om geen lawaai te maken en gingen we te voet verder richting het dorpsplein, maar niet samen. Ik liep de herder op een afstand achterna. De honden blaften niet, ze hadden het geluid van de motor in de verte waarschijnlijk gehoord en herkend. Ik dacht even dat die honden mij ook van vroeger zouden herkennen, maar dat kon natuurlijk niet, de honden van toen waren allemaal al gestorven.

In het licht van de sterren zag ik een ouderwetse bus, een van de eerste soort dieselbussen die ooit gefabriceerd waren. De herder sloeg zachtjes tegen de voordeur van de bus. De chauffeur, die binnen in de bus sliep, kwam overeind en de mannen groetten elkaar. Ik bleef in het donker staan. De herder gebaarde naar mij om naar voren te komen. Ik had Koerdische kleren aan, maar in het daglicht zou men meteen zien dat ik geen Koerd was. Om niet de indruk te wekken dat hij er iets mee te maken had, drukte niet de buschauffeur maar de herder een oude deken die sterk naar diesel rook in mijn handen, wees naar de achterste rij stoelen in de bus en zei: 'Ga daar zitten.' Ik mocht niets zeggen, niets vragen. Ik knikte naar de chauffeur en ging op de achterste rij naast het raam zitten.

Na een tijdje hoorde ik mensen door het raam en ik zag drie vrouwen, twee oude mannen en een paar kinderen naar de bus lopen en instappen. De kinderen renden naar de achterste rij, maar toen ze mij zagen, gingen ze ergens anders zitten.

De bus kwam in beweging. Niemand lette op mij; grensbewoners, vooral de Koerdische grensbewoners, waren gewend aan al die illegale praktijken en deden van nature alsof ze niets gezien hadden. Daar zat ik dan, alsof ik niet bestond.

De kinderen waren druk en genoten van hun reis, de vrouwen praatten met elkaar en de oude mannen vielen meteen in slaap.

Ik kende de route van de bus; hij passeerde alle dorpen onderweg, maar hij ging de dorpen niet in. Hij stopte op vaste plekken buiten het dorp waar de passagiers met een kar of per ezel langskwamen. Bij elke stop stapten een paar nieuwe passagiers de bus in. Als ik me niet vergiste, zou de bus in totaal zeventien keer moeten stoppen voordat hij de bergen verliet. Bij de volgende stop kwamen er vier mannen naast me zitten, maar niemand hield zich met mij bezig.

Het laatste dorp waar we langsreden heette Gargol, voor mij opnieuw een memorabele plek.

In de tijd dat ik als verslaggever in Koerdistan was, kreeg ik bericht dat ik meteen naar Gargol moest gaan, want daar had een boer in een kleine grot een historische vondst gedaan.

Om eerder dan de mannen van het regime bij de boer te komen, reed ik zo snel als ik kon naar dat dorp.

Na een paar keer rondgevraagd te hebben, wist ik het huis van de boer te vinden.

Ik stapte af van mijn motor en klopte aan bij de deur van de woning.

Een meisje deed open. O mijn god! Ik begreep niet waarom

God de Koerdische meisjes in de bergen zo mooi geschapen had. Maar ik mocht niet voor de zoveelste keer mijn hart verliezen aan een onbereikbare, ik was hier nu voor iets anders.

Om toch indruk op haar te maken, haalde ik mijn pen en mijn schrift uit mijn binnenzak en toonde ze aan haar. ‘Ik kom voor je vader,’ zei ik.

De pen, mijn pen was genoeg. Die liet zien dat ik iemand was, een man met schrift. Ze kreeg rode wangen, zette een stap terug en liet me binnen. Haar vader verscheen in de gang.

Het meisje zei in het Koerdisch tegen hem: ‘Hij schrijft.’

De man nam me mee naar de woonkamer, knielde op het tapijt, en ik knielde naast hem. Hij haalde een samengevouwen doek van achter een kussen tevoorschijn, legde die op de grond en vouwde hem open. Er verscheen een brede, gouden koninklijke riem met ingewerkte juweelstenen, waarvan je meteen wist dat het de vondst van de eeuw was. De boer had hem in een gat in de wand van een kleine grot gevonden, in een schapenvacht gewikkeld. Het gat was ooit met klei gedicht, en de klei was na duizenden jaren losgekomen, waardoor er een stukje van de witte schapenvacht zichtbaar was geworden.

Voorzichtig pakte ik de riem en ik bestudeerde de grote gouden gesp ervan. Ik ontwaarde er een paar figuurtjes in, een grote maan en drie sterren in de hemel, en een koe met grote hoorns die wakend bij de ingang van een grot stond.

De koe kende ik wel, dat was de koe van in den beginne. Maar ik kon niet onderscheiden welke zeven sterren er stonden afgebeeld.

Op dat moment kon ik niet weten aan wie die riem had behoord. Ik begon mijn verslag dus met een beschrijving ervan.

Ik vroeg de boer hoe hij de grot ontdekt had, die al eeuwen door niemand gezien was.

'Ik zag een kleine opening aan de voet van een rots,' zei de boer. 'Mijn hele leven was ik al langs die rots gelopen, maar die opening was er nooit eerder. Het kwam misschien door de regen van de afgelopen tijd. Ik knielde en haalde de stenen rondom de opening weg. Ik zag al snel dat het een grot was, maar het was te donker om de diepte ervan te zien. Ik ging naar huis, haalde een zaklantaarn en kroop daarmee de grot in. Je kon er niet staan, maar wel gebogen lopen. Ik liet het licht op de wanden schijnen en zag toen een stukje schapenwol.'

De boer was nog aan het vertellen toen er een auto voor het huis stopte. Ik stond meteen op en keek naar buiten. Drie gewapende mannen stapten uit de jeep. Ik rende naar de binnenplaats, het meisje wees naar de muur, ik klom eroverheen en vluchtte via de bergen weg om later mijn motor te gaan halen.

Pas later kwam ik erachter dat de gouden riem aan koning Astyages had toebehoord, de vierde koning van de Meden-dynastie (ca. 800 v.Chr.). De Koerden hebben altijd beweerd dat ze van de Meden afstamden, oftewel de eerste koningen van het Perzische grondgebied. En zo beschouwden ze zich tot vandaag de dag als nakomelingen van dat koninkrijk.

De Meden-dynastie was een antieke monarchie die gedurende een paar honderd jaar in een uitgestrekte regio regeerde, en vier koningen had gehad. Over de andere drie koningen was niet veel bekend, maar iedereen in het vaderland kende Astyages, want er hing een mystiek verhaal om hem heen dat je als kind eerst met je moedermelk en later op school meekreeg. Het verhaal ging niet direct over hemzelf, maar over zijn dochter Mandana.

De Griekse historicus Herodotus (ca. 485-425 v.Chr.) vertelt het verhaal als volgt:

Op een nacht droomde de koning van de Meden, Astyages, dat er een wijnstok uit de buik van zijn dochter groeide die zijn takken over de hele wereld verspreidde. De koning vroeg de magiërs om deze droom te interpreteren en ze legden zijn droom met deze woorden uit: uw dochter zal van een zoon bevallen die de wereld gaat veroveren. Hij zal de koninklijke kroon van de Meden van u afnemen en hem eigenhandig op zijn eigen hoofd zetten. De koning schrok van deze interpretatie en hij besloot zijn dochter te verbannen. Hij gaf haar aan een eenvoudige man die ver weg in het land achter de hoge bergen woonde; zo achtte hij zichzelf veilig.

Mandana raakte zwanger. Ze baarde een zoon en ze noemde hem Cyrus.

Ik weet niet of toentertijd het begrip 'tiran' bestond, maar koning Astyages, die zijn dochter in de gaten hield, gaf als een tiran aan zijn rechterhand Harpax de opdracht om het kind te doden. Maar God hoorde het gehuil en gesmeek van Mandana. Harpax doodde het kind niet. Hij gaf de jongen aan een herder genaamd Sepako.

Het kind groeide bij Sepako op.

Cyrus nam later de wereld over en hij werd de koning der koningen.

Met dit gebed altijd in zijn gedachten:

O Ahura Mazda
Ik hef mijn handen naar de hemel om Uw hulp te vragen
En ik vraag het U! En bovenal vraag ik U,
om de ziel van de koe blij te maken met mij.
En geef me de mogelijkheid om haar wil te vervullen
om goede gedachten, goede woorden en goede daden in de wereld
te verspreiden.

De bus verliet de bergen en reed langs een ongeasfalteerde weg in de richting van de Koerdische stad Piranshahr. Hij was inderdaad bij zeventien haltes gestopt.

8

In de verte verschenen de contouren van de lage huizen en platte daken van Piranshahr. Je zag meteen dat de stad gedwongen door de onderdrukking geknield op de grond zat, dat ze niet mocht opstaan.

Maar de natuur wist de stad met iets moois te compenseren.

Als de zon scheen, viel er een magisch groen licht over alle huizen van de stad; dat kwam door het zuivere groene graniet in de bergen die de stad omringden. Toen de bus de stad binnenreed, scheen de zon met volle glorie midden in de hemel en de stad baadde in een hemels groen licht.

Piranshahr bestaat al sinds de Steentijd, en is daarmee een van de oudste nederzettingen van het Midden-Oosten. Er zijn geen officiële opgravingen in de regio geweest, maar de natuur heeft door de overstromingen en aardverschuivingen talloze landbouwwerktuigen van duizenden jaren geleden naar de oppervlakte gebracht en ook veel vrouwelijke kettingen, armbanden en oorbellen.

Bij het busstation in het centrum stapte ik uit. Deze reis had ik zo vaak in mijn fantasie gemaakt, en nu werd ik opeens getroffen door de realiteit. En zodra ik een voet op de grond zette, was de taak van de mensensmokkelaars voltooid. Vanaf nu was ik zelfstandig en moest ik mijn reis op mijn eigen verantwoordelijkheid voortzetten, maar omdat ik tot nu toe in de handen van de mensensmokkelaars was geweest, wist ik nu even niet hoe ik verder moest. Ik liep een beetje verdwaald door de straten, opeens was ik in de war geraakt.

Mijn situatie deed me denken aan de toestand van een Russische professor uit de tijd van de communistische Sovjet-Unie. Die situatie was als volgt: een oude Russische professor had een uitnodiging van de universiteit van het voormalige West-Berlijn gekregen om een symposium bij te wonen. Hij had in zijn lange leven nog nooit de Sovjet-Unie verlaten en had geen enkel idee over de vrijheid in het Westen. Toen hij de grens van het communistische Oost-Berlijn passeerde en een voet in West-Berlijn zette, raakte hij in de war. De arme oude professor wist opeens niet meer hoe hij moest lopen, in een vrije kapitalistische stad met zo veel winkels met schitterende vitrines, grote supermarkten vol voedsel, kranten, moderne auto's, modieuze vrouwen, juwelen, muziek en kleuren.

Door de druk op zijn hoofd, door zo veel ongewone nieuwe observaties, raakte de professor in een soort tijdelijke staat van dementie, waardoor hij vergat dat hij naar het symposium moest gaan. Hij liep als een zwerver door de straten, tot een politieauto voor zijn voeten stopte, hem meenam naar het bureau en hem de volgende dag weer naar de andere kant van de grens bracht.

Zover zou het met mij niet komen, want ik wist wel degelijk waar ik terechtgekomen was en waar ik naartoe moest. Zo onopvallend mogelijk liep ik door de straten. Ik kende de stad goed, vooral de mooie rivier de Zab, die de Grieken Lycus, oftewel de Wolf noemden. Het was geen toevallige benaming, want de rivier huilde soms als een wolf in de nacht.

Deze mooie zingende rivier had de stad en haar omgeving een unieke schoonheid gegeven.

Tijdens deze wandeling herinnerde ik me dat er in de oorlog een boom in de rivier was gevallen, waardoor het water een andere wending had genomen.

Later, toen de beschadigde oever was gerepareerd en de rivier weer naar haar oude bedding was gestuurd, bleek het water een wonder te hebben verricht.

Door het wassen van de grond had het water een historische vondst blootgelegd, namelijk een zeer oud, gouden beeld van een koe.

Met een gegraveerd oeroud gebed erop: 'Kom naar me toe en voed me met het ware geluk.'

Ik wandelde langs die rivier en langs de weilanden en ik zocht onbewust naar een vondst, een oude, kleurige juwelen ketting misschien.

Om uit te rusten, ging ik even onzichtbaar achter de struiken langs het water zitten. Op dat moment zag ik iets wat waarschijnlijk voor mij bedoeld was, voor het boek dat ik later zou schrijven. Mijn blik viel op een soort vliegende mier, maar het was geen mier, want hij was langer en groter en hij had een mooie geelgroene kleur op zijn dunne, doorzichtige vleugels. Hij was in een oude boomstam een nest aan het bouwen voor zijn vrouwtje.

Het vrouwtje zat half zichtbaar in het onafgemaakte nest en het mannetje vloog elke keer naar de rivier om een mondjevol oeverklei te halen, waarmee hij zijn nest verder bouwde.

Ik was verwonderd over de architectonische manier waarop hij te werk ging.

Ik bleef daar een lange tijd zitten om getuige te zijn van zijn werk; hij vloog tientallen keren op en neer en bleef klei halen tot zijn nest voltooid was.

Toen hij klaar was, zette hij een wonderlijke stap. Hij maakte twee gaatjes, als vensters, aan weerszijden van het nest.

Hoe? Hoe wist hij dat hij een nest moest maken, en dan ook zo mooi en stevig met twee ramen?

Zo'n klein beest, met zo'n kleine kop, waar had hij dat geleerd? Dit was niet zomaar iets wat hij maakte, maar een huis, een thuis.

Het was daar dat ik het volgende des te beter begreep: in de grondstof van elk schepsel ligt een onuitputtelijke behoefte aan een nest, een onderdak met ramen, een huis, een thuis.

Maar wanneer en waar is deze behoefte tot stand gekomen?

Wandelend langs die rivier probeerde ik een verklaring te bedenken. Had het misschien met de oerknal te maken? Met voor of na die grote klap?

Ik verzin, ik vermoed, ik veronderstel dat we, dat het hele bestaan, ooit thuis waren.

En door die harde klap zijn we verdreven en verbannen.

Ik kijk naar de maan, naar de zon, naar Mars, naar Jupiter, naar de Melkweg en naar al die sterrenstelsels en de oude vraag van de mensheid komt telkens weer bij me op: waar gaan ze zo verdwaald naartoe?

Zijn ze niet op zoek naar de plek waar ze vandaan komen? Naar hun huis, thuis?

Met deze gedachte liep ik geleidelijk aan terug naar de stad, want ik had honger en ik wilde iets eten voordat ik een bus naar de volgende stad nam.

9

Ik liep richting de bazaar en vond het eethuis waar ik vroeger langsging als ik in Piranshahr was. De oude eigenaar van vroeger was er natuurlijk niet meer, en de jonge kelner die met een doek over zijn schouder de klanten bediende was in die tijd nog lang niet geboren.

Mannen zaten in hun traditionele kleren met z'n drieën, vieren achter een glaasje thee en een gezamenlijke waterpijp. Hoewel ze wisten dat ik geen Koerd was, hielden ze zich niet met mij bezig. Ze boden vreemdelingen een soort onafgesproken bescherming om ze de stad veilig te laten passeren.

Ik ging op een plek zitten waar ik vanaf de straat niet zichtbaar was.

Het was laat voor een lunch en vroeg voor een diner, maar ik had honger en straks moest ik de stad verlaten. Ik wist wat ik moest bestellen, namelijk *abgusht*, het enige gerecht dat zulke eethuizen voor hun klanten hadden. Het was een troostmaaltijd in een kleine pot, een eenvoudig dorpsgerecht met gezonde ingrediënten. Een maaltijd die moeders in dit land graag voor hun kinderen maken: vlees, bonen, tomaten, uien en kruiden in een pan, en de pan op het vuur.

Ongevraagd zette de jonge kelner een glaasje thee voor me neer. Volgens mij maakte hij bewust geen oogcontact met me.

Aarzelend of hij in het Perzisch of Koerdisch moest praten, vroeg hij toch in het Koerdisch: '*Nirgheleh jek?* Een waterpijp?'

Ik wees naar de pannetjes op het houtvuur en zei: '*Hezkerdan bu ghardan!* Eten graag.'

Dat was het bewijs dat ik een reiziger was, die geen kans had gehad om op tijd te eten.

Ik kreeg meteen een dampende pan, een kom, een lepel, een groot stuk vers brood en een bord geurige groente.

'*Shatik le waneh.* Nog iets anders?'

'*Na soepas.* Nee, dankjewel.'

Eten in zo'n eethuis riep oude herinneringen bij me op.

Ik herinnerde mezelf als een jonge man die vaak in soortgelijke eethuizen achter een glaasje thee zat en schreef.

Na jaren zat ik nu weer in zo'n eethuis en er rees een vraag bij me op: wat doe je hier? Is het verstandig wat je doet?

Hier in het vaderland regeerde een lelijke dictatuur. De bejaarde geestelijken dwongen iedereen en vooral vrouwen om volgens de oude wetten van de Koran te leven.

Ze arresteerden en doodden hun tegenstanders en ze doofden elk tegengeluid.

Ik was nu terug, maar ik was niet van plan om me verder te bemoeien met de politiek van het land. Er was nu een andere generatie aan de beurt. Een jonge generatie, die met internet en sociale media opgegroeid was.

Ik was van plan om de resterende tijd van mijn leven in mijn ouderlijk huis in de bergen door te brengen. Dat was wat ik voor ogen had, maar of het leven het anders wilde leiden, zouden we zien. Ik had geleerd dat je veel plannen kunt bedenken, maar het leven drukt er uiteindelijk toch een eigen stempel op.

Daarom was ik benieuwd naar wat ik zou meemaken.

Maar wat nu voor mij het allerbelangrijkste was, was dat ik niet in de handen van de geestelijken terechtkwam en veilig mijn thuis bereikte.

Van één ding was ik wel overtuigd: ik wist dat ik niet zou sterven voordat ik mijn boek had geschreven. Een boek over een verborgen verhaal dat in mijn onbewuste lag en waarvan ik nog niet wist wat het was.

Ik was nog met deze gedachten bezig toen een bejaarde man met een wandelstok aan de tafel naast de mijne kwam zitten. Ik groette hem en hij knikte moeizaam met zijn hoofd zonder naar me gekeken te hebben. De kelner zette een glaasje thee voor hem neer.

De man pakte zijn glas en proefde zijn thee; het was een echte Koerd, die zijn thee als iets kostbaars beschouwde. Ik keek naar hem, maar hij was niet met mij bezig. Hij genoot van de smaak en de kleur van zijn thee.

Toen ik klaar was met mijn eten, ruimde de kelner mijn tafel af en zette hij weer een glaasje thee voor me neer.

Mijn smokkelaar had me geadviseerd om de bus naar Mahabad te nemen. Ik had nog wat tijd en wilde graag urenlang op deze fijne, veilige plek blijven zitten. Toen ik een slokje van mijn thee nam en het glas weer op tafel zette, wendde de bejaarde man zich onverwachts tot mij en fluisterde in het Koerdisch: '*Ta ehme teho oe nebiet.*' Als ik hem goed begreep, zei hij: 'Ik ga niet dood voordat dit afgelopen is.'

Verbaasd keek ik hem aan, maar hij doopte een suikerklontje in zijn half gedronken thee en stopte het in zijn mond, waardoor ik aarzelde of die woorden voor mij bedoeld waren. Maar nu sloeg hij zachtjes met zijn wandelstok onder de tafel tegen mijn voet en zei opnieuw: '*Ta ehme teho oe nebiet nameram.*'

Ik wilde een kreet van verbazing en geluk slaken. Die Koerdische heer wilde niet doodgaan voordat die nachtmerrie van de geestelijken afgelopen was.

Hij stond op en liep langzaam met zijn wandelstok weg.

Wie hij ook was, ik moest nu weg uit Piranshahr.

Piranshahr, de stad van de legendarische rotsen, grotten en grond die de antieke geschiedenis van het land voor ons verborgen hield. En ook de stad van een oude man die niet dood wilde gaan voordat dit afgelopen was.

10

De laatste bus naar Mahabad vertrok bijna maar had geen vrije stoel meer, dus ik kon niet mee. Een andere bus was aan het vertrekken, en daar mocht ik nog wel mee. De bus ging de andere kant op, naar Sanandadj, de hoofdstad van Perzisch Koerdistan, zo'n 380 kilometer verderop. Ik had geen keuze en stapte als laatste passagier in. Het maakte eigenlijk niet veel uit, het was een andere route naar huis, maar dan met een grote bocht.

Ik had en ik heb vertrouwen in het leven, misschien was dit beter voor mij.

Sanandadj was altijd de stad van het verzet geweest, een eeuwig verzet voor zelfstandigheid.

Het was weer een oude bus, maar vergeleken met de vorige ging deze zo traag als een schildpad.

Die trage snelheid was juist goed. De reis duurde lang en het gezoem van de dieselmotor en de scherpe geur van de brandstof brachten de passagiers in een diepe nachtrust.

Met een moderne bus, over een geasfalteerde weg, zou je vier uur onderweg zijn, maar deze reis zou de hele nacht duren, want de bus stopte ook bij tientallen dorpen langs de route.

Niemand had haast; de chauffeur niet, de passagiers niet, ik ook niet.

Ik zat op de stoel waar niemand wilde zitten, namelijk de stoel boven het linker achterwiel, waar je met elke beweging misselijk werd. Maar ik werd niet misselijk, ik had het gevoel dat ik in een filmscène was beland. Wat ik nu meemaakte vond ik vroeger heel normaal, maar nu kwam alles anders op me over. Elke beweging vond ik nieuw, de geuren, de plekken, de trage buschauffeur, de passagiers die zich nergens voor haastten, en vooral de hemel die zo mooi door mijn raam in de bus ingelijst was.

Ik zag de maan en Jupiter en was benieuwd of ik de ringen van Saturnus met het blote oog kon zien. Natuurlijk niet, maar alleen al de gedachte eraan maakte de nacht nog mooier.

De Koerden waren dus allemaal in slaap gevallen, maar ik was wakker en ik waakte over hen en ik bewaakte hun herinneringen.

In elk dorp waar de buschauffeur in die donkerte langsreed, hadden de geestelijke rechters de Koerdische strijders tot de dood veroordeeld, en hun vonnis werd meteen door de gewapende mannen die ze hadden meegenomen uitgevoerd.

Ik kende al die geëxecuteerde strijders, stuk voor stuk, want ik reed naar die dorpen en verzamelde hun namen en hun foto's om ze in ons blad te publiceren, zodat hun stem en hun gezicht niet onopgemerkt bleven voor de geschiedenis.

De belangrijkste en de oudste Koerdische partij heette de Democratische Partij van het Perzische Koerdistan.

Het regime was van plan om de geliefde leider van die partij te elimineren.

Die Koerdische leider heette Abdolrahman Ghasemloo. Ik wilde hem in die oorlogstijd interviewen, maar dat ging niet makkelijk. Ze kenden mijn pen en mijn teksten, maar mij persoonlijk niet, want ik schreef onder een pseudoniem en reisde anoniem door de regio.

Toch wist ik via via een afspraak met hem in een dorp buiten de stad Sanandadj te regelen.

Ik reed met mijn motor over een stoffige weg naar het dorp. Een militaire jeep met drie gewapende peshmerga, Koerdische strijders, haalden me in en lieten een wolk van stof achter. De jeep stopte een eindje verderop. Een van de peshmerga stapte uit en gebaarde me om te stoppen.

Ik moest het geweer dat ik over mijn schouder op mijn rug droeg op de grond leggen.

Ik legde het op de grond en bleef stilstaan.

Ik dacht dat ze de mannen van het regime waren die als dekmantel in Koerdische kleren rondliepen.

'Draai je om!' riep de man.

Ik draaide me om.

'Handen omhoog!'

Ik stak mijn handen in de lucht.

Hij liep naar me toe en fouilleerde me.

Hij haalde een doekje uit zijn zak en blinddoekte me.

'Wat doe je?' protesteerde ik.

Hij gaf me geen antwoord. Ze lieten me in hun jeep stappen en ze reden weg. Ik hoorde hoe een van hen mijn motor startte en achter de auto aan reed.

Ik begreep niet waar ze me naartoe wilden brengen. Ik hoorde honden, paarden, vogels en de wind die door de bomen waaide, maar geen mensen.

Na een kwartiertje reed de auto de weg af, een ander terrein op, en kwam hij tot stilstand.

Met hulp van een van de mannen stapte ik uit, we liepen een paar trappen op en na nog een stukje lopen stopten we. De man haalde de doek weg van mijn ogen. Ik kon even niet goed zien, vaag zag ik een man op een afstand staan. Ik keek om me heen, we stonden op de veranda van een landgoed dat een groot uitzicht op groene weilanden en verre heuvels bood. De man was doctor Abdolrahman Ghasemloo, de Koerdische leider die ik zo graag wilde spreken.

Nu stond hij tegenover me, vijfenveertig jaar oud, in Koerdische kleren, met een hoofddeksel op en met een pistool langs zijn zij.

Ghasemloo had in Parijs gestudeerd en in Praag een doctoraat behaald in economische wetenschappen.

Hij had verschillende boeken geschreven, waarvan het bekendste *Koerd en Koerdistan* was.

In plaats van hem te groeten zei ik, ongepast of niet: 'Lang leve Koerdistan.'

Hij glimlachte en gebaarde een van zijn mannen om een glaasje thee voor me te gaan halen.

Van dat gesprek in Koerdistan heb ik een citaat onthouden, het was een samenvatting van ons twee uur gedurende gesprek: 'Ik wens gezondheid en welvaart voor ons gehele en onverdeelde dierbare Perzië, en werk en brood en gezondheid voor ons weledele Koerdistan.'

Tien jaar na dit gesprek werd Abdolrahman Ghasemloo vermoord in Wenen. Hij was naar de hoofdstad van Oostenrijk gegaan om te onderhandelen met de vertegenwoordigers van de geestelijken over een duidelijke boodschap: 'De kwestie-Koerdistan kent geen militaire oplossing.'

Het gesprek vond plaats in een appartement in het centrum van de stad.

Ghasemloo ging vol vertrouwen naar dat appartement. Hij belde aan en werd door drie gezanten van het regime verwelkomd en naar binnen geleid.

Hij nam als eerste aan de gesprekstafel plaats, maar hij zat nog niet helemaal of een van de gezanten haalde zijn revolver met een geluidsdemper tevoorschijn en schoot Ghasemloo drie keer in zijn hoofd en één keer in zijn borst. Toen ze er zeker van waren dat hij dood was, trokken ze de buitendeur dicht en liepen ze rustig weg.

11

Toen de bus voor de laatste keer stopte, werd ik wakker. De omgeving van Sanandadj werd in de verte zichtbaar.

Je zag de stad niet, maar wel de heuvels eromheen.

Die heuvels lijken op een hemelse beker en de stad lag in die beker.

Mijn smokkelaar had me geadviseerd om Sanandadj te vermijden, want in die stad werd alles en iedereen gecontroleerd, maar ik had geen keuze gehad.

Tijdens de laatste pauze onderweg vroeg ik de buschauffeur om advies voor een route om thuis te komen. Hij raadde me aan om de ochtendbus naar Hamadan te nemen.

Hij had wel meteen door dat er iets niet klopte, een Pers in Koerdische kleren die Koerdistan wilde verlaten. Hij stelde natuurlijk geen vragen en hij wist dat hij me als Koerd moest helpen, om welke reden dan ook.

'Als we in Sanandadj zijn, blijf dan in de bus zitten. Ik regel het voor je,' zei hij.

Een ware Koerd is een man van zijn woord, je kan hem vertrouwen.

Toen de bus het centrale station van Sanandadj binnenreed,

stapte iedereen uit, inclusief de buschauffeur, maar ik bleef in het donker in mijn stoel zitten.

Het duurde even tot de buschauffeur terugkwam. Hij wees naar een andere bus en zei: 'Neem die, en ga op de achterste rij zitten.' Hij gooide zijn eigen sjaal over mijn schouders en zei: 'Trek deze over je hoofd als je zit, en slaap.'

En hij zei geen woord meer.

Ik wilde een paar geldbiljetten in zijn hand stoppen, maar hij nam ze niet aan. Ik zei: 'Niet voor u, maar voor de andere bus.'

'Het is geregeld,' zei hij.

Door hun langdurige strijd voor zelfstandigheid wisten Koerden meteen wie voor hen en wie tegen hen was. De buschauffeur herkende me ongetwijfeld als een kameraad van weleer.

Ik gaf hem een hand en liep snel in het halfdonker van de ochtend naar de aangewezen bus.

Er was nog niemand anders in de bus, ik ging weer op de achterste rij zitten en trok de sjaal over mijn hoofd heen.

Even later stapten de andere passagiers de bus in. Iemand kwam naast me zitten, maar ik deed alsof ik sliep. De chauffeur nam plaats achter het stuur en reed het station uit terwijl de zon van achter de heuvels tevoorschijn kwam om deze stad van verzet, pijn, ervaring en hoop te troosten.

Ik kende alle plekken, straten en stegen van Sanandadj en alleen God weet hoe vaak ik verliefd was geworden op de meisjes van die stad. Het kon niet anders, je was jong en de geschiedenis, de natuur, de strijd, de liederen presenteerden zich in hun ogen. Schrijven was voor mij de remedie om die gevoelens te verwerken.

Graag wilde ik een paar dagen in die stad doorbrengen, maar dat was erg riskant. Ik moest geduld hebben, net als de Koerden.

Ik weet niet hoe ver we gereden hadden toen ik de sjaal van mijn hoofd haalde en beter in mijn stoel ging zitten. Er zat een oude man naast me. Ik was in slaap gevallen en had gedroomd.

Ik droomde dat ik in de bazaar van Sanandadj was om een kleurige Koerdische sluier voor mijn moeder te kopen, maar in plaats van één had ik er een aantal gekocht, met verschillende kleuren. De laatste keer dat ik naar huis terugkeerde, had ik allerlei wollen sokken en wollen vesten voor haar gekocht die de vrouwen in de bazaar zelf zaten te breien.

Opeens besefte ik dat ik niets voor mijn moeder bij me had als ik straks thuiskwam.

Ik moest niet vergeten in Hamadan iets voor haar mee te nemen.

De bus reed rustig en het was stil, zo stil als alleen de Koerden kunnen zijn, alsof er niemand in de bus was. Die stilte hadden ze door de eeuwen heen aangeleerd; hou je koest, want de vijand ligt altijd op de loer.

Maar de gewapende vijand hield de bussen die Koerdistan verlieten niet tegen, daarom reden we ongehinderd de controleposten door terwijl de bussen en de auto's die in de richting van Koerdistan reden telkens in lange rijen voor de controleposten stonden. De bebaarde mannen stapten de bussen in en bekeken alle reizigers. Zodra ze iemand verdacht vonden, dwongen ze diegene uit de bus te stappen en werd die meegenomen voor ondervraging.

We waren nog in de Koerdische regio toen de bus de geasfalteerde weg verliet en via een hobbelige weg verder reed tot een punt waar de bus niet verder kon.

Alle bussen die naar Hamadan reden, brachten hun passagiers hiernaartoe.

De passagiers stapten allemaal uit de bus en liepen in stilte, alsof het onderdeel van een gebedsritueel was, naar een paar zandheuvels zo'n halve kilometer verderop.

De buschauffeur deed de motorkap van de bus omhoog om de motor te laten afkoelen. Ik wilde met de passagiers meegaan en kijken waar ze naartoe gingen toen de chauffeur riep: 'Wil je even die waterbak in de bagageruimte voor me halen.'

Ik wist dat het een voorwendsel was om met mij te praten. Ik haalde de waterbak en overhandigde hem aan de chauffeur.

Hij deed wat water in de radiator van de bus en gaf de waterbak aan me terug. Hij stak een sigaretje op en bood mij er ook eentje aan. Hij hield de vlam van zijn aansteker onder mijn sigaret en zei aarzelend in het Koerdisch: '*Hamoe wa shatik bashe?* Alles goed?'

Ik wilde me niet langer verbergen en ik zei in het Perzisch: 'Ja, alles goed. En bedankt voor je hulp.'

Hij glimlachte.

Een roker was ik niet, maar ooit rookte ik af en toe met mijn kameraden. Er was niets veranderd in deze omgeving, de smaak van een sigaret ook niet.

Ik merkte dat de man een vraag wilde stellen, maar hij deed het niet en hij zei: 'Wel thuis!'

'Dank je,' zei ik. En ik vroeg: 'Waar gaan die passagiers naartoe?'

'Ze gaan het meisje groeten,' zei hij in het Koerdisch.

Benieuwd wandelde ik al rokend op een afstandje achter de passagiers aan naar de heuvels.

Eenmaal boven aan de heuvels viel mijn blik op een meer met blauw water en een eenzame oude treurwilg ernaast.

'Wat is hier gaande?' vroeg ik in het Koerdisch aan de oude man die in de bus naast me had gezeten.

'Er woont een meisje in het water op de bodem van het meer,' zei hij.

Er bleek dus een legende over dat meer te bestaan. Die verhaalde over een mooi meisje dat ooit in de handen van een tirannieke heerser was beland. Ze wilde niet bij hem zijn, ze wilde zijn orders en regels niet gehoorzamen, en op een dag vluchtte ze weg. De mannen van de heerser achtervolgden haar tot aan dit meer. Er was nu geen uitweg meer voor het meisje, ze moest of het water in, of weer in de handen van de heerser vallen.

Dus ze sprong in het water.

Al eeuwenlang woont het meisje daar op de bodem van dat meer. Als de zon schijnt en als er niemand in die omgeving is, komt ze naar boven en gaat ze op het strand liggen.

Vrouwen knoopten kleurige sluiers aan de takken van de oude treurwilg voor haar. Mannen baden voor het meisje, dat ze gezond kon terugkeren naar haar ouderlijk huis.

Ik sloot me aan bij de groep mannen en ik bad voor haar.

12

De zon schitterde in mijn hart toen de bus de provinciale grens passeerde en we het Koerdische gebied achter de rug hadden.

Een deel van mijn blijheid kwam door de opluchting dat het moeilijkste deel van mijn reis achter de rug was, maar het andere deel was een kinderlijke vreugde.

Ik noem het een kinderlijke vreugde, want dat is het juiste woord en een diepgewortelde emotie in de Perzische geschiedenis.

Het feit is dat de Koerden soennieten zijn en de meerderheid van het land sjiiet is, behalve in de provincie Sistan en Beloetsjistan.

Deze twee geloofsovertuigingen stonden vooral vroeger haaks op elkaar.

De soennieten beschouwen de kalief Omar als de heilige opvolger van profeet Mohammad, maar de sjiieten zien Omar juist als een duivel, de duivel zelve.

Dat kwam doordat Omar degene was die met de Arabieren het oude Perzië binnenviel en het Perzische koninkrijk omverwierp, het zoroastrisme verbood, het alfabet veranderde en de bevolking dwong om zich tot de islam te bekeren.

Daarom hadden de Perzen, met hun sjiitische geloof, na eeuwen nog altijd een hekel aan Omar; in een van de religieuze rituelen verbranden ze poppen van Omar in het donker.

Ik heb dat ook gedaan in mijn kindertijd. Mijn moeder maakte samen met vrouwen van het dorp poppen van Omar en 's avonds zetten wij, de kinderen, die poppen in brand en renden we blij met die vlammende Omars door de straten.

Nu ik dit schrijf herinner ik me nog een scène uit mijn kindertijd. Ik schaam me om het te vertellen, maar het is toch nodig. Ik weet niet waar het was en ik weet niet hoe het kwam, maar we kwamen opeens een Koerd in zijn traditionele kleding en met een hoofddeksel tegen en wij, een groep kinderen, begonnen al 'Omar, Omar' roepend stenen naar hem te gooien.

Tot zover de werking van de geschiedenis en de rituelen die daarbij horen. Nu, in de verte, verscheen een groot bord met de Perzische woorden erop: 'Welkom in Hamadan, de wieg van de beschaving.'

Hamadan is een van de oudste steden van de wereld en de hoofdstad van een van de eerste koninkrijken op de aarde, namelijk dat van de Meden, waarmee de beschaving van Groot-Perzië begon. Zowel in de Avesta van Zarathustra als in de Thora is de stad opgenomen onder de oorspronkelijke benaming Hagemataneh. Hagemataneh was later een van de hoofdsteden van de Achaemeniden en de Sassaniden.

Het is een van de oudste hoofdsteden ter wereld die intact is gebleven.

Herodotus zei onder andere het volgende over de stad: 'Hagemataneh was omringd door zeven stadsmuren, die elk de naam en de kleur van een hemellichaam hadden. De muur van maan schitterde in de nacht net zo mooi als de maan zelf. De muur van

Mars was rood, een soort rode kleur in de verte. De muur van Jupiter was bedekt met een laagje fosfor, zodat hij wit was maar een beetje lichtgroen gloeide.'

Het waren niet zomaar zeven muren, ze symboliseerden de levensbeschouwing van die oude beschaving. Zij zagen de hemelen, de wereld, de rivieren en het gehele menselijke bestaan als verbonden met het goddelijke getal zeven.

Een getal dat een geheim in zich verborgen hield, een mysterie dat de evolutie op gang had gebracht. Net als: het verlaten van de aarde naar de hemelen, het einde van een tijdperk, het begin van een ander tijdperk, en de mens die zeven zware periodes moet doorstaan tot hij volledig wordt.

Ze hebben met dit magische getal de menselijke geest geordend. Net als: zeven dagen van de week, zeven lagen van de hemelen, zeven zeeën, zeven supernova's, zeven landen, zeven soorten mensen, zeven kleuren, zeven metalen, zeven ordes van engelen, zeven verhalen, zeven jaren van vruchtbaarheid, zeven jaren van droogte, zeven draken en zeven demonen en zeven muren die het bestaan van de stad verdedigen.

En zeven vrouwen achter deze muren in het donker.

Aan die zeven oude, intact gebleven historische muren van de stad heb ik een dierbare herinnering. 'Dierbaar' is misschien niet de juiste benaming, maar ik heb er geen ander woord voor. Weer weet ik niet of ik het moet vertellen of niet, maar ik doe het toch. Niet om mezelf, maar om de vrouw die ik daar ontmoet had.

Een keer, toen ik vanuit Koerdistan naar huis terugkeerde, stapte ik in Hamadan uit de bus.

De geestelijken hadden de bordelen in de steden gesloten en het omgaan met prostituees was verboden. Zowel de prostituee als de bezoeker hing zeventig zweepslagen tegen de rug boven het hoofd.

Maar de prostituees liepen toch overal in het donker rond.

Ik had gehoord dat de prostituees in Hamadan zich heimelijk in de donkerte langs de oude planetenmuren van de Meden presenteerden, en ik besloot een reportage over hen te maken. Nu ik terugkijk meen ik dat het me niet echt om een reportage te doen was, maar eerder om mijn verlangen naar vrouwen in die tijd, want ik had nog nooit eerder een vrouw aangeraakt als man.

Met pen en papier in mijn handen en angst in mijn hart liep ik in het donker langs die oude historische stadsmuren. Hier en daar bewoog een silhouet van een vrouw in het donker en ik hoorde een gefluister: 'Kom! Kom, deze kant op!'

Ik durfde niet, ik kende de omgangsvormen niet en daarom liep ik verder. Achter een andere muur kwam ik een ander silhouet tegen. Ze fluisterde: 'Kom! Ga met mij mee.' In het gele licht van een kapotte lantaarn ontwaarde ik het gelaat van een jonge vrouw gehuld in een zwarte chador, alsof ze straks naar de moskee wilde gaan voor het late avondgebed.

Ze voelde mijn angst en mijn aarzeling. Ze stak haar hand van onder haar chador uit en zei: 'Kom.'

13

Op het busstation van Hamadan stapte ik uit de bus en ik ging de stad in.

Ik noem het een stad, maar het is meer dan een stad: je loopt de oude geschiedenis in. De grond, de steegjes, de stenen, de vogels, de geuren, de kleuren en zelfs de mensen zijn allemaal historisch oud.

Daar, wie je ook bent en waar je ook vandaan komt, welke huidskleur je ook hebt, krijg je het gevoel dat die stad jou toebehoort, dat je ooit in die oude steegjes bent geweest en ooit in dit of dat oude huis hebt gewoond.

Op zoek naar een theehuis liep ik wat verdwaald rond, maar opeens werd ik me ervan bewust dat ik in mijn Koerdische kleding rondliep. Dat was niet verstandig, want je viel meteen op. Koerden doen vooral tegenwoordig een pak aan als ze hun regio verlaten en naar de andere kant van het land gaan.

Ik liep meteen richting de bazaar om een pak voor mezelf te kopen.

Bij de eerste kledingwinkel waar de eigenaar de kleren buiten had gehangen, kocht ik een pak. En tot de verbazing van de winkelier betaalde ik de volle prijs, zonder dat ik moeite deed om tot de helft af te dingen, wat wel de gewoonte was. Het wekte meteen argwaan bij de man, maar ik betaalde en ging snel weg.

Met mijn pak in een plastic tasje zocht ik naar een plek om me uit het zicht om te kleden.

In de verte toonde zich de toren van het praalgraf van Abu Ali Sina, ook wel bekend als Avicenna, de befaamde medicus, natuurkundige en filosoof van het Islamitische Gouden Tijdperk.

Avicenna had bijzondere kennis van de geneeskunde, daarom werd hij de vader van de medische wetenschap genoemd. Zijn meesterwerk was een boek met de titel *De Shafa*, oftewel het Boek der Genezing, dat gedurende zevenhonderd jaar in alle wetenschappelijke centra van de wereld werd onderwezen.

Ik ging onopgemerkt zijn mausoleum binnen. Er was niemand te bekennen op de binnenplaats, hoewel het er vroeger altijd vol met zowel binnenlandse als buitenlandse toeristen was.

Het regime van de geestelijken had met hun strenge islamitische regels buitenlandse reizigers ontmoedigd, daarom kwamen ze niet. En de binnenlandse toeristen gingen liever niet naar die regio, waar ze onderweg zo veel controles moesten ondergaan omdat het in de richting van een grensgebied was.

Daarom was er nu helemaal niemand op het plein van het mausoleum en kon ik gemakkelijk de grafkamer betreden waar Avicenna in een bruin houten altaar lag begraven, waarover een groene satijnen doek getrokken was.

Er hing een aantal ingelijste replica's van Avicenna's schriften aan de wanden. Ik was er benieuwd naar, maar eerst moest ik me omkleden.

Ik deed snel mijn Koerdische kleding uit en trok mijn nieuwe pak aan. Ik vouwde de Koerdische kleding netjes op en legde die in een kast waar de zogenaamde oude kleren van Avicenna hingen.

Ik onderging letterlijk een gedaantewisseling. Het ging niet alleen om die Koerdische kleren, maar om alles wat ik al die jaren ver van thuis gedragen had. Wat ik nu droeg, was een pak zoals mijn vader dat zou hebben gedragen. Een duurzaam pak, van een goede stevige stof, dat je levenslang kon dragen. Met dit pak werd ik opeens een betamelijke man van leeftijd. Ik keek in de spiegel van Avicenna en ik glimlachte. Alsof ik opnieuw geschapen was.

Op het moment dat ik wilde vertrekken, viel mijn blik op een heel oude houtsnedeprint, een verkleurde print die eigenlijk geen aandacht trok, maar die van mij wel. Het kwam door de houding van de man, Avicenna, op die print.

Hij keek verwonderend op naar een plek in de hemel, maar waar hij naar keek was zo vergeeld dat je niet kon zien wat hij zag.

Op die dag kwam ik er niet achter waar Avicenna naar keek in de hemel.

Nu wel, nu ik achter het bureau van mijn grootvader zit. Toen ik over die dag in Hamadan aan het schrijven was, bladerde ik door een oud astronomieboek en vond ik waar ik naar zocht.

Avicenna was wereldberoemd door zijn boek over de geneeskunde, maar uit nieuwsgierigheid observeerde hij de sterren en hij had een persoonlijk observatorium op het dak van zijn huis. Op een nacht was hij getuige van een spektakel in de hemel. Hij noteerde zijn observatie met alle details ervan in zijn astronomieschrift. Zijn observatie werd later in alle astronomieboeken opgenomen.

Hij had het volgende over dat spektakel geschreven: 'Ik heb iets ongewoons gezien, waarschijnlijk het helderste hemelverschijnsel waarvan de mens ooit getuige mocht zijn. Er verscheen een bol van vuur in de verre verte in de hemelen, en die daalde met een snelheid alsof hij op de grond ging vallen. Maar opeens barstte hij, ontplofte hij, en dat gaf een enorme hoeveelheid licht, eerst groen, toen rood, toen paars, toen wit en toen zwart, en daarna liet het verschijnsel een zwarte plek in de hemel achter.'

Ik las verder in dat astronomische boek. Wat Avicenna op die nacht gezien had, en waar hij over geschreven had, was een supernova, een spectaculair verschijnsel dat zich vrij zelden voordoet. In de afgelopen tweeduizend jaar zijn er in ons Melkwegstelsel minder dan tien waargenomen. Om precies te zijn in de jaren 185, 386, 393, 1006, 1054, 1181, 1572; in het jaar 1006 keek Avicenna ernaar.

Tot zover die houdsnedeprint van Avicenna.

Ik was nog in de grafkamer toen de conciërge, die me waarschijnlijk eerder in de Koerdische kleding had gezien, naar binnen kwam. Verbaasd en argwanend keek hij me aan.

Hij kon natuurlijk niet begrijpen wat er gebeurd was. Achterdochtig zei hij: 'Hebt u een ticket gekocht?'

'Nee, natuurlijk niet,' zei ik gerust.

Ik stopte een geldbiljet in zijn hand en ging als een heer in mijn nieuwe pak terug naar de bazaar om een aandenken voor mijn moeder te kopen.

Schrijvend over die dag ontdekte ik iets anders over Avicenna, iets over hem persoonlijk.

Op een nacht werd er op zijn deur geklopt. Hij deed open en zag daar een jonge vrouw, die hem om onderdak en bescherming vroeg.

Hij liet haar binnen en ze verbleef twee maanden bij hem. Gaandeweg ontving Avicenna haar in zijn bed.

Op een andere nacht forceerden een paar gewapende mannen zijn deur en namen zowel de vrouw als Avicenna mee. De vrouw was de mooiste vrouw uit de harem van de kalief Alghadero Bellah. Ze was uit de harem gevlucht en had haar toevlucht gezocht bij de wereldberoemde wetenschapper Avicenna.

Avicenna werd gevangengenomen, maar de wereld bemoeide zich ermee en hij werd vrijgelaten.

Inmiddels was de vrouw zwanger geraakt van Avicenna. De kalief Alghadero Bellah ontbond zijn verbintenis met haar en stuurde haar het paleis uit.

De vrouw ging terug naar Avicenna en schonk hem een dochtertje.

Ik zocht overal naar de namen van de vrouw en haar dochtertje, maar ik kon ze niet vinden.

14

Ik liep in de bazaar en zocht iets om voor mijn moeder te kopen. Mijn moeder, die de honderd bereikte, dement was geworden en niemand meer kende.

Elk jaar dacht ik weer dat ze het einde van het jaar niet zou halen, maar ze haalde het wel, want ze had ooit aan de telefoon tegen mij gezegd: 'Ik ga niet dood voordat ik je nog een keer in mijn armen heb genomen.'

Ik was niet alleen een zoon voor haar, maar ook haar steun en toeverlaat. Want haar man, mijn doofstomme vader, was een simpele man die niets over de wereld wist, die het alfabet niet kende en niets met getallen had. Andere landen of de presidenten of de geestelijken zeiden hem allemaal niets. Hij wist niet dat de maan om de aarde draaide, en de aarde om de zon, en hij wist zeker niets over een supernova.

Er waren drie personen met wie hij erg verbonden was: allereerst zijn eigen moeder, daarna zijn vrouw, mijn moeder, en tot slot ikzelf, zijn zoon, de plaatsvervangende vader van het gezin.

Hij was al jaren geleden overleden en sindsdien woonde mijn moeder alleen, maar toen ze haar geheugen begon te verliezen, regelden mijn zussen dat een weduwe, een boerin, met haar ging samenwonen.

Nu wilde ik een aandenken uit Hamadan voor haar meenemen.

Lopen en zoeken in de bazaar was plezierig voor mij, nu ik na al die jaren de stad weer bezocht, maar ik kon niets toepasselijks voor mijn moeder vinden. Wat ik zag waren zadels, riemen, puntige leren schoenen, witte schapenvachten, ouderwetse dameshoeden en herdersgewaden. Allemaal producten waar je niets aan had en die je ook nergens anders ter wereld kon vinden, maar wel allemaal spullen die sinds het tijdperk van de Meden niet veranderd waren. Ze waren waarschijnlijk bedoeld voor buitenlandse toeristen die voorlopig niet kwamen opdagen.

Verder was de bazaar volgepropt met goedkope Chinese plastic producten. Ik kon niets waardigs vinden dus ik stopte ermee, en vond een eethuis om iets te eten.

Dat was de beste beslissing: alles in de bazaar zag er nep en nutteloos uit, maar wat dat eethuis te bieden had was oorspronkelijk, het waren waarlijk dezelfde gerechten uit de tijd van de Meden.

Ik ging zitten. Het was een familie-eethuis, er waren veel kinderen met hun ouders. Ik keek naar mezelf in de grote spiegel die er hing; ik was blij als een kind met mijn nieuwe pak.

Mijn lieve, simpele vader had me een keer meegenomen naar onze stad om met zijn zoon te pronken in de bazaar waar mijn grootvader als een van de vooraanstaande saffraanhandelaren een eigen firma had.

Per ongeluk kwamen we hem in die drukke bazaar tegen.

De scène van hun ontmoeting staat in mijn geheugen gegrift. Mijn grootvader was boos, woedend op mijn vader. Hij zei in gebaren tegen hem: ‘Waarom heb je je zoon als de zoon van een bedelaar naar de stad meegenomen? Wilde je misschien samen met hem bedelen in de bazaar?’

Mijn arme vader gebaarde haastig: ‘Nee, nee, niet bedelen. Ik wilde hem de bazaar laten zien.’

‘In zijn pyjama?’

Mijn grootvader nam me meteen mee naar een kledingwinkel en kocht een pak voor me. Het pak dat ik nu droeg, was ongetwijfeld met dezelfde stof en dezelfde patronen gemaakt. Want elke keer dat ik mijn pak aanraakte, moest ik aan mijn eerste pak denken.

‘Wat wilt u eten?’ vroeg de ober.

‘Haal voor me wat je zelf lekker vindt,’ zei ik.

Hij glimlachte en bracht me een geurig gerecht dat ongetwijfeld de favoriet van de Meden was geweest. Het rook en smaakte naar een spijs uit een oude koninklijke keuken met geurige groente, bergwortels, granaatappel, walnoot en smakelijke aubergine die je met vers brood at.

Daar, in dat eethuis, voelde ik me thuis, en vooral na dat gerecht wilde ik eigenlijk niet weg, maar ik moest wel gaan kijken met welke bussen ik naar onze stad, of eigenlijk naar ons dorp in de bergen kon gaan.

Met tegenzin kwam ik overeind en ging ik toch nog even kijken of ik iets voor mijn moeder kon vinden.

Ik liep opnieuw de bazaar van begin tot eind langs, maar nee, ik kwam niets toepasselijks tegen.

Toen trok een oude man met een lange grijze baard mijn aandacht. Hij zat op de grond voor zijn kleine winkel, op een oude schapenvacht, waar hij goedkope en nutteloze spullen verkocht. Dingen als oude pannen, gebroken oude kaarshouders, ouderwetse verroeste handlantaarns, verkleurde ambachtelijke sieraden van goedkope stenen, metalen, messing, brons en staal.

Hij riep: 'Ik heb iets voor u als u naar iets waardigs zoekt!'

Zijn stem was een stem uit de Oudheid, een vergeten, verloren oude stem die van onder de ruïnes van Hamadan tevoorschijn kwam.

'Wat? Wat hebt u voor mij?' zei ik.

Hij stond met moeite op en ging de donkerte van zijn winkel binnen, gebogen zocht hij onder versleten bronzen kommen en zilveren beelden, een afgehakt hoofd van een standbeeld, een gebroken metalen been van een krijgsheer en twee vlechten van een vermoedelijke prinses. Hij haalde een oude cilinder van klei, de ware of een replica van de Cyrus-cilinder, tevoorschijn. Hij wikkelde hem in een oud lapje, stopte dat in mijn handen en fluisterde: 'Ik ga niet dood voordat dit afgelopen is.'

15

Voordat ik de bazaar verliet, kocht ik nog een doos koekjes voor de verzorgster van mijn moeder en een leren tas om die souvenirtjes in te stoppen, en met de tas in mijn hand ging ik naar het busstation.

Het was lente en alle bomen hadden jonge bladeren en kleurige bloesems. Na jaren zag ik weer de lente waarin ik opgegroeid was.

Is er verschil tussen de lentes?

Er is absoluut verschil tussen de lentes: de eerste lente die je bewust meemaakt is jouw lente, de eerste jonge bladeren en bloesems die je in je leven opmerkt, blijven bij je.

En nu gaven Hamadan, de lente en het pak me een gevoel van thuiskomen. Mijn uiterlijk was totaal veranderd in vergelijking met dertig jaar geleden en in dat pak zag ik eruit als een welgestelde man en het beschermde me. Ik ging dus gerust tussen de andere passagiers het busstation binnen.

De bewakers die voor de poort stonden groetten me met respect, alsof de droom van mijn grootvader was uitgekomen. Hij had me namelijk altijd als zijn opvolger op het oog gehad en als het zo was gelopen, was ik een vooraanstaande saffraanhandelaar geworden en liep ik ongetwijfeld in zo'n zelfde soort pak door de bazaar van onze eigen stad.

Het is merkwaardig dat hoe ouder we worden, hoe meer gewoontes we van onze familie overnemen. Ik liep nu echt rond als een rijke saffraanhandelaar.

De baas van het busstation die daar rondliep om het verkeer van de arriverende en vertrekkende bussen te regelen kwam op me af, groette me, gaf me een hand en vroeg: 'Waar gaat de heer naartoe, *inshallah*?'

Ik wilde naar ons dorp Djirya, hoog in de bergen, maar ik moest eerst naar de stad Sultan Abad gaan, waar ons dorp toe behoorde.

Vroeger gingen er geen rechtstreekse bussen naar Sultan Abad en moest je in de stad Malayer overstappen.

'Er gaan nog steeds geen rechtstreekse bussen,' zei de baas van het busstation. 'Maar u hoeft niet meer naar Malayer te gaan. Ergens halverwege, in het dorp Ghazeran, kunt u overstappen. Vanaf daar kunt u een busje naar Burghan nemen en vanaf daar naar Djirya. Zo bent u eerder thuis.'

Ik nam zijn advies ter harte.

Hij riep de conciërge om me een glaasje thee te geven. De conciërge, die met een traditionele draagbare samowar de chauffeurs van verse thee voorzag, schonk me een glaasje thee in. En naar wat men van een heer verwachtte, stopte ik een geldbiljet in zijn zak.

Toen ik mijn smakelijke thee gedronken had, werd ik door de baas van het station begeleid tot de bus. Hij vertelde de chauffeur waar ik moest overstappen en welk busje ik daarna moest nemen.

Ik stapte in en ging weer op de laatste rij zitten, hoewel de chauffeur me de stoel naast hemzelf aanbood.

De bus kwam in beweging en reed het station uit.

Toen we de stad verlieten en Hamadan achter de heuvels verdween, knoopte ik de doek voorzichtig open en legde de Cyruscilinder op mijn schoot.

Jaren geleden, toen ik voor het eerst naar Londen was gegaan, ging ik op de eerste dag naar het British Museum, alleen om de Cyrus-cilinder te bewonderen. Zodra mijn blik op de cilinder in die vitrine viel, raakte ik in een emotionele toestand en een paar minuten lang hoorde ik niets en niemand, hoewel er honderden mensen om me heen waren.

Ik was getroffen door een stuk levendige geschiedenis: een stuk van de prehistorische tijd waarin de mens behoefte kreeg aan rechten, zonder dat de term 'vrijheid' bestond. En Cyrus was degene die zich ervan bewust werd.

De kleicilinder die nu in die vitrine in het British Museum lag, was meer dan 2500 jaar oud en behoorde tot mij. Tijdens mijn verblijf in Londen ging ik er dagelijks langs en ik bestuurde de tekst van de cilinder, want die ging over de mensheid en in dit geval over een nobele mens.

Ik had nu dezelfde cilinder op mijn schoot in de bus richting huis, thuis. En onder geen beding wilde ik geloven dat het een replica van de oorspronkelijke cilinder was. Want deze die ik nu bij me had, zag er ouder en oorspronkelijker uit dan die in de vitrine in Londen. Bovendien zou ik geen namaakcilinder voor mijn moeder meenemen na al die jaren van huis weg te zijn geweest.

Maar wat het ook was, het was mij dierbaar. Want Cyrus de Grote had deze cilinder eigenlijk voor Marduk, de god der goden, achtergelaten en ook voor mij en voor dit boek dat ik aan het schrijven ben.

Ik laat Cyrus de Grote zelf zijn eigen woorden uitspreken:

> De mensen van het land Sumer en Akkad waren als dode lichamen geworden door een tiran die daar regeerde.

Marduk, de god der goden, bracht genade aan die mensen.
Op zoek naar een rechtvaardige koning doorzocht Marduk alle landen.
Hij riep mij met mijn eigen naam en de naam van mijn vader op: 'Cyrus, de zoon van Kambuddje!'
En Hij gaf me het visioen om met mijn leger van duizenden naar Babylon te trekken.
Marduk, de god der goden, stond zelf stap voor stap aan mijn zijde.
Mijn troepen, waarvan het aantal als het water van een rivier niet te tellen was, kwamen achter ons aan met hun wapens.
Marduk gaf me het bevel om de stad Babylon binnen te gaan zonder geweld en zonder dat er iemand doodviel.
Op verzoek van Marduk kwamen alle edelen en heersers van Babylon, en alle bewoners van het land Sumer en Akkad om mij te verwelkomen.
Ik werd blij toen ik hun gezichten zag. Ze straalden van geluk omdat ze bevrijd waren van de Babylonische tiran die verdreven was.
De bewoners van Babylon, Sumer en Akkad prezen Marduk, de god der goden, die mij als hun leider aangewezen had.
Ik, Cyrus, de zoon van Kambuddje, verlichtte de pijn van de mensen van dat land.
Ik bevrijdde hun zonen, broers en vaders uit de gevangenissen.
Ik maakte van de grote cederbomen grote poorten voor Babylon.
En ik heb de poorten met goud, zilver en koper versierd.
Ik herbouwde de oude tempel van Babylon, die verwoest was.
En ik herbouwde de synagogen die vernield waren.
En ik lied de joden terugkeren naar hun huizen in Babylon.
Ik bracht de beelden van de goden van Sumer en Akkad en Nabonidus terug naar hun plaatsen zodat de mensen geluk en warmte in hun harten voelden.
Ik ben Cyrus, de koning van Babylon, de koning van Sumer en Akkad, de koning van de vier hoeken van de wereld.

> Deze kleicilinder heb ik onder de muur van de oude tempel van Babylon geplaatst voor de mens, voor de mensheid om te weten dat Cyrus een rechtvaardige koning was. En voor Marduk, de god der goden, die altijd naast hem stond.

En in mijn boek voegde ik later dit aan zijn woorden toe: 'En deze cilinder heb ik onder de muur van de oude tempel van Babylon geplaatst voor de man die niet met lege handen terug naar huis wilde gaan.'

Na een uurtje gereden te hebben, verliet de bus de geasfalteerde weg en na een kilometer of drie stopte hij onder de bomen die vol bloesems stonden. Ik wikkelde de cilinder in het lapje en keek door het raam naar wat er gaande was.

Het was de plek waar ik moest overstappen op een busje.

Wijzend naar een simpel theehuis achter de bomen riep de buschauffeur: 'Meneer! Uitstappen! Daar een glaasje drinken tot uw busje komt.'

Ik stapte uit.

16

Het theehuis was voorzien van een houten zitbank, een aantal theeglazen, een plastic zakje met suikerklontjes en een theepot die op een dampende samowar stond. Verder niets.

Een kleine bejaarde vrouw bediende de passagiers met thee.

Om de motor van de bus te laten afkoelen, ging de chauffeur op de houten bank zitten uitrusten.

Hij trakteerde me op een glaasje thee. Blijkbaar veronderstelde hij dat ik zakendeed in Koerdistan, daarom zei hij zonder een inleiding: 'Gaat het goed met de zaken? Het is toch nog een beetje rustig daar?'

'Klopt, een beetje rustig,' zei ik om mee te praten.

'Waar handelt u in?' vroeg hij.

'In saffraan,' zei ik.

'Om naar Irak te sturen? Daar zit goed geld in,' merkte hij op.

Mijn geboortedorp Djirya stond bekend om zijn saffraanvelden, de beste saffraan van het land kwam uit dat gebied. Daarom dacht de man dat ik daar nu voor zaken naartoe ging.

'Als u geluk hebt, komen de busjes op tijd. Maar soms moet je even wachten, soms zijn er minder passagiers, moeten ze wachten tot de bus vol zit en komen ze wat later,' zei de chauffeur.

Hij dronk zijn thee rustig op, stopte nog een suikerklontje in zijn mond, wenste me geluk en liep naar zijn bus.

Toen de bus weg was, bleef ik opeens alleen achter in het theehuis, ik en de bejaarde vrouw. Er viel even een stilte, de vrouw stond naast de samowar, keek door het luik naar de weg en rookte.

Ik was benieuwd of ze de eigenares van het theehuis was of dat ze er alleen werkte. Om de stilte te verbreken, zei ik: 'Werkt u hier, bent u de eigenaar?'

Maar ze reageerde niet, ik dacht dat ze me niet gehoord had.

Ik zei wat luider: 'Hier zijn de bloesems geuriger, scherp en heerlijk. Het is een mooie lente.'

Alsof ze me voor het eerst zag, keek ze me aan en zei verbaasd: 'De bloesems?'

Ik wees naar de bomen.

Ze zei onverschillig: 'O ja, de lente.'

Ik herhaalde mijn eerste vraag: 'Werkt u hier alleen?'

Ze keek me weer vragend aan. Ze dacht dat ik thee had besteld, ze schonk een glaasje in en overhandigde het me.

Ze was niet doof, dacht ik. Maar waarschijnlijk was ze alles aan het vergeten, net als mijn moeder, en kende ze alleen de thee, de theeglazen, de samowar, de suikerklontjes en verder niets.

Ik nam een slok van mijn thee en zei: 'Hoelang duurt het nog tot het busje komt?'

Ik had gelijk, ze pakte het suikerklontjeszakje en bood me suikerklontjes aan.

Ik had al suikerklontjes, toch pakte ik er een en zei: 'Wanneer komt het busje aan?'

Ze moest lang nadenken over wat een busje was. Maar onverwachts bracht ze haar hoofd naar voren en fluisterde: 'De koe komt eraan.'

'Welke koe?'

'De koe met grote gouden hoorns!'

'Wat bedoelt u?'

Ze bracht haar hoofd naar mijn oor en sprak deze woorden: 'Dan spreekt Hij, de Opmerkzame, die de plannen van Zijn wijsheid kent: "Melk en boter, dit is het recept dat in overleg met Recht is gemaakt."'

Ik dacht dat ze in haar eigen gedachten leefde, dat ze het busje als een koe zag in haar fantasie, daarom zei ik: 'Fantastisch! Hoelang duurt het nog?'

'Hij is onderweg,' zei ze wijzend naar de weg.

Ik betaalde, bedankte haar en liep naar buiten om op het busje te wachten. Na dertig jaar was ik weer terug in de wereld van sprookjes en fantasie. Ik was benieuwd hoe de dag of de avond zich verder zou ontwikkelen.

Even later verscheen geen koe, maar wel het busje in de verte. Ik zag het nog niet duidelijk, maar ik hoorde zijn gezoem en zag het stof van de weg dat het deed opwaaien.

Na een paar keer achter de heuvels verdwenen en weer verschenen te zijn, arriveerde het busje. En het zat vol met passagiers, er moest zelfs een aantal mensen tussen de stoelen staan.

Een paar passagiers stapten uit en de chauffeur, een jonge man, riep uit het raam naar mij: 'Gaat u mee?'

'Ja, ik ga mee.'

Iemand die naast de chauffeur zat, bood me zijn stoel aan. Ik bedankte hem, ging zitten en de chauffeur reed weg.

Na een halfuurtje door de heuvels gereden te hebben, bereikten we het dorp Ghazeran en iedereen stapte uit.

‘Meneer, uitstappen,’ zei de chauffeur.

‘O ja, hier. Weet u wanneer het volgende busje komt?’

‘Ik niet, niemand niet,’ zei hij en hij reed weg toen ik als de laatste passagier uitstapte.

Het was laat in de middag en straks zou het donker worden. Alle passagiers waren weg en ik stond alleen op het zogenaamde dorpsplein, maar het was geen plein, het was niets meer dan de plek waar de busjes aankwamen en vertrokken. De woningen begonnen pas een heuveltje verder.

Dat dorp was me om twee redenen dierbaar: de eerste hield verband met de lente, en over de tweede zal ik straks vertellen.

Vroeger, in mijn kindertijd, woonde er een neef van mijn vader in dat dorp. Mijn vader had me er een keer per paard naartoe gebracht. Ik was een jaar of zeven en de tocht werd mijn eerste kennismaking met de lente: alles bloeide in de bergen, de vogels zongen, de bomen hadden kleurige bloesems, de zwangere geiten sprongen stevig van de ene rots naar de andere, de riviertjes liepen helder en vrolijk naar de vallei en de adelaars vlogen boven ons hoofd.

We overnachtten in het lemen huis van die neef van mijn vader. Van die nacht heb ik Mars onthouden, als troost toen ik als kind niet kon slapen, zo voor het eerst buiten ons eigen huis.

Als er geen busje meer kwam, zou ik de nacht waarschijnlijk bij die familie moeten doorbrengen, maar ik vroeg me af of die oude neef nog leefde.

Ik bleef op het lege plein staan wachten. Een kolonie van kraaien kwam aanvliegen en ging in de enige hoge boom zitten, waar ze lawaaiig begonnen te krassen.

Ik dacht dat ze opzettelijk harder krasten om het dorp te waarschuwen dat er een vreemdeling in pak op het plein stond.

Die neef van mijn vader had een zoon van mijn leeftijd die Ghasem heette, maar in de afgelopen dertig jaar had ik geen enkele keer aan hem gedacht. Wel had ik aan zijn vrouw gedacht. Zij was me fictief dierbaar.

Het harde gekras van de kraaien had zijn werk gedaan. Er kwam een oude man met wandelstok uit het niets tevoorschijn. Hij groette me en vroeg: 'Kan ik de heer van dienst zijn?'

Ik groette hem terug en zei dat ik op het busje wachtte dat naar Djirya ging.

'Dat komt niet meer.'

'Waarom niet?'

'Dat busje heeft een bruid met haar familie naar de stad gebracht, het keert pas morgen terug.'

Zo te zien moest ik daar inderdaad overnachten. Maar het dorp had geen herberg, dus ik informeerde naar die oude neef van mijn vader. De man vertelde me dat die neef en zijn vrouw al lang geleden overleden waren.

'Zijn zoon dan? Ghasem? Woont hij in het dorp?' vroeg ik.

'Ja, hij heeft altijd in het dorp gewoond met zijn gezin. Zal ik u naar hem toe brengen?' vroeg hij.

Nee, nee, zo onaangekondigd, uit het niets en dan ook nog met lege handen wilde ik niet voor hun deur gaan staan. Maar een andere keuze had ik niet. Ook was ik benieuwd hoe het met de vrouw van Ghasem ging.

Ik kreeg het adres van de woning van Ghasem van de oude man en ik volgde wat het leven me te bieden had.

17

Als ik me niet vergiste en de wet van de herinneringen die oude scène niet aangepast had, ging het verhaal betreffende de vrouw van Ghasem als volgt: Ghasem wilde trouwen en naar verluidt had hij zijn hand op het mooiste meisje van het dorp gelegd.

Vrouwen hadden de bruid van Ghasem naar de stad gebracht om een bruiloftsjurk voor haar te kopen. En ze hadden mijn moeder meegenomen omdat ze handig was en de stad goed kende.

Ik was in de bazaar bij onze firma, het zal zomer zijn geweest, want ik was er aan het werk. Aan het eind van de middag kwamen de vrouwen bij mijn grootvader langs om hem te groeten en om even uit te rusten.

Hij verwelkomde ze en liet de conciërge thee en lekkernijen brengen. Ik was een jaar of achttien. Ik zag de vrouwen, maar de bruid nog niet. Ik lette niet op haar, want ze was verlegen en gehuld in haar witte bebloemde chador als teken van een aanstaande bruid. Ze was van mijn leeftijd, of misschien ietsje jonger.

Mijn grootvader stopte een paar geldbiljetten in mijn jaszak en zei: 'Neem de bruid mee en kijk wat ze wil hebben. Dat wordt mijn geschenk voor hun huwelijk.'

De vrouwen werden blij. Ik schrok, want op mijn eigen zussen na was ik nooit eerder met een meisje van mijn leeftijd omgegaan.

Onwennig gingen we samen de bazaar in. Ze was inderdaad een mooi meisje, een oorspronkelijke dorpsschoonheid. Ze was verlegen en ik onhandig, maar een van ons moest toch iets zeggen en tot mijn verrassing zei ze: 'Waar neem je me mee naartoe?'

Haar stem was verleidelijk, waarschijnlijk zonder dat ze verleidelijk wilde zijn.

'Wat, waar, wat bedoel je?' zei ik.

'Ik bedoel, hoeveel geld heb je meegekregen?' zei ze, toch een beetje verlegen.

Ik liet de biljetten aan haar zien. Ze zei: 'Dan een horloge. Een smalle, een nieuw exemplaar.'

Nu begreep ik hoe Eva haar man Adam wist te verleiden, door hem de appel aan te bieden.

'Kom dan,' zei het meisje, 'anders gaan de winkels dicht.'

Ik bracht haar naar de juwelierssteeg, waar ik honderden keren doorheen was gelopen maar nog nooit in de vitrines had staan kijken.

Ze keek in de verlichte juweliersvitrines naar de horloges en ik keek naar haar, naar haar gedaante onder haar witte bebloemde chador.

Bij één vitrine bleef ze langer staan. Ze wees naar een horloge en zei: 'Wat denk je van die?'

'Als je die wenst,' zei ik, mezelf herpakkend.

'Het is wel duur, denk ik,' zei ze binnensmonds.

'We zullen zien,' zei ik, zonder zelfs te weten hoe ze heette.

Ik liet haar voor me de winkel binnenlopen en ik vroeg de juwelier om het horloge aan haar te laten zien.

De man haalde het uit de vitrine en legde het op de glazen

toonbank voor haar neer. Ze pakte het horloge, overhandigde het me en zei: ‘Doe het om mijn pols.’

Misschien omdat ze niet wist hoe, of omdat ze wilde dat ik haar nooit zou vergeten.

Alsof ze mijn bruid was, deed ik het horloge nauwkeurig om haar pols.

Ik had in die tijd de vertellingen van Duizend-en-een-nacht nog niet gelezen. Als je die leest, begrijp je volkomen hoe God de vrouw in elkaar heeft gezet.

‘Volgens mij is het duur, kost het meer dan je bij je hebt,’ fluisterde ze van onder haar chador.

Ik legde de geldbiljetten op de toonbank en legde er een paar van mijn eigen biljetten naast.

Ze verborg het ingepakte horloge in haar tas. En ik deed de deur voor haar open.

Eenmaal buiten, nog bij de verlichte vitrine vol goud, sloeg ze haar witte bebloemde chador even open en toonde ze haar gedaante aan mij.

En toen zei ze glimlachend: ‘Je handen ruiken naar saffraan.’

‘Mijn handen?’

‘Het horloge,’ zei ze. ‘En vandaag is de achtentwintigste dag van de maand.’

Ik keek haar vragend aan.

‘De achtentwintigste van de maan heet Saffraan. En het getal drie brengt geluk.’

‘Welke drie?’

‘De achtentwintigste, het horloge en de geur van je handen.’

Ik lachte hardop.

Het meisje kwam uit een dorp waar de leer van Zarathustra nog altijd leefde. Wat het ook was, ze had haar werk goed gedaan. Als ik vele jaren later aan thuis dacht, dacht ik aan haar, met haar bruidshorloge in de juwelierssteeg.

En nu dertig, vijftig, of misschien honderd jaar later liep ik, zocht ik naar het huis waar ze woonde.

Ik liep hun steeg binnen, stond voor hun woning.

Ik keek door het raam naar binnen, er brandde veel licht in de woonkamer. Het was druk, het was vrijdagavond en er waren twee, drie jonge vrouwen, twee, drie jonge mannen en zes, zeven kleine kinderen. En een oude boer en een boerin met grijze haren.

Waar was de tijd gebleven in al die jaren?

De tijd was daar in die woonkamer gebleven, en de tijd was daar nog altijd aanwezig.

Maar waar de tijd was, en waar de tijd voorbijging, was geen ruimte voor mij. Ik klopte niet op hun deur.

Ik keerde terug naar het plein. Het leven had me geleerd dat ik mocht wensen en dat mijn wensen zouden worden gehonoreerd.

Ik wilde die avond thuis zijn.

Ik geloofde in wat het leven me geleerd had, daarom bleef ik op dat pleintje wachten. Ik was niet alleen, de colonne van de kraaien die in de enige boom van het plein zaten wachtte samen met mij. Het duurde niet lang voordat ze met z'n allen in de lucht sprongen en begonnen te krassen. De kraaien vlogen ongetwijfeld namens Mercurius over het plein om me te waarschuwen.

Ik hoorde nu het gezoem van een auto in de verte in het donker. Even later verscheen een bestelwagen op de helling van de heuvel. Ik zwaaide ernaar en hij reed het plein op.

In de bagageruimte van de bestelwagen stond een grote witte koe met grote hoorns.

'Waar wilt u naartoe?' riep de chauffeur.

'Naar Djirya,' zei ik.

'Stap in,' zei hij.

Ik nam naast de chauffeur plaats en hij reed gestaag naar de bergketen in de verte, waar nu Jupiter, Mars en Venus met wat afstand van elkaar boven aan de top van de hoogste berg schitterden.

18

Het was nacht en we reden langs de bergen die het helderste en breedste zicht op de zeven oude hemelen boden.

Zo'n duizend jaar voor de geboorte van Christus liep Zarathustra in deze omgeving en dacht hij na over de wereld. Ergens hoger in een van deze bergen, vlak bij de plek waar ik geboren ben, is een diepe grot waar hij naartoe ging om zich in alle rust te bezinnen. Die grot staat bekend als Zarathustra's spelonk.

De ingang van deze grot biedt een weids uitzicht op de hemel waar hij de sterren observeerde.

Hij heeft het gewelf en de wanden van die grot beschilderd met afbeeldingen van sterren, de planeten, de maan en de zon. Later, toen hij profeet werd, heeft hij de volgende eerbetuiging als gebed in zijn heilige Avesta opgenomen:

> Ahura Mazda, ik vraag U vanuit de bodem van mijn hart.
> Geef antwoord op mijn vragen:
> Wie heeft deze mysterieuze wereld bedacht?
> Wie is degene die de zon en de sterren op hun pad geholpen heeft?

Wie is degene die de maan soms vol en soms halfvol en soms half-
half toont?
Ahura Mazda, er zijn nog meer vragen die me bezighouden:
Wie houdt de aarde vast van beneden zodat hij niet valt?
Wie waakt over de sterren zodat ze niet op de aarde vallen?
Wie is de maker van water en planten?
Wie is degene die een vaart aan de wind en de wolken geeft?
Ahura! Ik vraag U, wie is de schepper van dit levengevende licht?
Wie is de bedenker van de nacht en de nachtrust?
Wie heeft de ochtend bedacht?
Ahura Mazda, ik heb nog veel meer vragen.
Tot Uw antwoord betuig ik lof voor zo veel schoonheid die ik mag
bewonderen.

In de stilte van de bestelwagen dacht ik aan Zarathustra die ooit langs die rotsen wandelde. En ik dacht aan die buitengewone witte koe die in de bagageruimte stond en door wiens gewicht de bestelwagen met moeite de hellingen op reed.

Het was geen gewone koe, maar een koe die me aan een koe uit sprookjes deed denken, of een koe die uit de gebeden van Zarathustra tevoorschijn was gekomen, de koe die bij God was: 'Wij hebben jou voor hen geschapen die op de viervoeters passen en voor degenen die hun weilanden verzorgen.'

Ik was met die gedachten bezig toen de chauffeur zei: 'Wat zoekt meneer in de bergen in de nacht? Zaken natuurlijk.'

'Nee, geen zaken, ik ga mijn moeder bezoeken,' zei ik.

'Wat een goede daad,' zei de chauffeur. 'U ziet er niet uit als een inwoner van Ghazeran.'

'Nee, nee. Er reden geen bussen, daardoor belandde ik in Ghazeran,' zei ik.

Ik was geen Koerd, ook had ik geen accent van de regio Hamadan, en vooral mijn gereserveerde houding zal de man nieuwsgierig hebben gemaakt. Maar ik had geen zin om zijn vragen te beantwoorden, daarom zei ik: 'Die koe! Hoe kom je aan zo'n koe?'

'Ze is niet van mij, ik vervoer haar. Volgens mij komt ze van over de grens, zulke koeien kennen we hier niet. Ik vervoer haar in opdracht van een veebedrijf.'

'Eigenlijk kenden we hier helemaal geen koeien, ook amper melk. Een koe in de bergen was zeldzaam,' zei ik, 'pas als we ziek waren, kregen we een glaasje melk als medicijn.'

'Niets veranderd,' zei de chauffeur. 'In ons dorp woont een rare oude man die met niemand contact heeft, maar hij heeft wel een koe in zijn kelder. Niemand begrijpt hoe hij die koe langs die trappen in de kelder heeft gekregen. Zijn vrouw, een bejaarde, verkoopt melk in kleine potjes op het dorpsplein. Jonge moeders kopen haar potjes voor hun kinderen, ze denken dat het genezend is.'

In een bocht kantelde de bestelwagen een beetje, de man riep: 'Allemachtig! Als we nu maar niet in de vallei vallen met die koe.'

Hoe hoger we reden, des te moeilijker het werd en de man vreesde dat zijn bestelwagen het straks niet meer trok. Waar hij bang voor was, gebeurde, want bij de volgende bocht maakte de motor van zijn bestelwagen een loeiend geluid en wilde hij niet meer verdergaan. De chauffeur vroeg me of ik wilde uitstappen, zodat de auto wat lichter werd.

Ik stapte uit, maar het mocht niet baten.

'Als je de auto aanduwt,' riep hij.

Ik duwde de bestelwagen, terwijl de koe me met grote ogen aankeek.

Maar mijn duwen mocht ook niet baten.

'Laat maar,' riep de man en hij stapte uit.

We keken hoe ver we waren. De lichtjes van Djirya brandden in de verte.

'De koe moet eruit,' zei de chauffeur.

Met moeite hielpen we de koe met uitstappen.

'Even iets bedenken,' zei de chauffeur. 'Als u een beetje rustig aan met de koe naar het dorp loopt, ga ik de eigenaar waarschuwen.' En hij reed weg.

Ik had geen keuze, pakte het touw dat om de nek van de koe hing en trok eraan. De koe volgde me in het licht van de sterren.

Ik had alles verwacht tijdens die reis, maar niet dat ik met een koe door de bergen zou lopen.

Ik klom een uur tegen de heuvels op, vergezeld van die zware stappen van de koe, de chauffeur keerde niet terug. Een hond had ons gezien en waarschuwde met zijn geblaf de andere honden voor deze ongewone verschijning langs de weg.

We waren vlak bij het dorp toen een groep honden ons tegemoet rende. Ze blaften hard, alsof het dorp in gevaar was. Daarna kwamen er nog meer honden tevoorschijn, van alle kanten, ze sprongen van de rotsen en renden naar ons toe.

Ik schrok, maar de koe keek ze onverschillig aan. De honden blaften, maar ze durfden niet dichterbij te komen.

Met een aantal honden achter ons en een aantal voor ons naderden we het dorp.

Djirya was een eenvoudig dorp. Mijn familie woonde iets hoger in de bergen, zodat we geen buren hadden.

Het dorp bestond uit een dorpsplein met een moskee en een theehuis, een slager, een paar kruideniers, een kapper, een basisschool en een hamam die 's morgens door mannen werd gebruikt en de rest van de dag door vrouwen.

Nu, door het geblaf van de honden, waren er wat oude mannen naar buiten gekomen om te kijken wat er gaande was. Er moest namelijk wel iets ongewoons aan de hand zijn, als de honden zo met z'n allen blaften. De mannen keken verbaasd naar het beest dat ik met het touw naar het dorpsplein leidde. De honden waren nu stil en keken waaks naar wat de mannen zouden doen.

De chauffeur, die in zijn zoektocht naar de eigenaar naar het dorp was gereden, kwam ontredderd op me af en klaagde: 'Ik kan niet de hele nacht op zoek naar de eigenaar langs de deuren gaan. Er is iets misgegaan, hij is nergens te vinden.'

Hij besloot de koe achter het theehuis te laten staan tot duidelijk werd van wie ze was. Maar de koe wilde niet mee. Ze stond als een berg en bewoog niet.

Mensen waren zo bezig met de koe dat mijn aanwezigheid niemands aandacht trok.

Ik dacht dat het beter was als ik me stilzwijgend terugtrok en naar huis ging, maar een oude man keek me ineens verbaasd aan.

'Is het echt waar?' zei hij blij. Daarna riep hij naar de andere mannen: 'Kijk hoe het leven speelt. De zoon van Akbar, de kleinzoon van Aga Taghi Khan, is terug. Hij lijkt sprekend op zijn grootvader.'

Verwonderd keek ik de oude man aan. Als ik me niet vergiste was hij de loopjongen die vroeger in onze saffraanfirma werkte. Een jongen van mijn leeftijd, met wie ik samen de grote saffraanzakken in de opslagruimte rangschikte. Hij bracht de zakken naar binnen en ik zette het merk van de firma met een kwast en sjabloon en rode verf erop. Hoewel we dezelfde leeftijd hadden, zag hij er door het harde leven hier veel ouder uit dan ik.

'Hij is terug, na jaren te zijn weg geweest,' zei de oude man. 'En hij heeft een koe als een berg met zich meegenomen.'

Hij opende zijn armen naar mij en met tranen in mijn ogen omarmde ik hem.

De andere mannen kwamen naar voren en ze drukten allemaal mijn hand.

'Het lijkt alsof Aga Taghi Khan is teruggekeerd naar het leven,' zei een van hen.

'Hij brengt een bezoek aan zijn oude moeder natuurlijk. Een goede daad, God zal hem belonen,' zei nog een ander.

'Is het een kort bezoek of blijft u?' vroeg een andere man.

'Hij komt zeker om de verloren saffraanvelden te doen herleven?' zei de oude man lachend, die als loopjongen voor ons in de bazaar had gewerkt.

En mijn antwoord was: 'We zullen zien. We zullen zien wat het leven me nog verder te bieden heeft. Nu eerst naar huis, waar mijn oude moeder op me wacht.'

Ik drukte hun handen nog een keer en ik liep terug, de bergen op naar ons eigen huis.

Ik klom hoger en hoger en hoorde zware stappen achter me. De koe. Ze liep me achterna en ik dacht aan de goden. Zij hadden dit gedaan. Zij hadden me met die witte koe beloond voor mijn beslissing om naar huis terug te keren.

En dat alles was niet voor niets. Want ik hoopte, ik wenste, dat mijn terugkeer iets waardigs met zich zou meebrengen. Wat voor iets waardigs wist ik niet, maar in al die onzekerheden was één ding zeker, en dat was mijn vertrouwen in het leven. Want door mijn lange leven had ik geleerd dat wat ik ook wenste, gehonoreerd werd. Ik had natuurlijk geen koe gewenst, en op dat moment liep er wel een koe achter me aan. Maar van wie ze ook was, en hoe het ook geregeld was, en of ze tijdelijk bij me was of niet, ik had er alle vertrouwen in. En bovendien kon ik nu samen met die koe terug naar huis gaan.

Ik pakte het touw van de koe dus op en we liepen verder, naar waar mijn moeder ongetwijfeld wakker was en op me wachtte.

19

Mijn grootvader had de volgende woorden als laatste gesproken toen hij stierf. Ik was niet er niet bij, maar hoorde het later: 'Het leven was mooi en ik leefde zoals het hoorde, maar het is jammer dat ik Aldebaran niet meer mag zien.'

Hij was er niet meer, maar Aldebaran nog wel.

Aldebaran was de helderste ster in het sterrenbeeld Stier, maar thuis had ik geleerd dat de mens het meest heldere wezen in het gehele mysterie was: de mens als het mooiste van alles.

In de boeken in ons huis las ik de volgende onvergetelijke woorden over de mens:

> De eerste mens was Kiyomarth.
> Zijn schepping vond plaats in het tweede deel van het derde millennium van het twaalfduizend jaar oude heelal.
> Ahura Mazda creëerde het lichaam van Kiyomarth uit klei, daarna plukte Hij een tak van het licht uit de eeuwigheid en Hij voegde dat licht toe aan de klei van Kiyomarth.
> De warmte van dat eeuwige licht zit in het zaad van de mens.

Volgens de leer van Zarathustra verbindt die rode Aldebaran de mens met het oneindige.

En hij sprak deze woorden in zijn gebeden uit:

> O, Ahura Mazda!
> Ik ben dankbaar voor dit menselijke gezicht waardoor ik de schoonheid en de grenzeloze grootsheid van de hemelen mag waarnemen.

In de aanwezigheid van Aldebaran en in zijn licht klom ik de berg op naar mijn ouderlijk huis.

Mijn moeder was pas veertien toen ze met mijn dove vader trouwde. Hoewel ze dankbaar was voor het huwelijk, begreep ze niet wie had bedacht om haar juist aan die man te geven.

Ze lag plotsklaps in bed met een man met wie ze niet kon praten. Ze waren man en vrouw, maar zonder een taal. Ze begon dus maar een eigen taal voor haar gezin te creëren; een gebarentaal, zodat haar toekomstige kinderen met hun vader konden communiceren.

Ze liet al snel zien dat ze een bekwame vrouw was, hardwerkend en betrouwbaar. Daarom gaf mijn grootvader later het toezicht over de saffraanvelden aan haar en kocht hij een huis voor hen vlak bij de velden.

Het was een uniek huis, eigenlijk een kostbaar monument, waardoor de autoriteiten vaak hadden geprobeerd om mijn ouders te dwingen de woning te verlaten en aan de staat te verkopen. Mijn moeder wilde dat echter onder geen beding en de zaak werd stilgelegd tot ze zou overlijden.

De woning van mijn ouders was eigenlijk een grot geweest waarin ooit de eerste grotbewoners in dat gebied hadden gewoond. Deze grot en de spelonk van Zarathustra werden als de sierjuwelen van deze bergen gezien.

De plek – of de grot – waar we woonden was door de eeuwen heen en door de verschillende bewoners een goed en onvergankelijk huis geworden.

In de winter had de woning een natuurlijke warmte, dat kwam door een stille vulkaan in de bergen. En in de zomer circuleerde er een frisse lucht door het huis, want er waren een paar natuurlijke luchtwegen in de wanden gehakt.

Nu liep ik met het touw van die grote witte koe in mijn hand en de koe achter me naar dat huis.

Mijn hart klopte hard en de spanning steeg. Mijn droom was gerealiseerd, ik was bijna thuis.

En de koe en Aldebaran waren de getuigen.

We liepen de weg op, nog één bocht en dan zou ons huis in zicht komen. Tegelijkertijd beleefde ik een vreemde gewaarwording: ik was bang om dat laatste stukje te beklimmen. Ik had het gevoel dat zodra ik op de deur van onze woning klopte, mijn hele leven weer zou veranderen en ik met een nieuwe fase moest beginnen, een andere fase waar ik geen enkel zicht op had.

'Kom! Laten we durven om opnieuw te beginnen,' zei ik tegen de koe.

Ik ging de laatste bocht om en mijn blik viel op het huis van mijn moeder, waar het licht achter de luiken brandde.

Wij, de koe en ik, stonden nu voor de deur van het huis.

Er was geen tijd voor twijfel, ik nam de beslissing en ik sloeg met mijn vuist tegen de oude houten deur.

Vroeger was mijn moeder altijd de laatste die naar bed ging, maar het zou kunnen dat ze nu in bed lag en haar verzorgster de deur zou opendoen.

Maar er kwam geen reactie. Ik sloeg opnieuw tegen de deur.

Nu hoorde ik dat de deur van onze woonkamer openging.

Zulke momenten behoren tot de wereldliteratuur. Ik hoorde

de zachte voetstappen van mijn bejaarde moeder en het getik van haar wandelstok tegen de stenen vloer, die geen stenen vloer was maar de berg zelf.

Het slot werd ontgrendeld en de deur ging traag open. Er werd een scène gerealiseerd die ik eerder alleen maar in mijn dromen had meegemaakt.

Mijn moeder stond in de deuropening. Ze bestudeerde mijn gezicht, maar ze herkende me niet. Ze wierp een wantrouwende blik op de koe en zei: 'Meneer?!'

Er liep een rilling over mijn rug en mijn ogen brandden, ik zei: 'Ik ben het, moeder! Ik ben terug!'

Achterdochtig zei ze: 'Is meneer op zoek naar iemand?'

Mijn moeder was mij en alles vergeten, maar misschien onze gebarentaal niet. De taal die we spraken zodra mijn vader thuiskwam. Daarom gebruikte ik mijn handen en zei ik in gebarentaal: 'Moeder! Kent u me nog? Ik ben terug.'

Ze herkende iets in mijn gebaren, maar niet wat ik verwachtte.

Ik probeerde het anders te zeggen, iets wat ze vroeger leuk vond om te horen: 'Wat ziet u er goed uit! Ik ben het, uw zoon, terug!'

Met haar wandelstok hangend aan haar rechterarm gebaarde ze boos iets waarvan ik betwijfelde of ik het goed begreep. Ik dacht dat ik onze gebarentaal verleerd was, dat ik iets verkeerd had gezegd. Het zou ook best kunnen dat zij de gebarentaal niet meer goed kende. Daarom gebaarde ik opnieuw: 'Ik, uw zoon. U bent mijn moeder. U! Mijn huis, thuis.'

'Wegwezen, ploert!' gebaarde ze terug. 'En weet! Ik ga niet dood voordat ze allemaal weg zijn.'

Ze had me inderdaad verkeerd begrepen, of misschien dacht ze dat ik iemand van de geestelijken was die haar voor de zoveelste keer uit haar huis wilde zetten om haar unieke woning over te nemen.

'Moeder! Luister!' gebaarde ik.

Maar ze sloeg de deur dicht.

Daar stond ik dan, als afgewezen zoon voor een gesloten deur.

Ontredderd bleef ik staan, ik vond het niet verstandig om het nog een keer te proberen.

Het zou kunnen dat ze in paniek raakte en mijn droom juist lelijk zou aflopen.

Wat nu?

Ik had nog een soort eigen huis in de bergen, iets verderop, dat lag nog iets hoger dan het huis van mijn moeder.

Ook dat was een bijzondere oude woning, die mijn grootvader ooit van zijn vader geërfd had.

Het was geen gezinswoning, het had een heel eigen functie: het was een observatorium, een eigen sterrenwacht die de familie in de afgelopen eeuwen had bediend. Het was zo geregeld dat die woning, of dat observatorium, altijd naar de oudste zoon van de familie ging. De oudste zoon van mijn grootvader was mijn doofstomme vader, die niets over de sterren wist. Daarom had mijn grootvader in zijn testament opgenomen dat ik dat huis erfde.

De eeuwenoude sleutel van die woning droeg ik altijd als dierbaar bezit bij me, en als een teken van thuis. Hij zat dus nu in mijn jaszak.

Nu ik nergens naartoe kon, zou ik naar dat observatorium kunnen gaan, waar ik uiteindelijk toch van plan was om te gaan wonen.

Maar het was ongetwijfeld niet geschikt om er direct in te trekken.

'Afgewezen,' zei ik tegen de koe. 'Jij en ik. Niemand wil ons.'

Op het moment dat ik aanstalten maakte om toch naar het observatorium te gaan, hoorde ik weer voetstappen in het huis. Er liep iemand naar de deur.

De deur werd geopend, een jongen van een jaar of zeventien, achttien verscheen in het maanlicht.

Hij wierp een blik op mij, toen een blik op de koe, en zei verbaasd: 'Kan ik u helpen?'

'Ik, ik ben de zoon van de familie. Wie ben jij?' zei ik.

'O, o, wat goed. En wat onverwacht. Maar even kijken, ja, ik ben Ismaël. Mijn moeder verzorgt uw moeder.'

Hij wierp opnieuw een vragende blik op de koe.

'Ja, de koe! Ik weet het ook niet. Ze is niet van mij, de eigenaar is zoek, maar dat komt goed.'

Ismaël was jong, maar hij gedroeg zich volwassen. Hij deed de twee delen van de eeuwenoude deur voorzichtig zo wijd mogelijk open, zodat ook de koe naar binnen kon.

We waren thuis, eindelijk op de plek waar ik dertig jaar lang over gedroomd had.

Ismaël liep naar binnen om zijn eigen moeder te waarschuwen.

Het had lang geduurd, maar eindelijk was ik er, in mijn ouderlijk huis, dat in de Perzische cultuur met deze woorden wordt beschreven:

> Je ouderlijk huis is daar waar ze
> altijd en onvoorwaardelijk van je houden.
> Je ouderlijk huis is daar waar je laat of zelfs heel erg laat naartoe gaat
> en ze zonder vragen of klagen op je blijven wachten.
>
> In je ouderlijk huis ben je altijd uniek en jong en mooi.
> Het is de veiligste en meest comfortabele plek op de aarde voor jou.
> En het doet er niet toe of je ouders erg oud zijn, of dat ze er niet meer zijn.

Je ouderlijk huis is een woning waarvan niemand de sleutel
van je kan afpakken.
Of je nou om drie uur 's ochtends of om drie uur 's middags
of zelfs om middernacht in het licht van de sterren komt, ze
zullen blij zijn om je weer te zien.
De deur staat vierentwintig uur per dag voor je open.
En als ze zeggen dat ze je gemist hebben, betekent het dat ze
je echt gemist hebben.
Het is een huis, een woning waar je gewoon naar de koel-
kast kan gaan en eten wat je maar wilt eten.
In je ouderlijk huis groeien bloemen en planten anders,
want ze groeien voor jou.
Daar is de suiker zoeter.
Het zout zouter.
De sinaasappels smaken naar sinaasappels.
De kussens zijn zachter en de dekens zijn lief.
In dat huis nestelt je slaap zich in de diepste diepten van je
ziel.
Het is een huis vol veiligheid en vrede.
En het doet er niet toe of je ouders erg oud zijn, of dat ze er
niet meer zijn.
In dat huis kun je naast je moeder zitten
en een paar glazen verplichte bittere thee drinken
en je toch nog erg gelukkig voelen.

Toen de koe en ik eenmaal binnen waren, keek de koe in het licht van de maan stil naar ons ongewone huis. Naar de rotsen die als muren fungeerden en naar een riviertje dat zachtjes en zingend vanaf de top van de bergen naar beneden kwam, op de binnenplaats een beekje vormde en verder naar de vallei achter het huis liep.

20

Ik was thuis.

Net als de koe keek ik verbaasd om me heen, alsof ik voor het eerst ons huis bezocht. Door de schaduwen zag onze woonkamer er nu duidelijk uit als een grot, met een gat in de wand waarin een lampje brandde. Dat gat was het luik, of het raam, van mijn vroegere kamer, waarin ik tot mijn achttiende verbleef. Voor zover ik wist had mijn moeder mijn kamer gelaten zoals hij was en had ze mijn bed, boeken, schriften, fotoalbum, schooltas, kleren en schoenen onaangeroerd laten staan.

De koe liep verder langs de kleine tuinen van mijn moeder, die nu niet goed zichtbaar waren, maar die in de zomer vol kleurige bloemen stonden. Bij de beek dronk de koe lang water. Daarna liep ze verder naar het einde van de binnenplaats en keek ze naar de diepe vallei die er in de nacht nog dieper en geheimzinniger uitzag. Nu ze goed gedronken had en alles bekeken had, hield ze haar grote kop richting de maan en loeide ze van rust, van geluk en van het gevoel van thuis zijn.

Ismaël leidde ons naar de stal waar vroeger het paard van mijn vader stond, het paard waarmee ik vaak naar het dorp reed om iets te halen. En het was mijn taak om hem te voeren en te verzorgen.

Sinds mijn vader gestorven was en ik niet meer thuis woonde, had mijn moeder geen paard meer gehad.

Het was een redelijk grote stal, waar de kar van ons oude paard en een stapel hooi werden bewaard.

Het hooi bestond uit gedroogde berggewassen en gedroogde geurige saffraanplanten die na de oogst op het veld waren blijven liggen.

Ismaël deed het licht aan; ik zag nu toch een jong bruin paard in de stal, hij lag in het hooi op de grond en stond op toen hij de koe zag.

'Die is van mij,' zei Ismaël.

'Mooi sterk paard,' bewonderde ik hem en ik hielp de koe de stal binnen.

Ik gooide hooi in de wal en leidde de koe ernaartoe, om haar net als het paard van mijn vader uit de wal te laten eten. We deden het licht uit en lieten haar naast het paard uitrusten.

De moeder van Ismaël, een vrouw van een jaar of vijftig, stond voor de deur van de woonkamer op mij te wachten.

Ik kende haar verhaal.

Toen mijn moeder stapsgewijs haar geheugen begon te verliezen, besloten mijn zussen om haar beurtelings in hun gezin op te nemen, maar mijn moeder wilde dat niet. Ze wilde in haar eigen huis sterven.

Maar toen ze steeds meer begon te vergeten, merkte ze toch dat ze niet alleen kon zijn. De dreiging dat ze haar woning moest verlaten, werd dus steeds reëler.

Zoals ze levenslang gedaan had, had ze haar god om hulp gevraagd, om haar huis niet te hoeven verlaten. Ze hoopte dat Hij nog naar haar wilde luisteren, nu ze al zo oud was geworden.

Toen ze op een regenachtige dag alleen achter het raam stond en naar buiten keek, kwam er uit het niets een dorpsvrouw van achter een rots tevoorschijn. Mijn moeder kon het niet weten, maar die vrouw was verstoten. Ze was ooit zwanger geraakt van iemand over wie ze niet wilde praten en ze had een zoon gebaard. Een buitenechtelijke relatie dus, en dan ook nog een kind.

De rest van het verhaal kende ik niet.

Ik weet wel dat ze op die dag de woning van mijn moeder is binnengelopen en sindsdien bij mijn moeder is blijven wonen als haar verzorgerster.

Mijn moeder kennende, zal ze gezegd hebben: 'God heeft dat alles geregeld.'

De verzorgster ontving me nu als de plaatsvervangende vrouw des huizes. Verrast en blij zei ze: 'O, ik heb zoveel over u gehoord. Ik ben even uit mijn doen, wat moet ik nou doen? Natuurlijk, loopt u verder. Wat goed, u bent terug, wat een wending.'

'O ja, ik ben ook een beetje uit mijn doen en ik kan ook niet geloven dat ik hier ben,' zei ik.

Ik deed mijn schoenen uit en liep naar binnen.

'Uw moeder ging net naar bed om uit te rusten,' zei ze. 'Als u wilt, kan ik haar gaan halen.'

'Nee, nee hoor, nu is het geen goede tijd, merkte ik net. Laat haar maar uitrusten.'

'Ja, inderdaad, morgen komt het beter uit,' zei ze.

Ze bood me de stoel van mijn moeder aan, maar ik ging op de kussens op de grond zitten.

'Wenst u iets te eten?' zei ze.

'Graag. Nu u het vraagt, merk ik dat ik honger heb.'

'Wat wilt u hebben?' vroeg ze.

Dat was een mooie vraag, want dit betekende dat mijn moeder

net als vroeger alles in huis had voor haar onaangekondigde gasten.

'O, het maakt niet uit, brood, kaas is me meer dan genoeg. En een glaasje water graag.'

Ismaël overhandigde me meteen een glaasje water en de vrouw, die Sara heette, bakte eieren voor me: 'Van onze eigen kippen.'

Met mijn onverwachte verschijning had ik die moeder en zoon in verwarring gebracht, want ze beschouwden de woning inmiddels terecht als hun thuis, waar mijn moeder eigenlijk geen regie meer over had. Nu, door mijn aanwezigheid, gedroegen ze zich wat omzichtig, alsof ik de eigenaar van de woning was die na een lange zakenreis terugkeerde naar huis.

De verwarring ging ook om de niet-gestelde vraag waar ik straks wilde slapen. Ik was ervan uitgegaan dat ik boven in mijn eigen kamer zou slapen, want dat was de kamer waar ik dertig jaar lang regelmatig over had gedroomd. Die kamer was ooit een grote spleet in de bovenkant van de rots, er is later een kamer van gemaakt en er werd een luik in de wand gebeiteld, om zowel licht als lucht binnen te laten.

Vroeger, toen ik in mijn bed lag, zag ik door dat luik de sterren en ook een deel van de Melkweg.

Als het goed was, waren de foto's van mijn favoriete schrijvers nog altijd boven mijn bed geplakt, hoewel vervaagd door de tijd.

Maar nu besefte ik opeens dat Ismaël in die kamer sliep, want ik zag dat hij boven druk bezig was om zijn eigen spullen uit die kamer weg te halen.

Toen ik gegeten had, was ik zo slaperig dat ik niet meer overeind kon komen. Ik drukte mijn rug tegen de kussens en ik viel blijkbaar in slaap, want Ismaël zei: 'Meneer, ga naar boven, daar kunt u in uw eigen bed liggen.'

‘Nee hoor, ik slaap hier op de grond, als ik een deken van je krijg.’

Ik pakte nog een kussen en ging languit met mijn rug tegen de warme rotswand aan liggen, in dezelfde houding waarin mijn vader vroeger lag wanneer hij ’s avonds moe thuiskwam en even een dutje deed tot het eten klaar was.

Ismaël trok een deken over me heen en ik viel diep in slaap.

21

Een kraai kraste en maakte me wakker. Het was niet zomaar een kraai, maar de kraai van de oude verhalen die ik als kind in dat huis gehoord had:

> Ghabiel en Habiel waren de zonen van Adam. Toen Ghabiel Habiel doodde, droeg hij het lichaam van zijn broer op zijn schouders, maar hij wist niet hoe hij het moest verbergen. Er kwamen twee kraaien: de een doodde de ander en groef een gat, verborg de dode kraai erin en gooide aarde over hem heen. Ghabiel zag dit tafereel. Hij begroef zijn broer op dezelfde manier.
>
> Toen Ibrahim gevangenzat, had hij niets te eten. Een kraai gooide elke dag een stuk brood voor hem door het luik.
>
> En toen de drie koningen Isa, de zoon van Maria, kwamen bewonderen, had Maria niets in huis om haar gasten waardig te ontvangen. Een kraai kwam aanvliegen en legde een konijn op haar tafel neer.

De zon was net opgekomen.

Ik was nu werkelijk in ons huis, waar veel geluk en ongeluk gebeurd was. Het was altijd een stil en behouden huis geweest, tot de revolutie uitbrak en veel ellende met zich meebracht, onder andere de dood en de arrestaties van mijn eigen familieleden.

Het huis was de perfecte plek om met mijn kameraden bijeenkomsten in het geheim te regelen. Al die kameraden werden later op verschillende plekken en in verschillende jaren gearresteerd en gedood.

Het is allemaal lang geleden gebeurd, maar het huis heeft de herinneringen aan die dagen levend gehouden. En ook de herinneringen aan de mooie tijden van geluk. In de lente, zomer en herfst werkte zowel mijn vader als mijn moeder in de saffraanvelden. Mijn vader ging op de vroege morgen de deur uit, mijn moeder ging later, als de kinderen naar school waren gegaan.

In de winters naaide mijn moeder gordijnen op bestelling voor de gordijnhandelaren in de bazaar. Ik weet niet hoe en waar ze gordijnen had leren maken, maar het was een winterse arbeid die mijn grootvader voor mijn ouders geregeld had.

Mijn moeder was de eerste vrouw in de bergen die een naaimachine had. De dorpsmeisjes die mijn ouders in de saffraanvelden hielpen, kwamen in de winters vaak bij ons langs om van mijn moeder te leren naaien.

Ik zie altijd een scène van mijn vader voor me: hij te paard, onderweg naar de stad, terwijl de gordijnen aan de zijkanten van zijn paard bungelden.

Iedereen sliep nog en het huis was stil. In de woonkamer liep ik voorzichtig naar de klerenkast, in de wetenschap dat mijn moeder niets in het huis veranderd had sinds mijn vader overleden was. Zijn hoed en zijn lange jas hingen nog altijd aan de kapstok. En ik wist dat ze al zijn kleren gewassen en opgevouwen in de kast had liggen.

Ik had geen extra kleren bij me, pakte een paar huiskleren van mijn vader en liep zachtjes naar de binnenplaats.

Het is verrassend dat je als volwassene anders naar je ouderlijk huis kijkt dan als kind. In mijn herinneringen zag ik de binnenplaats als een grote, wijde plek, maar dat was niet zo. Het was echter wel een aangename ruimte tussen de grote rotsen, waar mijn moeder in de spleten van de stenen een aantal kleine tuinen vol lentebloemen en planten tevoorschijn getoverd had.

Het was werkelijk een juweel van een woning in de bergen. Vroeger hielden de bergbeklimmers halt om er met bewondering naar te kijken.

In de winter was het huis aangenaam warm en in de zomers genoten we van de verkoeling die werd veroorzaakt door de riviertjes die van de top van de bergen langs de woning naar de vallei liepen.

Om me op te frissen ging ik naar onze eigen hamam, een aangename kleine kelder onder het huis. In die kelder was een natuurlijke kuil in een rots die we als een ligbad gebruikten. Een smalle, warme waterstraal stroomde onophoudelijk de kuil in, waardoor hij altijd vol warm water stond. Dat bronwater was verwarmd door de stille vulkaan binnen in de bergen.

Ik stapte voorzichtig in de kuil en ging liggen. Na mijn lange reis was het een beloning voor me om al die jaren achter me te laten en opnieuw te beginnen.

Schoon en netjes, in de kleren van mijn vader, keerde ik terug naar de woonkamer. Mijn moeder stond voor de spiegel en kamde haar lange grijze haren.

Toen ze me zag, trok ze meteen haar sluier over haar hoofd, alsof er een vreemde de woonkamer binnenkwam. Ze wierp een vragende blik naar haar verzorgster.

'Uw zoon, mevrouw, hij is terug,' zei ze blijmoedig.

Mijn moeder keek weer naar mij. Ze zag iets van haar zelf in mij, maar nog niet helemaal. Ik waagde het erop en groette haar in onze gebarentaal, en omdat ik de kleren van mijn vader droeg, gebaarde ik net als hij altijd deed dat ik van het veld kwam om te ontbijten. En ik voegde eraan toe: 'Het wordt een mooi jaar. Alle saffraanstruiken staan vol bloemen.'

Tot mijn vreugde zei mijn moeder tegen de verzorgster: 'Dek de tafel! Die arme man moet iets eten.'

'Ik zal het doen, mevrouw,' riep ze. 'Ik wacht op Ismaël. Hij is naar het dorp gegaan om vers brood, honing en room te halen.'

Ik dacht dat het misschien beter zou zijn als ik verder niet met mijn moeder praatte, of in ieder geval niet direct. Dat ik me maar beter kon gedragen alsof ik er al woonde, of alsof ik mijn vader of mijn grootvader, of misschien wel mezelf was – alles volgens de logica van het gebroken geheugen van mijn moeder.

Ismaël kwam te paard uit het dorp terug. Hij stapte af, liet het paard zelf naar de stal lopen en kwam met zijn zadeltas naar binnen.

Hij groette me en pakte zijn tas uit op het aanrecht in de keuken.

Ik liep naar de schoorsteenmantel en bestudeerde de ingelijste foto's die daar stonden. Het waren allemaal foto's van de kleinkinderen van mijn moeder die ik niet ontmoet had. Er hing een opvallende, ingelijste foto van mij aan de muur. Ik was rond de dertig op die vergeelde foto en had nog geen grijs haar. De zoon van mijn moeder, de zoon die ze kende, maar door die vergeelde foto leek het alsof ik dood was.

Terwijl ik naar de foto's keek, hield ik mijn moeder in de gaten. Een nette, goedverzorgde hoogbejaarde vrouw, in een lange donkergroene jurk met kleine rode bloemetjes. Ze was weer bezig om haar lange grijze haren in twee vlechten te doen. Blijkbaar was ik toch een bekende, anders had ze haar sluier niet afgedaan.

Ze keek me met vertrouwen aan. Ik zette mijn rechterhand tegen mijn borst en boog me licht voorover, alsof ik mijn vader was. Ze glimlachte.

Onverwachts verscheen de koe achter het grote raam in de deur van de woonkamer en ze loeide.

Ik schrok, bang dat mijn moeder nu in paniek zou raken. Maar ik bleef staan waar ik stond en keek verrast naar de koe alsof ook ik haar voor het eerst zag. In het verse zonlicht zag ze er totaal anders uit: een grote witte koe met gouden hoorns.

Nu gebeurde er iets wat ik niet verwacht had: mijn moeder liep rustig met haar wandelstok naar de deur en bestudeerde de koe. Ze riep naar de verzorgster: 'Ach, dat arme beest. Ik ben vergeten om haar te melken. Haal die emmer, kom me helpen!'

Daar besefte ik dat mijn moeder ooit de dochter van een boer was geweest. We wisten het wel, maar we wisten er tegelijkertijd ook niets van af, want ze praatte er nooit over. Het was een deel van haar leven dat ze weggesneden had sinds ze de vrouw van mijn vader was geworden.

Maar toen ik klein was vertelde ze me in bed wel verhalen over hun boerderij:

> Op zoek naar gras kwam er een verdwaalde koe in een wilde wei terecht met mals gras en geurige planten. Het was een weiland waar

het paradijs jaloers op zou zijn en waar de hemel met bewondering naar keek. Er schoot de koe een gezegde te binnen: als je het einde van je reis heelhuids en gezond bereikt, ga dan niet verder. En als je een malse groene plek vindt, blijf er dan.

22

Ik was terug, maar er was geen plek voor mij in het huis van mijn moeder.

Hoewel ik me niet met het dagelijkse ritme bemoeide, zag ik duidelijk dat ik het leven van Ismaël en zijn moeder ontregeld had; ze voelden zich toch ongemakkelijk onder mijn aanwezigheid.

In zekere zin gold dat ook voor mijn moeder, maar voor haar was het niet zo belemmerend; zij zag me eigenlijk niet als mezelf, maar als een figurant, een fictief iemand, of iemand die er was en die er tegelijkertijd ook niet was.

Ik vond het interessant om te zien hoe haar hersenen werkten; soms zag ze me als iemand die tot haar zelf behoorde, en soms ook niet. Als ik me niet vergis, beschouwde ze me zo nu en dan als een man op de televisie. Zodra Ismaël de televisie aandeed en er een man op het scherm verscheen, trok mijn moeder meteen haar sluier over haar hoofd en riep naar haar verzorgster Sara: 'Een man in het huis, bedek je hoofd!' En ze deed nu ook steeds vaker in mijn aanwezigheid haar sluier om en liep dan weg van me, hoewel ze in het begin vaker zonder sluier bij me was.

Mijn moeder zat dus in haar eigen wereld, nog dieper dan ik al dacht, en ik was sowieso van plan geweest om niet lang in haar huis te blijven. Mijn besluit stond namelijk al vast: ik zou uiteindelijk in ons observatorium gaan wonen.

We hadden nog een andere kamer waar ik een tijdje zou kunnen logeren, zonder dat de inwoners van het huis last van mijn aanwezigheid zouden hebben. Vroeger sliepen mijn zussen in die kamer toen ze nog thuis woonden, maar mijn moeder had er later een gastenkamer van gemaakt. Het was eigenlijk een prestigekamer voor haar gezin, volgens de Perzische traditie, bedoeld voor zowel aanstaande schoonzonen als voor gasten. Maar de deur van die kamer was altijd op slot en mijn moeder droeg de sleutel ervan aan de sleutelbos in haar jaszak.

Er was dus geen sprake van dat ik als figurant op die kamer kon gaan slapen.

Ik moest dus weg, maar dat was een beetje lastig. Ik moest het observatorium eerst grondig schoonmaken en de nodige reparaties uitvoeren voordat ik erin trok. Om toch duidelijkheid te scheppen, zei ik alvast tegen de verzorgster dat ik van plan was om in het observatorium te gaan wonen.

Maar ze zei meteen: 'Dat kan niet, ik betwijfel of het nog bewoonbaar is.'

'Bewoonbaar is het zeker,' zei ik, 'want het is een huis dat met de stenen van onze eigen bergen is gemaakt. In principe is het een kasteel voor de eeuwigheid. Misschien zal ik wel het dak moeten repareren, en de deuren en de ramen opnieuw in de verf of olie zetten.'

'Waarom zo veel haast?' zei ze uit beleefdheid. 'U bent altijd welkom in uw eigen huis. Ismaël kan bij mij op de kamer slapen en u kunt terug naar uw eigen slaapkamer.'

En toen ze begreep dat ik het meende en echt in het observatorium wilde gaan wonen, zei ze: 'Toch, als u hulp nodig heeft, kan ik uit mijn eigen dorp een paar mensen laten langskomen.'

'Nee, nee, dankjewel. Ik wil er liever zo onopvallend mogelijk gaan wonen.'

'Dan kunt u Ismaël altijd om hulp vragen,' zei ze.

'Dat zal ik zeker doen, hij is een heel goede jongen,' zei ik.

Mijn moeder zat buiten toen ik met haar verzorgster praatte en ze hoorde ons gesprek, maar ze lette niet op ons. Want elke namiddag, wanneer de zon aan de horizon onderging, ging ze op haar eigen plek op een rots zitten. Ze keek in de schemering naar de weg, naar de lange weg die van ons huis langs de bergen naar beneden liep tot hij in de verre verte verdween. Het was eigenlijk het tijdstip waarop mannen van hun werk terugkeerden naar huis.

Haar zoon was nu thuis, maar ze ging elke dag onveranderd op die plek op hem zitten wachten.

Ik zwaaide naar haar en ging de deur uit, richting het observatorium.

Nadat ik een paar honderd meter geklommen had en bij de laatste bocht links af was geslagen, vielen mijn ogen meteen op de blauwe koepel van het observatorium waar het schemerlicht op schitterde. Het gebouw had iets van een middeleeuws stenen kasteel hoog in de bergen, dat nooit ten onder zou gaan.

Ik haalde de oude sleutel uit mijn jaszak en klom verder omhoog.

Ik weet nog altijd niet wanneer deze plek ooit gebouwd is; duizend jaar geleden misschien, of nog eerder. Oorspronkelijk was het een sterrenwacht waar de mannen van de familie zich terugtrokken tijdens vooral de laatste fase van hun leven.

De woning zelf bestond uit een grote woonkamer, vier slaapkamers, een kelder en een werkplaats.

De kamers waren bedoeld voor gasten, en het waren meestal de kameraden van de mannen van de familie die daar langskwamen om samen de sterren te bewonderen.

De poort van het gebouw bestond uit twee luiken gemaakt van dikke, in planken gezaagde eikenbomen waarin geen ijzer of spijkers gebruikt waren maar houtspijkers, zodat de constructie na al die eeuwen nog altijd goed en stevig was gebleven.

Het dak van het gebouw was bedekt met rode vulkanische klei.

Ik stopte de sleutel in het ouderwetse slot, maar het werkte niet. Ik smeerde de sleutel met wat olie die ik uit voorzorg meegenomen had, maar ook dat mocht niet baten. Ik deed een hoop olie in het slot en zette voorzichtig meer druk op de sleutel. Opeens liet het slot los. Ik haalde het lange oude slot uit de ring: het begin van een nieuwe fase van mijn leven.

Voorzichtig trok ik de poort open. De scharnieren maakten een oud geluid, ik moest ze gauw met schapenvet smeren, net als vroeger.

Ik ging naar binnen. Op de binnenplaats lag veel oud gras, waaronder nieuw gras was gegroeid. De bomen waren oud geworden, maar ze stonden toch nog in volle bloei.

Dit huis was me dierbaarder dan ons eigen huis. Ik kon best zeggen dat mijn wezen in dit gebouw vorm had gekregen. Ik woonde hier samen met mijn grootvader wanneer hij hier verbleef en ik onderhield het huis als hij een tijdje niet kwam opdagen.

Ik hield natuurlijk van mijn gehandicapte vader en misschien moet ik dit niet zeggen, maar in dit boek mag ik wel vertellen dat ik als kind niet op mijn vader rekende. Ik beschouwde hem instinctief als niet in staat om me te beschermen en koos dus onbewust voor mijn grootvader.

Ik wandelde verder over de binnenplaats en keek naar de eeuwige diepe vallei, die na al die tijd niet veranderd was.

Vanaf de plek waar ik nu stond, zag ik net als vroeger de woning van mijn ouders. Het uitzicht was hetzelfde, alleen mijn moeder was hoogbejaard geworden en er graasde een grote witte koe op de helling van ons huis.

Ik durfde de woning zelf nog niet binnen te gaan, maar het moest toch. Daarom liep ik terug, deed ik de voordeur open en liep ik door de hal naar de deur van de woonkamer.

Ik trok de deur open en bleef stil staan kijken.

Er was niets veranderd sinds mijn kindertijd, maar alles was bedekt met spinnenwebben. Het leek alsof de bergspinnen nadrukkelijk een dik web over het bureau, over de oude stoel, over de boekenkast, over de lantaarn en zelfs over mijn oude mooie lievelingstapijt hadden getrokken om deze dierbare spullen goed voor me te beschermen tot ik terugkwam.

Ik bleef lang in die schemering naar de woonkamer kijken. Ik wilde de spinnenwebben nu niet verwijderen, ik wilde er langer naar kijken, zodat ik dit beeld later beter zou kunnen beschrijven.

Ik bleef dus in de deuropening staan en keek naar de tijd die overal voorbij was, behalve daar.

23

Het dak en de koepel waren het belangrijkst, daarom klom ik meteen via de stenen trap naar het dak om ze te inspecteren. Maar zodra ik op het dak stond, viel mijn blik op de berg Damavand in de verte.

De Damavand, het hoogste dak van het land. Een hoge berg waarin nog een vulkaan kookt, bedekt met duizenden jaren aan dikke lagen ijs. In het voorjaar en in de zomer smelten de ijslagen deels en stromen ze in de vorm van riviertjes naar beneden. De top van de berg is altijd bedekt met sneeuw en de hellingen staan in de zomer vol met grote rode wilde tulpen die je met beide handen kunt vastpakken.

En de nog levendige Damavand gooit nog altijd regelmatig een wolk van rook en vuur de lucht in.

Maar ik mocht me nu even niet laten verleiden door alles wat ik zag, ik moest aan het werk. Ik inspecteerde dus eerst de blauwe koepel, en die was nog net zo stevig als hij de afgelopen eeuwen was geweest. De gebakken mozaïeken hadden nog geen barsten opgelopen, maar de koepel moest wel een keer in het geheel goed schoongemaakt en gepoetst worden.

Het dak was wel beschadigd, er waren grote barsten zichtbaar in de klei die de constructie bedekte.

Traditioneel bedekten we het dak met een roodoranje vulkanische klei die goed standhield tegen de kou in de harde winters. Als ik een laag van die gedroogde klei weghaalde en het dak opnieuw met een laag verse klei bedekte, zou het er weer perfect uitzien.

Ik besloot niet langer te wachten, haalde meteen de gedroogde bovenlaag weg en maakte het dak klaar om het met een verse laag klei te bedekken.

Daarna haalde ik een paar dagen lang met een kruiwagen overal waar ik het kon vinden vulkanische aarde vandaan, om er klei van te maken.

Toen ik een goede hoeveelheid aarde verzameld had, mengde ik die met gedroogde stukjes saffraanplanten, ik voegde er genoeg water aan toe en woelde het geheel langdurig om met een schep. Zo maakte ik er een kneedbare klei van.

Om de klei goed te verfijnen, stampte ik hem met mijn blote voeten aan. Ik was nog met stampen bezig toen ik een paard op de weg hoorde. Ik keek om en zag een huifkar die in de richting van het observatorium reed. Ik wachtte tot hij dichterbij kwam, en tot mijn verbazing reed hij door de poort naar binnen. Een bejaarde man met een lange grijze baard, nog zittend op de kar met het leidsel van het paard in zijn hand, keek me stil aan.

'Ik hoorde dat je terug was. Welkom thuis,' riep hij.

Mijn twijfel verdween, ik herkende hem aan zijn stem. Hij was de heelmeester, een oude kameraad van mijn grootvader.

Vroeger was hij een gerespecteerde arts in de bergen. Hij was de vertrouweling van alle dorpelingen, man en vrouw, en een boezemvriend van de familie. En hij was degene die mijn moeder na de dood van mijn vader bijstond waar het nodig was.

Ik dacht dat hij allang dood was, maar blijkbaar was ook hij niet van plan om te sterven. En hij stond nog altijd naast de dorpelingen als een oude ervaren arts.

Ik wilde naar hem toe lopen en hem omarmen, maar ik stond nog met mijn voeten in de rode klei. Ik wilde iets zeggen, maar op dat moment kon ik de juiste woorden niet vinden. Ik wilde hem vertellen dat ik het gevoel had dat hij terugkwam uit voorbije tijden. De juiste zin kon ik nog niet vinden, maar ik zei toch: 'Ik vrees dat uw aanwezigheid fictief is, maar zeg me dat het niet zo is.'

'Je hebt gelijk, goed verwoord,' riep hij. 'Fictief, heel vaak denk ik dat ik niet meer besta. Maar toch nog wel!'

Hij stapte van het rijtuig, wees naar de klei en zei: 'Goed gedaan, goed gemalen.'

Ik stapte verheugd uit de klei, veegde mijn handen schoon aan mijn broek en omhelsde hem. Hij had mijn vader, mijn grootvader en mijn overgrootvader gekend. Hij had me als kind in de bergen zien opgroeien. Net als vroeger kuste hij me op mijn hoofd. Hij pakte een stukje van de klei, kneedde het met zijn oude, diep gerimpelde vingers en zei: 'Het is rijp. Je moet het vandaag gebruiken, anders verliest het zijn veerkracht. Ik zal je helpen.'

En hij deed zijn jas uit, ging via de stenen trap naar het dak en riep: 'Breng de klei in stukken naar boven.'

Hij liet geen ruimte voor een dankbetuiging. Ik rolde de klei in tilbare stukken en sjouwde de rollen een voor een naar het dak. Met een ouderwetse houten spatel trok hij de klei vakkundig over het dak, daarna sloeg hij het goed plat met een bord.

Terwijl hij met het dak bezig was, begon ik de bruingroene algen van de koepel te verwijderen en maakte ik de mozaïeken met een vochtige doek grondig schoon.

We waren een paar uur bezig geweest, en opeens hadden we een mooi nieuw roodoranje dak en een schone blauwe koepel.

We gingen samen naar beneden, wasten onze handen en gingen de woonkamer in om een kopje thee te drinken.

Hij wees naar het matras op de grond, waar ik op sliep, en zei: 'Niet gezond om hier te slapen. De restjes van de spinnenwebben moeten allemaal weg. Het huis moet grondig schoongemaakt worden voordat je erin trekt.'

'Ik was zeker van plan om dat te doen, maar het dak had voorrang,' zei ik. 'Morgen ga ik het huis een grote beurt geven.'

Hij dronk zijn thee in twee slokken op en zei: 'Ik moet weg, naar een patiënt.'

En hij ging in zijn huifkar zitten en reed weg. Bij de poort riep hij nog: 'Ik zag dat je een koe meegenomen hebt?'

'Nee, nee, die koe is niet van mij. De eigenaar was zoek en...'

Maar hij was al weg en hoorde me niet.

24

De volgende dag klom ik op het dak om te kijken hoe het eruitzag. De zon scheen en het was perfect weer om de klei goed te laten rusten.

Een sigarettenroker ben ik niet, maar de geneesheer was zijn ouderwetse sigarettendoosje vergeten, met de sigaretjes die hij handmatig rolde. Hij was ook geen roker, maar gisteren, toen we klaar waren met het dak, haalde hij dat doosje uit zijn jaszak en zei: 'De hele week wachtte ik op een gelegenheid om te roken. Hier, met dit uitzicht, is de beste plek. De Damavand rookt, ik rook.'

Het doosje lag nu bij de voet van de koepel.

Ik pakte een van de opgerolde sigaretjes, stak het aan en kijkend naar de Damavand nam ik een paar trekjes.

Er waren nu ongetwijfeld mensen de berg aan het beklimmen, maar van deze afstand kon ik ze niet zien. Vroeger, als kind, volgde ik de bergbeklimmers met een verrekijker. Ik vond het fantastisch om te zien hoe ze het laatste stukje, eigenlijk het moeilijkste deel, van de top beklommen. Ze klommen in groepjes van zeven in een rij achter elkaar. Ik zag ze in de sneeuw, in de storm, ik zag hun gezichten die bedekt waren met ijs en zag dat ze gestaag hoger klommen, dat ze wegzakten in de sneeuw, dat ze weer overeind kwamen en dat ze opeens de top, de mond van de vulkaan bereikten.

Eenmaal op de top staken ze hun armen met gebalde vuisten in de lucht, als een teken van overwinning. Dan zongen ze met z'n allen. Ik hoorde ze natuurlijk niet, maar ik kende hun lied en zong met hen mee:

Mijn rode, witte bloem
wanneer kom jij terug?

Je zei zodra de lente eraan komt
zodra de eerste bloemen ontkiemen
ben je terug.

De bloemen van heel de wereld zijn uitgebloeid
wanneer kom je dan terug?

Mijn liefste!
Doe je ogen open.
De zon is opgekomen
doe, doe het voor mij.

Geloof me, het is weer ochtend.
Als je het niet doet, ga ik weer slapen
om jou te dromen.

Kom! Kom terug, mijn liefste!
Ga niet bij mij weg.
Doe je ogen open!

Jaren later, toen ik volwassen was, ging ik zelf de hoge bergen van het land beklimmen, en de laatste was de berg Damavand.

Dat deed ik eigenlijk voor mijn vader. Hij wees met zijn vinger naar de Damavand toen ik een jongen van een jaar of zeven was. Hij pakte de verrekijker, stopte die in mijn handen en gebaarde: 'Kijk naar die hoge berg.'

Ik keek ernaar, de vulkaan ademde en gooide een hoop kleurige rook de lucht in.

'Mooi? Ja?' gebaarde hij.

Het was inderdaad mooi, en onvergetelijk. En het was het moment waarop ik verbonden werd met de hoge bergen.

Mijn vader was geen bergbeklimmer, maar hij had wel altijd in de bergen gewoond. Hij kon me niet naar de Damavand brengen, hij zou niet kunnen weten hoe, want je kon natuurlijk niet zomaar die berg beklimmen. Je moest voorbereid zijn, de nodige spullen hebben, samen met een groep van je kameraden gaan, en de reis van tevoren goed plannen.

Uiteindelijk kwam de dag dat ik mijn vader meenam naar de Damavand. Ik stelde het eerst voor aan mijn kameraden, maar die waren van mening dat het niet verstandig was.

'Je vader heeft nooit eerder een hoge berg beklommen, hij is er misschien ook te oud voor.'

'Hij kan het wel,' zei ik met overtuiging.

Uiteindelijk nam ik mijn vader dus op mijn eigen verantwoordelijkheid mee, en hij paste zich erg goed aan in de groep. Hij stond achter mij in de rij en hij volgde me stap voor stap, en zo bereikten we samen de top.

Iedereen omarmde mijn vader, iedereen kuste hem op zijn hoofd.

Ik omarmde hem als de laatste van de groep. Het was de eerste keer dat ik hem omarmde en ik omarmde hem stevig, want ik wist dat zodra ik terug was uit de bergen, ik het land zou ontvluchten. De kameraden met wie ik werkte, waren allemaal gearresteerd en de ondergrondse woning waar we in het geheim woonden, was in de handen van de politie gevallen.

Op de top van de berg zongen we het overwinningslied. Mijn vader zong met ons mee en hij maakte lieve, maar toch ook storende klanken. Pijnlijke klanken – misschien had hij met zijn vaderlijke instinct begrepen dat het een vaarwellied was, afscheid voor altijd.

Op het dak van ons observatorium barstte ik in huilen uit. Huilen om het gemis van mijn vader, of toch huilen om de overwinning: ik was thuis.

Ik hoorde paarden en keek met betraande ogen naar de weg. Ik zag de huifkar van de geneesheer en Ismaël op zijn paard naar boven komen.

Ik ging naar beneden en liep hun tegemoet.

De huifkar reed de poort binnen, gevolgd door Ismaël op zijn paard.

Verrast zag ik dat de heelmeester mijn moeder en de moeder van Ismaël meegenomen had. Ze hadden allebei een bezem, een emmer en lapjes bij zich om het huis schoon te maken.

Mijn moeder passeerde me en groette me met een beweging van haar wandelstok.

Ik vermoedde dat ze me als mijn grootvader zag, of als een schaduw van hem.

Vroeger, toen hij nog leefde, onderhield mijn moeder het observatorium en regelde ze alles in dat gebouw. Ze maakte eten voor zijn kameraden als die bij hem langskwamen om samen de sterren te observeren. Ze lapte de ramen, maakte de kamers schoon en verschoonde de bedden.

Na zijn dood zou het observatorium naar mijn vader gaan,

maar mijn vader begreep niets van de sterren. Daarom beschouwde mijn moeder het observatorium eigenlijk als haar eigen domein. Het was een huis dat aan haar zoon behoorde.

Nu liep ze met haar wandelstok, een emmer en een paar lapjes in haar hand naar de woonkamer.

De heelmeester wenste ons geluk en ging ervandoor om de twee vrouwen later in de middag te komen ophalen.

En we begonnen met z'n vieren het huis grondig schoon te maken.

Maar toen we klaar waren met de woonkamer, gebeurde er iets merkwaardigs. Mijn moeder liep naar de grote berging, waar ik nog niet aan toegekomen was. Ze deed de twee luiken open en de ruimte was tot de deur toe gevuld met hooi – voor onze paarden van vroeger, dacht ik. Maar toen begon ze het hooi weg te halen met haar handen. Ik bleef van een afstandje naar haar kijken, want ik wist niet waar ze in haar eigenzinnige toestand mee bezig was. Opeens kwamen de grote koplampen van een auto tevoorschijn. Ongetwijfeld waren dit de koplampen van de Ford van mijn grootvader.

25

Mijn grootvader woonde in de stad en tijdens mijn middelbareschooltijd woonde ik door de week bij hem en zijn gezin, omdat er bij ons in de bergen in die tijd geen middelbare school in de buurt was.

Als vooraanstaande saffraanhandelaar ging hij vroeger met een eigen privékoets naar zijn werk in de bazaar. Later reed hij in een uitzonderlijk mooie donkergroene Ford, model A Cabriolet.

Het was een van de eerste personenauto's in de stad en zeker de eerste auto die in de bergen reed, totdat hij na jaren trouwe dienst uiteindelijk in de berging van het observatorium belandde, onder stapels hooi.

Ik was die auto helemaal vergeten en toen ik opeens de koplampen onder het hooi zag, werd ik emotioneel.

Toch liet ik hem in de berging staan. Op dat moment, terwijl ik met het schoonmaken van het huis bezig was, was het te veel voor me.

Maar de dagen erna werkte ik intensief aan de auto.

Eerst haalde ik alle hooi weg. Het glas van de koplampen schitterde nu in de zon, de donkergroene kleur van de auto tintelde nog altijd als de fabriekskleur van vroeger. De auto was inmiddels een zeldzame oldtimer. Het was een Ford van Brits ontwerp, ontwikkeld in Detroit. En de sleutel zat nog in het slot.

Het was zo onwerkelijk om die auto daar in het observatorium te zien staan. Het leek alsof het allemaal in een droom gebeurde, maar het was geen droom: die auto stond hier in het daglicht, en ik was bezig hem gereed te maken.

Ik zette de auto in z'n vrij en duwde hem voorzichtig uit de berging en naar de binnenplaats.

Met een vochtige doek verwijderde ik het stof van de auto. Toen ik hem goed gelapt had, deed ik de motorkap omhoog om de motor te inspecteren.

De batterij moest vervangen worden, de remolie en de motorolie moesten verfrist worden. En de benzinebak moest ik voor de zekerheid goed leeghalen en opnieuw vullen.

De auto had zodanig in het hooi gestaan dat de wielen geen contact met de grond maakten, daardoor waren de banden intact gebleven. Het was anders lastig geweest om vier nieuwe banden voor zo'n exclusieve auto te vinden.

Ik stuurde Ismaël naar de stad om zowel een nieuwe batterij als remolie en motorolie voor me te halen.

Eindelijk, na een paar dagen aan de auto gesleuteld te hebben, was hij rijklaar. De olie van de motor was verfrist, de remmen deden het weer soepel en de bak zat vol benzine.

Ik nam achter het stuur plaats. Ik keek in de gouden spiegel van de auto naar mezelf, ik was blij en gelukkig. Jarenlang had ik met mijn handen geen echte arbeid verricht, nu voelde ik een fijne pijn in mijn handen. Met die handen raakte ik de leren stoelen aan, die er nog perfect uitzagen, en hield ik het lichtbruine stuur vast. Er was niets veranderd sinds die oude tijden, toen ik als kind naast mijn grootvader in die auto zat. Alleen ik was veranderd.

Ik wilde starten maar deed het niet, nog niet. De auto was hier niet voor niets bewaard gebleven. Dat was niet per se voor mij, maar misschien wel voor iets anders bedoeld.

Daarom stapte ik uit. Ik duwde de auto achterwaarts terug in de berging, want ik voelde dat zowel de auto als ik nog even moest wachten.

Nu ik dit schrijf zit ik in de woonkamer van het observatorium achter het oude bureau. Het is nu mijn beurt om erachter te zitten.

Als dit het leven is, is het uitstekend, is het mooi.

Ik heb het gevoel dat ik eindelijk ben neergedaald, als stof dat gaat liggen nadat de storm voorbij is.

Ooit wilden we gewapend vanuit de bergen de steden bevrijden, de hoofdstad veroveren en de dictatuur verdrijven, maar het is ons niet gelukt. Nu is de jonge generatie aan de beurt. Die kan onze ervaringen meenemen, en van onze fouten leren om haar eigen strijd vorm te geven.

Ik zit hier graag, ver weg van de gebeurtenissen in de steden, zodat ik in alle rust mijn laatste boek – of een van mijn laatste boeken – kan schrijven.

Ik ben benieuwd wat dit oude observatorium voor mij in gedachten heeft.

Maar één ding is volstrekt duidelijk voor me: ik zal deze plek niet meer verlaten. Ik wil niet meer reizen, het is allemaal genoeg geweest.

Door mijn ervaringen van de afgelopen lange jaren ben ik achter een waarheid gekomen: de mens moet uiteindelijk terug naar de plek waar hij vandaan komt. Dit behoort tot het wezen van het mens-zijn.

We moeten allemaal terug naar onze oorsprong, en wie dat

niet doet, zal te kampen krijgen met ongenoegen, met bitterheid en met verdriet.

Door dit besef lees ik de Odyssee, het meesterwerk van Homerus, nu totaal anders. Dat boek ging niet per se over de oorlogen die hij zo fantastisch beschreef, maar over naar huis terugkeren. Hij heeft veel uitmuntende scènes over die oorlogen geschreven, een onvergankelijk meesterwerk gecreëerd, maar dat allemaal om Odysseus terug naar huis te sturen.

Homerus stuurde Odysseus weg om met nieuwe culturen kennis te maken, nieuwe talen te leren, nieuwe liefdes mee te maken, nieuwe ervaringen op te doen. En dan terug.

Ja, hier ben ik achter gekomen: het is niet goed voor de mens om te lang weg te gaan.

Ga weg, bezichtig de wereld, maar keer op tijd terug, voordat het laat wordt.

Het vaderlandse nationale voorbeeld is de grote dichter Saadi. Tot zijn vijftigste had hij heel de wereld over gereisd, van Shiraz naar Bagdad, naar Mekka, naar Syrië, naar Egypte. Kortom, naar alle hoeken van de wereld die toen het centrum van de macht en de wetenschap was, maar opeens merkte hij dat het laat werd. Hij keerde onmiddellijk huiswaarts om te gaan zitten en zijn meesterwerk *De rozentuin* te schrijven.

In de inleiding van zijn boek beschreef Saadi deze fictieve dialoog met een oude vriend die bij hem overnachtte:

> 's Ochtends, toen de gedachte aan teruggaan de overhand kreeg op het verlangen nog te blijven, zag ik dat die vriend zich gereedmaakte voor de terugkeer door de zoom van zijn kleed te vullen met rozen, basilicum, hyacinten en kruiden. Ik merkte op: 'Je weet dat de bloemen in de tuin geen blijvers zijn. De rozenhof doet zijn belofte niet gestand.' Zoals de wijzen hebben gezegd: 'Zorg dat je hart niet

> blijft bij wat niet beklijft.' Hij vroeg: 'Wat moet ik dan?' Ik antwoordde: 'Om de toeschouwers te vermaken en de aanwezigen te verpozen zal ik een rozentuin in boekvorm samenstellen. Op die bladeren zal de herfstwind geen vat hebben. En wanneer de tijd van de lentegenoegens voorbij is, zullen zij niet overgaan in het woeden van het najaar.'
> Mijn verhaal was nog niet uit of hij liet zijn zoom vol bloemen los en klampte zich aan mijn kleed vast en zei: 'De nobele komt na wat hij belooft.'

De conclusie: hier, achter dit antieke houten bureau, is de plek waar ik moest zijn. Ik heb hier geen computer, geen telefoon, geen agenda en geen horloge. Ik heb wel een ouderwetse radio, van de eerste soort die dit land binnengekomen is. Op zich is het een mooie oldtimer, met een groen lampje dat brandt als je hem aandoet en een zwarte volumeknop en een andere knop waarmee je plekken kunt zoeken. Moskou, Londen, Berlijn, Teheran, Damascus; allemaal plekken die ooit mysterieus waren.

Ik schrijf dit met een vulpen, de vulpen die al op het bureau lag.

En ik benadruk dat de Ford niet voor niets in al die jaren in de berging bewaard is gebleven.

Het leven had me geleerd dat alles om een reden gebeurt. En ook dat ik niet voor niets terug ben, en dat ik niet voor mezelf beslis.

26

Het is heerlijk om op de plek te zijn waar je moet zijn.

Elke avond voordat ik naar bed ga wandel ik door de bergen in het sterrenlicht.

Als kind zag ik die sterren als de achtergrond van ons huis, ze behoorden tot ons. Maar nu zag ik ze anders: ik was een van hen, ik beschouwde mezelf, als mens, als een wezenlijk onderdeel van dat oneindige spectrum.

Door mijn reizen had ik veel geleerd van het leven. Bijvoorbeeld dat je niet veel hoeft te weten om de wereld dieper en beter te begrijpen, en je hoeft vooral niet veel te weten om gelukkig te zijn.

Ik wandel dus door die bergketen en denk aan zulke zaken en ook aan het boek dat ik aan het schrijven ben. Een boek over terugkeer, een onderwerp waar ik niet eerder over geschreven heb, want ik was nooit eerder terug geweest naar de plek waar ik zou moeten zijn.

Ook elke ochtend maak ik een wandeling. Ik pak de oude verrekijker van het observatorium en ik klim een stukje hoger in het licht van de ochtendzon, de zon die achter de Damavand opkomt.

Het midden van de lente is het meest aangename seizoen om hier een ochtendwandeling te maken, want alle wilde rode tulpen zijn net uitgekomen en je ziet ze overal op de stukjes grond tussen de rotsen.

Het zijn grote rode tulpen met dikke bladeren, je kunt de vulkanische aarde in hun bladeren zien en ruiken.

Na mijn wandeling zet ik thee en ik ontbijt.

Vanochtend keek ik met de verrekijker naar de Damavand. Ik zag de bergbeklimmers, en vergeleken met vroeger klommen er veel vrouwen.

Naar gewoonte overnachten de bergbeklimmers op 4300 meter hoogte om te acclimatiseren, en pas de volgende morgen, zodra de zon opkomt, klimmen ze verder. Ik zag nu de bergbeklimmers die onderweg naar de top waren. Ik ging op een grote rots staan en volgde ze tot ze de top bereikten. Mijn hart trilde van heimwee toen ik zag hoe ze met z'n allen het lied van de overwinning zongen.

Daarna wandelde ik verder langs de velden achter het observatorium. Ik kan ook best zeggen dat ik, de kleinzoon van een saffraanhandelaar, de velden langsging om ze te inspecteren.

Sommige saffraanstruikjes waren dood of ziek. Er waren ook veel struikjes die zich intact hadden weten te houden.

Ik was niet voor die velden teruggekomen, maar de levendige planten trokken toch mijn aandacht. De zachte lentewind deed hun bladeren sidderen. Ik nam ze voorzichtig in mijn hand en rook aan ze. Ik weet niet hoe de geest van deze planten werkt, maar ik durf te zeggen dat ze blij waren met mijn aanwezigheid in het veld, blij dat ik terug was. Toen dacht ik dat het misschien goed was om iets te doen met de nog levenskrachtige struiken. Ik zou best de dode en de zieke takken kunnen weghalen en de levende takken een nieuwe kans geven, zodat ze de karmozijnrode tentakels van hun bloemen konden produceren, de saffraan, die geurige tentakels.

Ik zou net als vroeger een aantal dorpsmeisjes kunnen vragen om in de velden te komen werken, dat kon de heelmeester zeker voor me regelen.

Dit idee maakte me blij, het idee van de oogst gaf me hoop. Daarmee zou ik een familietraditie weer op gang kunnen brengen, al zou het misschien geen echte zaak meer worden. Maar wie weet, misschien kan ik de velden toch naar hun glorietijd terugroepen en de oogst naar de bazaar sturen. Vroeger verdiende onze familiefirma er zo'n duizend dollar per kilo aan.

Met deze gedachte wandelde ik naar de rand van de vallei.

Vanaf de plek waar ik nu stond, zag ik net als vroeger de woning van mijn ouders. Met de verrekijker keek ik ernaar. Het uitzicht was hetzelfde, alleen de koe stond er als een bewegende rots te grazen op de helling bij de woning.

Ik zag Ismaël, hij liep naar de koe, ging met zijn hand over de grote kop en de nek van het dier en leidde haar terug naar de binnenplaats.

De moeder van Ismaël liep met een emmer en een krukje in haar handen naar de koe. Ze zette het krukje op de grond, plaatste de emmer onder de grote uiers en begon de koe te melken.

Ik keek er verrast naar, want in de afgelopen dagen was ik zo met het observatorium bezig geweest dat ik niet had opgemerkt wat ze verder met de koe hadden gedaan.

Mijn moeder kwam naar buiten. Ze liep naar de verzorgster en keek hoever ze was. De vrouw liet haar glimlachend de volle emmer zien.

Een emmer vol melk was een geschenk uit de hemel. In de bergen had men nooit eerder zo veel melk in één keer gekregen, maar deze koe schonk nu elke dag een paar emmers vol.

In ons oude historische geloof en volgens onze rituelen was de koe heilig. Zarathustra bad duidelijk voor de melkgevende koe:

Ik steek mijn handen op om te bidden
En vooral voor de koe:
O Ahura Mazda!
Maak de koe gelukkig
En laat haar grazen in Uw oneindige groene weiden.

Mijn oorspronkelijke plan was om mijn moeder te ontmoeten en aanwezig te zijn als ze heenging, maar ik vermoed dat de komst van de koe een andere wending heeft aangekondigd.

Ik weet het nog goed: in onze omgeving werd nooit een koe geslacht, niemand at rundvlees en eigenlijk waren er helemaal geen koeien in de bergen. Wel was er één uitzonderlijke boer die een koe had, en haar melk was bedoeld voor kinderen wanneer ze ziek waren. Zodra een kind zich niet goed voelde, ging de moeder met een kommetje bij de boer langs en kreeg ze gratis melk mee. De koe van de boer was heilig voor ons, ze leefde lang en toen ze stierf, werd ze in de bergen begraven. Er werd een boom naast haar graf geplant.

Toen Sara klaar was met melken, bracht Ismaël de koe terug naar de helling van de vallei.

Daarna liep hij naar de berging en haalde hij gedroogd hout. Hij maakte vuur en toen het hout haast blauw brandde, plaatste hij een grote pan op het vuur, en zijn moeder leegde de emmer in de pan.

Ik zag via de verrekijker dat de melk nu kookte, en dat er een wolk van stoom uit de pan opsteeg.

Mijn moeder stond ernaast, wees met haar wandelstok en vertelde hoe het allemaal verder moest.

Ik moest lachen, want hoewel ze alles vergeten leek, wist ze zo te zien nog wel hoe je de room van de melk met een houten lepel voorzichtig in een aparte kom kon doen.

De vogels kwamen vliegend langs om te kijken wat er gaande was in de woning van mijn moeder, en de bergkatten sprongen op de rotsen om te zien waar die heerlijke geur vandaan kwam.

Opeens blafte er een hond, waarna alle andere honden in de bergen samen begonnen te blaffen.

Ze blaften en maakten zo het nieuws wereldkundig dat in de woning met nummer 178, het huis van die doofstomme man, kaas, boter en slagroom werd gemaakt.

27

Niet dat ik het vergeten was, ik zou zulke essentiële dingen nooit kunnen vergeten, maar ik drukte de gedachte eraan als vanzelf weg uit mijn hoofd. Ik had er de afgelopen tijd dus onbewust niet aan gedacht. Maar als ik rustig wilde zitten schrijven, moest ik het onder ogen zien.

Ik wilde mezelf nog wat tijd geven, zodat ik er geestelijk klaar voor zou zijn. En blijkbaar was dat nu het geval, want een paar dagen geleden, toen ik achter het raam van de woonkamer stond en naar buiten keek, zag ik ze opeens: de adelaars.

Ik moest de adelaars in de afgelopen tijd wel gezien hebben, maar op een of andere manier had ik ze niet geregistreerd. Het zou ook kunnen dat de adelaars me wat tijd hadden gegund, dat ze hadden gewacht tot ik me in het observatorium had gesetteld en dat ze toen pas in de lucht boven de vallei kwamen vliegen.

Om ze te beschrijven, heb ik geen nieuwe tekst nodig. Ik heb al eerder, in een van de eerste boeken die ik jaren geleden gepubliceerd heb, over die adelaars geschreven:

> In de bergen van mijn land stuit je soms op een graf. Een verlaten graf waarvan niemand weet wie daar begraven ligt.

’s Winters zie je niets. In de lente, als de sneeuw gesmolten is, komen de graven even tevoorschijn, maar ze worden snel weer bedekt met wilde bloemen. Het lijkt alsof de natuur bang is dat ze ontdekt worden.

Als bergbeklimmers van veraf zo’n graf in de gaten krijgen, beginnen ze liederen te zingen.

Ze lopen zingend tot het graf. Daar zetten ze dan hun rugzakken op de grond om even uit te rusten en om iets te eten.

Ze laten een deel van het eten voor de vogels achter, voor de adelaars die hoog in de bergen vliegen.

De adelaars zijn eigenlijk een soort gids. Ze vliegen voor de bergbeklimmers uit en laten hun weten waar een graf ligt.

Als je in de bergen van mijn geboorteplaats klimt, zie je vaak adelaars in groepen naar de vallei duiken en weer opstijgen.

Gisteravond, toen het net donker was geworden en ik achter het bureau aan het schrijven was, hoorde ik iets achter het raam. Ik keek op en net op dat moment viel er een schaduw van het hoofd van een man op het raam. Ik dacht dat het de heelmeester was. Ik kwam overeind en keek door het raam naar buiten in het licht van de sterren, maar ik zag niets, niemand.

Misschien vergiste ik me. Ik ging weer achter mijn tekst zitten, maar opnieuw hoorde ik buiten een geluid, en weer verscheen die schaduw op het raam, er stond daar duidelijk een man.

Wie zou het kunnen zijn, en hoe was hij door de poort gekomen? Was ik misschien vergeten om de poort dicht te doen? Ik stond weer op, liep naar buiten en riep: ‘Wie is daar?’

Er was niemand te bekennen. De poort was dicht en de sleutelstok stond stevig in het houten slot. Als er inderdaad iemand was, was hij via de rotsen gekomen. Dan moest het iemand zijn die de omgeving goed kende.

Ik riep weer: 'Is er iemand?' En ik keek overal in de binnenplaats. Maar nee, er was niemand.

Zou ik me echt vergist hebben, een visioen gezien hebben? Zou een deel van mijn oude herinneringen onwillekeurig bij me opgekomen zijn, zoals ze dat ook bij mijn moeder doen, nu ik alleen, hoog in de bergen woonde?

Ik ging terug naar binnen. Het zou ook kunnen dat de geest van het observatorium me waarschuwde dat de tijd nog niet aangebroken was om rustig te zitten schrijven.

Of misschien was het wel een droom, een soort dagdroom, of een droom buiten mijn slaap. Een droom die benadrukte dat ik me er nog steeds niet bij neerlegde dat er op de hellingen van de vallei op me werd gewacht.

Deze gedachte deed me aan een tekst van Saadi denken, een zogeheten *hekajat* uit zijn meesterwerk *De rozentuin*:

> Een koning in Khorasan droomde dat het lichaam van sultan Mahmoed Gaznavi, de zoon van de koning Saboktakin, helemaal tot stof was vergaan, behalve de ogen. Die draaiden rond in de oogkassen en namen alles in zich op.
>
> Van alle wijze raadgevers kon alleen een bedelmonnik de droom uitleggen: 'Nog altijd berust de sultan er niet in dat anderen zijn rijk in bezit hebben.'

Ik was er zeker van dat er iemand in het observatorium was, een man. Ik mocht de gedachten die ik steeds uitstelde niet langer negeren, ik mocht niet langer vertragen wat ik als schrijver nu eenmaal moet doen.

Ik stond weer op, deed de deur van de woonkamer wijd open en riep: 'U bent welkom. De thee staat klaar.'

Ik pakte net een schoon theeglas uit de kast toen ik voetstappen achter me hoorde. Ik keek om, een oude grijze man verscheen in de deuropening. Hij deed zijn schoenen uit, liep verder en nam plaats op de stoel die ik voor hem naast het bureau had geplaatst.

De rest van het verhaal kende ik wel. En ik wist hoe het verder moest.

28

De volgende dag, toen de zon in de late namiddag in de verre verte onderging aan de horizon, liep ik naar de berging. Ik deed de deur van de auto open en ging achter het stuur zitten. Ik startte de auto en als een wonder begon de vers geoliede motor soepel te draaien. Ik voerde voorzichtig het gas op om de motor wat sneller in beweging te krijgen.

Ik bleef net zo lang achter het stuur zitten tot de auto met zijn geluid liet merken dat hij gereed was om te rijden.

Ik reed rustig de berging uit, ging midden op de binnenplaats staan, deed de motor uit en stapte uit. Ik haalde de gereedschapskist uit de werkplaats, schroefde de achterbank los en haalde die voorzichtig uit de auto. Ik nam hem mee naar de berging en legde hem op een stapel hooi.

Daarna haalde ik een houweel en een schep uit de werkplaats en legde ze in de auto. Ik ging naar binnen, liep naar de slaapkamer, haalde een deken en een kussen en legde die naast de schep en het houweel in de auto. Tot slot pakte ik een vochtige doek en maakte ik de auto nog een keer grondig schoon.

Ik wachtte tot de zon helemaal onderging. Jupiter verscheen, en met wat vertraging werd Mars rood en helder zichtbaar, en ik wachtte nog op Venus. Toen zij verscheen vervulde ze mijn hart van licht. En toen het nog donkerder werd kwam de Melkweg met zijn onbeschrijfelijke schoonheid tevoorschijn. Hij passeerde door de lucht boven het observatorium en trok verder naar de onzichtbare verten.

Ik keek naar de weg en zag de oude man, die vader, die gisteravond ook op bezoek was geweest.

Ik ging bij de poort staan om hem te onthalen.

Hij had een zwart overhemd aan. Ik had eerder die dag een lichter overhemd voor hem uit de kast gehaald en klaargelegd, want de tijden van verdriet waren voorbij. Jarenlang zwart dragen was genoeg geweest.

Ik groette hem en leidde hem naar binnen. Ik bood hem een kopje thee aan, vroeg hem om zijn zwarte kleding uit te doen en het lichtere overhemd te dragen en zei: 'We gaan haar terug naar huis brengen, naar de stad, waar ze zou moeten zijn. Laten we dan wat ruimte geven aan blijheid.'

Ik zei dit en de tranen brandden in mijn ogen. De man huilde en met trillende handen maakte hij de knoopjes van zijn zwarte overhemd los, hij deed het uit en trok het andere overhemd aan.

Toen de hemel helemaal vol sterren stond, liepen we naar de auto en liet ik hem instappen. Ik nam zelf achter het stuur plaats, startte plechtig de motor en reed door de poort naar buiten.

We reden een eindje via een omweg achter de woning van mijn moeder naar beneden, zodat we zo dicht mogelijk bij de vallei kwamen.

Ik reed tot ik niet meer verder kon. Ik parkeerde de auto achter een rots en stapte uit. Ik overhandigde de deken en het kussen aan de man en ik pakte zelf het houweel en de schep. We liepen naar de plek waar we moesten zijn.

Normaal gesproken hoor je, als je maar hoog genoeg klimt, de sterren in de nacht. Het zou ook kunnen dat je je dat inbeeldt en je eigenlijk het gesuis van de sterren in je gedachten hoort. Maar wat dat geluid ook was, nu was de hele wereld stil.

De adelaars, die normaal niet in het donker vlogen, vlogen nu zwijgend boven de vallei en hielden de weg in de gaten.

Ik keek naar de woning van mijn moeder, boven aan de rand van de vallei. De koe stond daar en schitterde als de maan. Ze stond duidelijk klaar om ons te beschermen als iets onverwachts ons bedreigde.

De oude man liep naar een boom, een hoge boom. Ooit was het een kleine boom geweest, die hij daar zelf geplant had. Nu was de boom groot en hoog geworden.

Eenmaal bij de boom wees de oude man naar een plek waar wilde bergplanten groeiden. De wilde planten hadden die plek zodanig bedekt dat je nooit zou bedenken dat daar iemand heimelijk begraven lag.

We mochten geen tijd verspillen. Voorzichtig, zodat ze niet beschadigd werden, schoof ik de beschermende wilde planten met de schep opzij.

Daarna knielde ik naast het graf. Ik tikte met een steentje zachtjes tegen de grond van het graf en zei: 'Wakker worden! Je vader is hier. We komen je ophalen. Ik breng je met de auto naar de stad. Mijn naam is Refiq Foad, ik ben schrijver. Ik heb vaak over jullie geschreven. Nu ga ik je naar de plek brengen waar je zou moeten zijn.'

Vervolgens pakte ik het houweel en begon ik het graf te openen. De oude man schepte de aarde weg.

Terwijl we de aarde weghaalden, werd de witte lijkwade zichtbaar. Met mijn handen verwijderde ik voorzichtig de resterende aarde van haar lijkwade.

De vallei was lief geweest voor haar, waardoor het lichaam nog intact was.

Ik hield haar aan haar armen vast, haar vader hield haar voeten vast en we tilden haar tegelijkertijd omhoog, uit het graf. We legden haar op de grond. Ik trok de deken over haar lijf heen, zodat ze geen kou zou vatten.

We schepten de aarde terug in het graf en ik schoof de wilde planten weer op hun plek, alsof er niets gebeurd was.

Met behulp van de oude man tilde ik zijn dochter op mijn schouder en we gingen naar de auto. Heel voorzichtig legde ik haar achter in de auto. Ik schoof het kussen onder haar hoofd en trok de deken over haar lijf. Ik legde de schep en het houweel in de auto en met een lap maakte ik mijn handen schoon. Ik hielp de vader om in de auto te stappen.

Daarna reden we naar de stad, naar de begraafplaats waar ze zou moeten zijn en waar haar moeder op haar lag te wachten.

29

Pas heel laat in de nacht was ik terug in het observatorium. Ik parkeerde de auto in de berging en ging de woonkamer binnen.

Hoewel het midden in de nacht was, had ik geen slaap.

Mijn lichaam was onrustig, vol van een soort spanning die ik niet eerder had meegemaakt.

Het gebeurde wel vaker dat mensen het lijk van hun dierbaren heimelijk in de bergen begroeven, in de hoop dat ze hen later naar de begraafplaats konden brengen waar hun eigen doden lagen.

Ook ik heb het lijk van een van mijn dierbaren heimelijk begraven, in een van mijn boeken. Om precies te zijn op pagina 399. Dat getal is in mijn hoofd gegrift, om niet te vergeten waar ik hem heb achtergelaten tijdens die enge nacht.

Wat ik toen deed was fictief, maar nu had ik het lijk van een dierbare dochter van een familie in de werkelijkheid naar de plek gebracht waar ze moest zijn.

Om tot rust te komen ging ik weer de deur uit, en ik ging hoger de bergen in.

Ik klom en dacht aan al die jaren van pijn die de families hier hebben doorstaan, pijn die ook ik persoonlijk goed kende. Ik klom nog hoger en opeens, onverwachts, schoot de zon duizenden lichtstralen in de lucht van achter de Damavand. Duizenden lichtstralen van hoop. Ik ging op een rots staan, richtte me tot de zon en met al mijn kracht slaakte ik een kreet die herhaaldelijk in de bergen weerkaatste.

Daarna daalde ik weer af naar het observatorium en toen ik de woning binnenging, werd ik door een zware slaap gegrepen. Ik kroop onder de deken en na jaren van onrustige nachten viel ik in een heerlijke, diepe slaap. Een soort slaap waaruit je bijna niet meer wilt ontwaken.

Maar ik wil nog heel lang uit mijn slaap blijven ontwaken, in elk geval zolang ik met dit boek bezig ben, of lang genoeg om mijn moeder vredig te laten heengaan. En misschien lang genoeg tot het afgelopen is met deze nachtmerrie waarmee het land kampt.

Rond het middaguur werd ik wakker. Ik had honger en erg veel zin om iets te eten, het was voor het eerst dat ik zo veel trek had sinds ik terug was. Ik nam wat brood en boter, de boter van de koe van mijn moeder. Zo kan ik de koe nu wel noemen, want de eigenaar van de koe was tot nu toe niet komen opdagen.

Nadat ik gegeten had, was ik eigenlijk van plan geweest om te gaan zitten werken, maar nee, vandaag niet. Vandaag heb je vrij, zei ik tegen mezelf.

Ik pakte dus de verrekijker en ging een wandeling in de zon maken. Hoewel die verrekijker haast antiek is, is hij nog altijd stevig en scherp. Hij fungeert als een oude vriend en verbindt je vertrouwd met de verte. Maar voorlopig heb ik geen verdere verte nodig; de verte die de verrekijker me biedt, is me genoeg.

Eigenlijk is alles in dit huis oorspronkelijk, van de soort die voor de eeuwigheid gemaakt is.

De kachel van het huis bijvoorbeeld, die is zodanig van vulkanische klei gemaakt dat hij tot het einde der tijden blijft werken.

Hij maakt niet alleen het huis warm maar werkt ook als een fornuis, waterkoker en indien nodig als oven. En als plek om genoeglijk met je kameraden wijn te zitten drinken.

Mijn voorvaderen hebben vaak met hun kameraden om die kachel gezeten om te drinken. In de stenen kelder van het huis, eigenlijk een kleine grot, ligt een aantal wijnflessen in de as op de grond. Ik mis mijn kameraden in dit huis. Soms overweeg ik om een paar van hen te laten langskomen, als ze tenminste nog leven en niet vastzitten.

Het observatorium zelf is ook gemaakt voor de eeuwigheid, net als de bergen eromheen.

Wat het eten betreft ben ik hier zelfvoorzienend, net als de dieren en de vogels die op deze hoogte leven, en daardoor heb ik haast niets van het dorp of van de stad nodig. De grond in mijn omgeving is rijk aan voedsel als bergwortels, wilde berggroentes, wilde champignons, allerlei kruiden en eigenaardige uien en pompoenen.

Ik ben alleen voor mijn brood een beetje afhankelijk van het dorp. Vroeger maakte mijn moeder zelf brood, maar ze is niet meer in staat om het te doen. Ismaël haalt elke dag vers brood uit het dorp, zowel voor henzelf als voor mij.

De heelmeester heeft een paar kippen en een haan op de binnenplaats van het observatorium losgelaten: 'Je hoeft niets voor ze te doen, ze redden zich wel, er is genoeg te pikken in de omgeving.'

Ik herinnerde me dat er vroeger ook een aantal kippen en een haan in het observatorium rondliepen. Mijn moeder zorgde voor ze.

Ik heb dus altijd verse eieren, waarvan Ismaël een deel meeneemt naar huis.

Het oude kippenhok is er nog, maar ik moet het een keertje grondig schoonmaken en goed met klei bedekken.

In de bodem van de vallei is een beek, met zacht, aangenaam water dat van onder de bergen komt. Er zwemmen vissen in.

Vroeger viste ik samen met mijn vader in die beek.

Hoewel het in de winter vroor, was de beek nooit bevroren. In de lente stroomde er meer water in, zodat het als een riviertje afwaarts begon te lopen.

We visten niet altijd en niet als het niet nodig was, want we beschouwden het als een heilige beek, oude wateren die door de vulkaan werden verwarmd. Bovendien namen we niet elke vis die we vingen mee naar huis, want sommige vissen waren zo kleurrijk, zo anders, zo levendig dat je ze niet als gewone vissen kon gebruiken. Ze behoorden tot de heiligheid en oudheid van de oude wateren.

Deze vissen waren donkergroen, dezelfde kleur als de rotsen. Het leek alsof ze stukjes versteende lava waren die nu als vissen in het water bewogen.

We visten niet met een hengel maar met een net, zodat we de zeldzame, de kleurrijke, de steenachtige vissen weer konden loslaten.

En we namen nooit meer dan één of twee vissen mee naar huis, precies wat we nodig hadden voor die dag.

Op die zonnige middag daalde ik met het visnet af naar de bodem van de vallei.

De mens is naar de maan gereisd, heeft karretjes naar Mars gestuurd om monsters van de bodem te nemen, en raketten naar de zon geschoten om hem beter te kunnen bestuderen. De mens heeft oorlogen gevoerd en revoluties hebben plaatsgevonden, maar de beek was onveranderd gebleven.

Ik gooide het net in de beek en ving meteen met de eerste gooi een aantal vissen. Ik liet de kleurrijke, bijzondere vissen gaan en nam drie gewone, middelgrote vissen mee. Eentje voor het huis van mijn moeder, eentje voor mezelf en eentje voor de heelmeester, met wie ik straks een afspraak had om over de velden te praten.

Eerder had ik hem mijn plan voor de saffraanvelden voorgelegd.

'De meisjes worden zeker blij als ze dit horen,' zei hij.

O ja, om dit niet te vergeten: er hing een geweer aan de lange wand van de woonkamer. Vanmorgen haalde ik het van de muur, en ik richtte het als oefening op een fictieve vogel in de lucht. Ik zocht tussen de oude spullen in de werkplaats naar kogels en ik vond er een doos van. En ik laadde het geweer ermee, je weet maar nooit.

Nu ik dit vertel herinner ik me een literair advies van de Russische schrijver Anton Tsjechov. In een beschouwing over literatuur beweert hij het volgende: 'Als er in een verhaal een geweer aan de muur hangt, moet er ooit mee geschoten worden. Anders moet je het weghalen.'

Hoewel ik niet van plan ben om ooit met dit geweer te schieten, heb ik het toch geladen aan de muur van de woonkamer laten hangen, op de plek waar het zou moeten zijn.

30

De geur van gekookte melk, verse boter en verse kaas van het huis van mijn moeder bereikte ook de gewapende bebaarde mannen van de heersende geestelijken.

Op een dag, toen ik tijdens een korte schrijfpauze op de binnenplaats wandelde, zag ik een paar mannen in de woning van mijn moeder. Het was tegen één uur 's middags. Ik haalde meteen de verrekijker en keek wat er gaande was. Er waren drie gewapende bebaarde mannen met de verzorgster aan het praten in het bijzijn van mijn moeder.

Ik dacht dat ze voor mij kwamen, maar nee, ze waren zo te zien langsgekomen om de koe mee te nemen.

De mannen liepen nu naar de helling van de vallei, waar de koe graasde. Dreigend met haar wandelstok probeerde mijn moeder hen tegen te houden. Maar ze negeerden haar en daalden verder de helling af.

Waarschijnlijk hadden de mannen de koe niet eerder gezien, en ze hadden ongetwijfeld niet zo'n grote en vooral witte koe verwacht. Misschien daarom stonden ze lachend en met verbazing naar haar te kijken.

De koe had de vervloekingen en de verwensingen van mijn

moeder gehoord, zag de mannen als gevaar en liep daarom dieper de vallei in. De mannen gingen met z'n drieën voor haar staan om de weg naar beneden te blokkeren en haar naar boven te sturen, maar de koe wist zich een weg tussen hen door te banen en holde verder.

Een van de mannen rende met zijn geweer in zijn hand en haalde haar in. Hij richtte zijn geweer naar de lucht en loste een schot om de koe bang te maken, zodat ze zou terugkeren naar boven. Maar de koe sloeg de man met haar kop aan de kant en holde met haar zware lijf naar de bodem van de vallei.

Eenmaal daar liep ze rustig naar de beek om water te drinken.

Teleurgesteld keerden de mannen terug naar boven. Een van hen pakte zijn semafoon en praatte met iemand. Daarna gingen ze op een rots op de binnenplaats van mijn moeder zitten, waarschijnlijk wachtend op hulp of op een nieuw bevel.

Ik volgde al die scènes met de verrekijker en het deed me pijn dat ik niets voor de koe kon doen.

Deze koe behoorde tot de vallei, dit was de plek waar ze zou moeten zijn. Eerlijk gezegd dacht ik vaak dat deze koe een nakomeling van de koe van de herder Sepako was, die koning Cyrus als kind had beschermd. De koe van Sepako was in oude teksten als volgt beschreven en leek precies op de koe die nu op de bodem van onze vallei stond:

> Sepako had een witte koe met twee hoorns die in het zonlicht als goud schitterden.
> En hoewel de koe geen kalf had, bepaalde Ahura Mazda dat ze melk gaf.
> Het kind groeide bij Sepako op.
> En de koe, met haar gouden hoorns, beschermde hem.

Vertrouwend op de oude teksten van de nobele literaire geesten van dit oude land daalde ik af naar de woning van mijn moeder, zodat ik beter kon zien wat er gaande was.

Ik ging heimelijk achter een rots boven de woning staan, vanwaar ik de gewapende mannen zonder verrekijker kon zien.

Ze zaten daar te roken met hun geweren op hun schoot.

Mijn moeder stond aan de rand van de vallei, zo te zien om ze tegen te houden als ze weer naar beneden wilden gaan.

Op dat moment kwam Ismaël te paard uit school. Hij keek verbaasd naar de mannen, steeg af, groette ze en keek vragend naar mijn moeder.

'Dieven zijn het,' riep mijn moeder. Ze maakte gebruik van de aanwezigheid van Ismaël, verliet haar positie en ging de woonkamer binnen.

Even later leek het alsof mijn moeder vergat wat er gaande was en waarvoor die mannen daar waren. Ze kwam naar buiten met haar verzorgster, die een dienblad met drie dampende bekers in haar handen had. Ze liepen samen naar de mannen en mijn moeder overhandigde elke man een beker warme melk. De gewapende mannen waren verrast door deze onverwachte gastvrijheid. Ze hadden ongetwijfeld sinds hun moedermelk nog amper melk gedronken, net als iedereen in de bergen. Bovendien was dit geen gewone melk, maar manna uit de hemel.

Glimlachend bedankten ze mijn moeder.

Ze zaten daar zalig te roken en te drinken toen het gezoem van de motor van een auto in de verte klonk.

Ik keek naar de weg, er reed een grote legerjeep in de richting van de woning van mijn moeder.

De mannen dronken snel hun melk op en liepen naar de poort. De jeep stopte en de drie mannen praatten met de chauffeur. De chauffeur stapte uit en liep met ze mee. Hij ging bij de rand van de vallei staan en keek naar waar de koe stond.

Ze liepen weer terug naar de auto en de chauffeur reed naar de rand van de vallei.

De mannen haalden een grote rol dik touw vanuit de achterbak van de jeep en bonden een uiteinde ervan aan de trekhaak van de auto. Ze pakten de rol van het touw vast en liepen naar de bodem van de vallei.

Toen de koe hen zag aankomen nam ze een verdedigende houding aan, maar de mannen bleven op afstand. Ze maakten een grote lus van het uiteinde van het touw, en een van hen gooide die als een cowboy over de kop van de koe.

De koe schudde een paar keer haar kop om het touw om haar nek weg te krijgen, maar het lukte haar niet. De mannen gaven een seintje aan de chauffeur, die boven aan de rand van de vallei stond, om voorzichtig te rijden.

De chauffeur reed een stukje. Het touw stond nu strak en trok de koe even naar voren, maar toen de koe begreep dat ze haar naar boven wilden trekken, zette ze haar grote poten stevig in de grond. Ze spande haar sterke spieren aan, zodat ze als een rots werd die niets en niemand uit de grond kon trekken.

Een van de mannen begon met zijn geweerstok tegen haar zij te slaan om haar in beweging te krijgen. De koe loeide van de pijn, maar ze bleef stevig staan waar ze stond.

Ik was kwaad en ik vond het zwak van mezelf dat ik daar achter die rots stond te kijken en niets deed, maar het leven had me geleerd om op zulke momenten geduld te hebben.

De auto trok opnieuw aan het touw. De koe loeide met bange ogen en haar geloei weerkaatste in de vallei. Ze had schuim om haar bek gekregen, maar ze verzette geen stap.

De chauffeur voerde het gas op, maar de wielen van de auto maakten lawaai en bleven staande draaien. De drie mannen sloegen de koe nu harder, waardoor ze luider loeide.

Uit het niets kwam mijn oude moeder tevoorschijn. Dreigend met haar wandelstok riep ze boos: ‘Halt! Schaam je je niet? Die arme koe geeft melk.’

Ze schoof de mannen met haar wandelstok aan de kant, haalde het touw van de nek van de koe en stuurde haar naar de beek om te drinken.

Ze pakte de arm van een van de mannen en gebaarde met haar wandelstok dat hij haar naar boven moest helpen.

Ze klom rustig maar gestaag de helling op terwijl de mannen op haar tempo met haar meegingen.

Toen ze boven waren, maande ze de mannen om even te blijven wachten en ze ging de woonkamer binnen. Ismaël en zijn moeder kwamen elk met twee plastic emmers vol melk naar buiten en overhandigden aan elke man een emmer. Ismaël liep een stukje door om ook een emmer aan de chauffeur te geven.

Mijn moeder kwam zelf ook met een mandje naar buiten, ze overhandigde hun elk een stuk boter en een stuk kaas ingepakt in oud papier.

De mannen bogen hun hoofd in dank en vertrokken blij.

Mijn moeder deed de deur dicht, liep naar de rand van de vallei en keek hoe het met de koe ging.

De koe lag naast de beek uit te rusten.

Ik wandelde terug langs de saffraanvelden om te kijken wat ik er uiteindelijk mee moest doen, wetende dat de oude geest van de vallei zowel de koe als mij beschermde.

Die gedachte stelde me gerust, maar ik zou naïef zijn als ik dacht dat het regime niet doorhad dat ik hier in het observatorium woonde. Ze wisten het absoluut, maar ze waren voorlopig met veel belangrijkere zaken bezig dan met mij, een man hoog in de bergen die blijkbaar zelfs niet naar het dorp ging.

Ik was niet bang dat de bebaarde mannen opeens het observatorium zouden binnenvallen, maar ik leerde mezelf om ervoor open te staan: als het zo is, is het zo.

Eerst de saffraanvelden.

31

Als ik iets met de velden wilde doen moest ik er gauw mee beginnen, anders was elke dag een verloren dag, maar toch twijfelde ik om mijn tijd en energie erin te stoppen.

Ik wandelde langs de velden en was met deze gedachte bezig toen ik de heelmeester met zijn koets de helling op zag rijden. Hij stopte vlak voor de velden en stapte uit, ik groette hem en gaf hem een hand.

'Ik zie dat je dag in, dag uit langs de velden loopt,' zei hij glimlachend.

'Deels waar,' zei ik.

Hij haalde zijn sigarettendoos uit zijn jaszak, rolde een sigaret en bood mij er ook een aan.

Ik nam een trek van mijn sigaretje en zei: 'Ik heb nagedacht. Ik denk dat ik de nodige ambitie niet heb om de velden terug te roepen naar hun verloren glorietijd.'

'Waarom niet?' vroeg hij.

'Het zou me veel tijd kosten,' zei ik, 'en ik wil de resterende tijd van mijn leven niet aan die takken besteden.'

'Maak je geen zorgen over tijd,' zei hij haast plechtig. 'Je gaat toch niet sterven voordat het afgelopen is met deze nachtmerrie van de geestelijken.'

Dat was een gedachte die me vaker bezighield, maar ik ging er niet op in en deed alsof ik het niet gehoord had. 'Bovendien ben ik alles verleerd,' zei ik. 'Ik kan niet meer doen wat ik vroeger heb gekund.'

We liepen samen verder de velden in om de struikjes nog een keer te inspecteren.

De gezonde takken waren inderdaad goed gegroeid, maar ze moesten gauw meer ruimte krijgen om verder te groeien, anders stopten ze halverwege met bloeien en zouden ze hun saffraan niet meer kunnen geven.

'Ik ga kijken wat ik voor je kan doen, maar wat tijd betreft komt het allemaal goed,' zei de heelmeester.

Een paar dagen later, toen de zon net opgekomen was en ik voor mijn ochtendwandeling buiten was, zag ik een rij van zevenentwintig oude mannen die met een wandelstok achter elkaar in de richting van het observatorium klommen. Ik dacht dat ze voor een jaarlijks ritueel naar Zarathustra's spelonk gingen. Ik had niet meer aan dat ritueel gedacht, maar dit zou best de tijd kunnen zijn waarin zoroastriërs vroeger jaarlijks in een rij de bergen beklommen, om daar de geboortedag van Zarathustra te herdenken.

Maar nee, deze mannen waren geen zoroastriërs, want bij de splitsing van de route sloegen ze rechts af en klommen ze verder naar het observatorium.

Daarna verscheen de koets van de heelmeester op de weg. Hij haalde de oude mannen in en stopte voor de poort. Hij stapte uit zijn koets en leidde de mannen naar de binnenplaats.

Het waren allemaal oude mannen die ooit in onze saffraanvelden hadden gewerkt. Ze waren nu zodanig bejaard dat ze zonder wandelstok haast niet konden lopen. Zevenentwintig mannen, bijna allemaal half doof en ze zagen niet meer goed.

Ik groette ze en ik drukte hun een voor een de hand. Ze bogen hun hoofd alsof ik mijn grootvader was. Een van hen sprak me met deze woorden toe: 'Dit huis is ons dierbaar. We hebben van deze velden brood naar huis gebracht om onze kinderen te voeden. We zijn vereerd om op deze hoge leeftijd nog in de velden te mogen werken.'

De heelmeester haalde een oude houten kist uit de werkruimte, waarin een stapel snoeimessen lag. Hij overhandigde elke man een mes en hij leidde ze naar de velden, die ze zo goed als hun handpalmen kenden.

De mannen deden hun jassen uit, gooiden hun wandelstokken op de grond en begonnen met hun werk.

Ze hoefden niets te zien, ze voelden de takken van de saffraanstruikjes met hun ervaren handen en blindelings snoeiden ze de dode en de zieke takken weg.

Ik nam het ochtendzonlicht in me op terwijl ik ze knielend zag snoeien in het veld. Ik ging snel naar de woning van mijn moeder en vroeg Ismaël om brood te halen uit het dorp voordat hij naar school ging.

Ik maakte een grote ontbijttafel voor de oude mannen op het veld, een uitgebreid ontbijt dat bestond uit brood, gebakken eieren, kaas, gekookte melk en thee.

's Avonds braadde ik voor hen vis met wilde wortels, groente en brood.

Voordat ze aan tafel gingen zitten, verrichtten ze gezamenlijk hun gebed in de woonkamer. Tijdens het eten praatten ze met elkaar over de oude tijden toen ze in de velden werkten. Ze herinnerden zich mij als een jonge man die hen van thee en eten voorzag, net als nu.

Het was gelukkig warm 's avonds. Ik haalde oude dekens en

matrassen uit de berging en rolde ze allemaal op de grond uit, zowel in de slaapkamers als in de woonkamer.

De mannen lagen als oude boomstammen naast elkaar en vielen gauw in slaap.

Drie dagen en drie nachten, zevenentwintig bejaarde mannen, drie heerlijke uitgebreide diners, drie keer een stevige lunch, vier keer een goddelijk ontbijt. Op de vierde dag, nadat ze hun ochtendgebed verricht hadden en hun ontbijt hadden gehad, pakten ze hun wandelstokken. Ze daalden weer in een rij de bergen af, wetende dat hun loon later in saffraan betaald zou worden wanneer hun kleindochters kwamen oogsten.

Ik stond nu in het veld als een saffraanhandelaar die over een voorspoedige oogst droomde.

Voor zo'n veelbelovende oogst had ik wel een paard nodig.

32

De velden waren bijna terug in hun vroegere staat. Nog niet helemaal, maar je merkte wel dat ze met nog wat geduld helemaal zouden worden wat ze waren geweest. Ik dacht dat het misschien nog een aantal jaar zou duren tot de struikjes hun volste bloei zouden terugkrijgen, maar ik vergiste me, want de velden lagen hoog in de bergen in zeer rijke vulkanische grond. Daardoor was de aarde niet vermoeid of uitgeput, maar levendig, met een bruin-oranje kleur van de oude lava.

De rotsen waren tijdens de harde winters en door erosie tot aarde vergaan, en die aarde droeg de kracht van de oorspronkelijke materie nog in zich. Daarom rechtten de struikjes weer hun rug en begonnen hun jonge takken en bladeren te bewegen in de wind.

De heelmeester had gelijk, de velden zouden niet veel tijd vragen. Ik liep alleen langs de velden wanneer ik pauze nam. Met een schep maakte ik de loop van de kleine riviertjes vrij, zodat de velden beurtelings water konden krijgen.

In mijn kindertijd werd er een aantal vogelverschrikkers in de velden geplaatst, zodat de vogels de bloedrode saffraanstampers niet kwamen pikken. Vooral de trekvogels vormden een gevaar voor de velden die in bloei stonden, ze daalden massaal neer, gingen aan de takken zitten, plukten alle stampers weg en lieten een kaal veld achter. Maar tegenwoordig vlogen de adelaars hoog boven de vallei, die hielden alles in de gaten, waardoor geen enkele vogel dicht bij de vallei en de velden kwam.

De adelaars vlogen nu niet alleen boven de velden maar ook in mijn slaap, nacht in, nacht uit.

Ik keek naar de saffraanstruikjes die massaal bezig waren om hun stampers te maken, eigenlijk hun rode goud te produceren, maar ik merkte dat ze toch niet gelukkig waren.

De struikjes waren wat verdrietig, net als ikzelf.

Ik was blij met het boek dat ik aan het schrijven was en ik was trots op de velden, maar toch net niet helemaal. In de bodem van mijn hart voelde ik toch een hoopje verdriet, als een niet-ontkiemde bloem.

Op een van deze dagen zag ik uit de verte dat het erg druk was bij de woning van mijn moeder, de binnenplaats stond vol met vrouwen. Ik schrok en dacht dat mijn moeder overleden was. Ik pakte snel de verrekijker en keek wat er gaande was. Er waren inderdaad veel dorpsvrouwen, ook in mijn moeders woning, en ik zocht met trillende handen tussen de vrouwen of ik mijn moeder kon zien. Gelukkig wel: ze stond als een oude koningin naast een grote pan kokende melk en ze bemoeide zich als gewoonlijk met de handelingen van haar verzorgster Sara. Maar opeens begonnen de vrouwen hun armen in de lucht te steken, in hun handen te klappen en gezamenlijk een lied te zingen. Ik hoorde ze niet duidelijk, maar hun stemmen werden door de vallei weerkaatst.

O, wat zit een mens prachtig in elkaar. Je vergeet niets, je bewaart alles in de diepste diepten van je geheugen, zelfs wanneer je je geheugen verliest. Je verliest eigenlijk je geheugen niet; er wordt eerder een gordijn van mist overheen getrokken, zodat je je verleden niet meer hoeft te dragen als een last.

Ik was dat ritueel vergeten, en tegelijkertijd ook niet. Elk jaar tegen deze tijd kwamen de dorpsvrouwen bij ons langs, bij mijn moeder langs. Om precies te zijn, kwamen ze langs op de dag waarop de jonge Zarathustra door Ahura Mazda als de eerste profeet op aarde verkozen was.

De vrouwen verzamelden zich op die dag in ons grotvormige huis en zongen samen Zarathustra's liederen.

Nu, door de klanken die in de vallei weerkaatsten, wist ik nog van uit mijn kindertijd welke lofzang de vrouwen zongen. Het was het eerste lied dat Zarathustra voor het geluk van de mens zong:

> O, Ahura Mazda!
> Ik bied U deze lofzang aan die niemand eerder heeft gezongen.
> U bent de ziel van de waarheid en de manifestatie van het goede denken.
> O, Ahura Mazda!
> Ik doe een verzoek aan U.
> En ik vraag u of mijn verzoek zich kan manifesteren in de wereld van de onverwoestbare spirituele krachten.
> Met mijn lofzang roep ik U.
> Kom naar ons toe en voed ons hart met geluk en voorspoed.

Ik keek naar de vrouwen, naar al die oude vrouwen die in de bergen woonden en nu bij mijn moeder waren, en ik onderscheidde opeens zes vrouwen onder hen die niet uit de dorpen in de bergen kwamen. Ik onderscheidde ze door de witte sluiers die ze droegen.

Zes moeders met witte sluiers.

De adelaars hadden ze eerder gezien.

33

Ik regelde, of het werd geregeld, dat in een van de afgelopen nachten een van de moeders die een witte sluier droeg de weg naar het observatorium beklom.

Ik had haar komst al eerder in mijn slaap gezien, en er zelfs al dagen eerder in mijn boek over geschreven.

Ik wist dat ze zou komen, daarom stond ik voor de poort op haar te wachten. Ik ontving haar net als mijn eigen moeder en leidde haar naar de woonkamer. Ik had de stoel al aan het begin van de avond voor haar klaargezet, precies op de plek waar ik die in mijn boek geplaatst had.

Ik nam op de stoel tegenover haar plaats.

Ze was stil.

Ik begon, ik zei: 'Mevrouw, ik bied mijn oprechte verontschuldigingen aan. Ik wist het, ik was het niet vergeten, maar er was een gordijn over mijn geheugen getrokken. De saffraanstruikjes wisten het ook, maar door die dode takken, door die zieke deeltjes kwamen hun herinneringen niet naar boven. Tot de oude, ervaren mannen de dode en de zieke takken hadden weggehaald. Daardoor kwamen de struikjes tot bloei en kregen ze hun herinneringen terug, maar op een dag merkte ik dat ze verdrietig waren, hoewel ze groot en mooi bloeiden. En ik merkte op dat ze hun rode saffraanstampers niet wilden geven.'

Hier sprongen de tranen in mijn ogen en de oude vrouw huilde met me mee.

'Mevrouw, ik weet het en de adelaars weten ook dat er zes vrouwen zijn die witte sluiers dragen en regelmatig bij mijn moeder langskomen. Maar ik moest eerst even settelen voordat ik die witte sluiers kon zien. Voordat ik hiermee bezig kon zijn.'

Ze knikte huilend dat ze me begreep.

Ik overhandigde haar het glaasje thee dat ik eerder op de kleine tafel voor haar had neergezet.

Ze nam een slok en zette het terug.

'En! En ik heb de auto klaargezet. Er liggen een deken, een kussen, een houweel en een schep in,' zei ik.

Onverwachts hield ze mijn beide handen vast met haar oude handen en ze wilde ze kussen uit dankbaarheid.

'Nee, nee, mevrouw, dat is niet nodig,' zei ik. 'Want als ik het niet doe, kan ik niet gerust zitten werken.'

Ze lachte.

'Zullen we gaan?' zei ik.

We stonden op, en ik leidde haar naar de auto. En ik liet haar instappen. We reden naar de plek waar we zouden moeten zijn.

Nog vijf keer. Vijf oude vrouwen die een witte sluier droegen, klommen in het donker naar het observatorium, waar ik voor de poort op hen wachtte.

Nog vijf keer heb ik de deken en het kussen in de auto gelegd, met het houweel en de schep ernaast.

Nog vijf keer reed ik met de auto waar ik naartoe moest rijden, en dan naar de stad, naar de plek waar ik zou moeten zijn.

Nog vijf keer tot de moeders niet meer huilden, maar lachten van geluk.

En toen vlogen de adelaars hoger in de bergen, verlost van hun plicht, en de struikjes in de velden begonnen bijna hun rode saffraanstampers te geven. Ik plaatste een aantal rudimentaire vogelverschrikkers in de velden.

En ik lachte en ik huilde van geluk.

Verlost van het verdriet en net zo vrij als de adelaars, op naar de volgende hoofdstukken.

34

Ahura!
Wij prijzen U.
Wij maken U blij met deze gebeden.
Wij geven deels weg van wat U ons heeft gegeven.
En daar maken we U blij mee.
Alle macht ligt in Uw handen.
U wilt dat wij goede gedachten, goede woorden en goede daden verrichten.
Wij luisteren naar wat U zegt.
En we maken U daarmee blij.

Heerlijk om die scène elke ochtend te zien vanuit het observatorium: kinderen, meisjes en jongens, die in een lange rij voor de poort van de woning van mijn moeder staan met allemaal een plastic emmer met een deksel in hun handen.

Mijn moeder gaat voor de deur staan en wijst ze met haar wandelstok een voor een naar binnen.

Sara giet melk met een houten lepel in hun emmer en maakt de deksel ervan vast, en dan is de volgende aan de beurt.

De volgende dag klimmen er weer andere kinderen naar mijn

moeders woning. Ook zij krijgen allemaal gratis melk en dalen dan weer blij af, terug naar huis.

Met mijn verrekijker naar hen kijken is mijn ochtendplezier: de koe heeft met haar aanwezigheid iedereen blij gemaakt. Ik zie het aan het huppelen van de kinderen die met een emmer vol melk de bergen afdalen, en ook duidelijk aan de houding van mijn moeder. Ze heeft nu elke dag iets te doen, daardoor ziet ze er gezonder en vrolijker uit.

Wat wil een mens nog meer van het leven? Ik tenminste niets meer, ik ben blij met wat ik heb en waar ik beland ben.

Inmiddels is mijn contact met mijn moeder gestabiliseerd en ik geniet ervan, want door haar loop ik in drie verschillende gedaanten door de bergen, zelfs nog zonder mijn eigen oorspronkelijke gedaante meegeteld. Ik ben soms mijn vader, soms mijn grootvader en soms de televisiepersoonlijkheid die af en toe uit het scherm stapt om Ismaël met natuurkunde voor zijn examenjaar te helpen.

Als ik in de gedaante van mijn vader ben, praat mijn moeder in onze eigen familiegebarentaal met me: 'Ga even kijken hoe het met de koe is.'

Ik luister naar haar en ga kijken hoe het met de koe is, in de bodem van de vallei.

Ik kom terug en gebaar: 'Ze heeft goed gegeten en rust uit langs de beek.'

Wanneer ik in de gedaante van mijn grootvader ben, praat ze pragmatisch met mij en zo praat ik ook met haar: 'Straks tijdens de oogst hebben we meisjes nodig. De heelmeester heeft er wel een aantal gewaarschuwd, maar als u wilt dat er iemand uit uw kennissenkring meedoet, hoor ik het graag.'

En wanneer ik in de gedaante van de televisiepersoonlijkheid samen met Ismaël aan tafel zit om hem met zijn huiswerk te helpen, doet mijn moeder haar sluier om en maant ze Sara om geen lawaai te maken: 'Zie je het niet? Ze zijn bezig. Laat die afwas!' Dan gaat ze zelf stil in haar stoel zitten met haar gebedssnoer, dat ze tussen haar vingers beweegt.

Gisteren reed ik in de gedaante van mijn grootvader naar mijn moeders woning om haar voor een wandeling mee te nemen.

Zodra ze de auto hoorde, kwam ze voor de deur staan en riep ze naar haar verzorgster: 'Vandaag heb ik het druk, ik ga naar de velden.'

Ik bracht haar dus naar de velden, en tot mijn genoegen liep ze langs de struikjes en gedroeg ze zich net zo serieus als vroeger, zo goed als een toezichthouder. Ik moest lachen en deed iets speels. Ik zei wat formeel: 'Onze buitenlandse klanten wachten op de oogst. We moeten goed opletten om onze sterke positie niet te verliezen op de internationale markt. Het saffraanproduct van onze firma is het beste van de wereld, we hebben geen concurrent behalve onszelf, alleen wij kunnen onszelf doen verliezen. Laten we het zo zeggen: u bent de persoon die verantwoordelijk is voor de kwaliteit van de saffraan, want ik ben in de bazaar en zit achter mijn bureau om met de klanten te praten, maar u loopt namens ons op het veld. Goed opletten dus. Elk struikje moet eigenlijk als een levend wezen behandeld worden.'

Mijn woorden hadden haar geraakt, ze duwde haar wandelstok in de grond en bleef even met gebogen hoofd nadenken.

'Heb ik misschien iets niet goed gedaan?' zei ze wat bedroefd.

'Nee, natuurlijk niet. U doet het uitstekend, maar ik moet dit toch met u kunnen delen.'

Mijn moeder deed het vroeger ontzettend goed in de velden, ze was de absolute toezichthouder. Ze genoot van het vertrouwen dat ze van haar schoonvader gekregen had, maar als hij soms ergens een kritische opmerking over maakte, werd ze verdrietig. Dan ging ze in een hoekje zitten huilen alsof ze gefaald had.

Na mijn opmerking liep ze met haar wandelstok langs de velden, ze voelde demonstratief aan de takken en de bladeren van de struikjes zodat ik kon zien dat ze haar werk goed deed.

Toen ze op haar eigen manier alles geïnspecteerd had, nam ik haar mee naar het observatorium.

Mijn moeder begrijpt een term als 'het verleden' niet meer. Voor haar vindt alles in de tegenwoordige tijd plaats. Ze liep dus in het heden door de woonkamer van het observatorium en ze ruimde alles op, net als vroeger.

Ze ging mijn slaapkamer binnen en maakte het bed toch nog beter op.

Daarna liep ze naar de binnenplaats en controleerde het kippenhok.

Ik vreesde dat ze naar de werkplaats zou lopen en de deur daarvan zou opengooien om de boel te laten luchten, maar gelukkig deed ze dat niet. Ik zeg 'gelukkig', omdat daar een stapel onbegonnen werk voor me ligt waar ik momenteel nog niet aan toegekomen ben.

Vandaag kon ik er niet langer omheen, in de pauze liep ik toch naar de werkplaats en ik gooide de deur open. Ik vermeed die werkplaats, want die plek is eigenlijk het hart van het observatorium dat al jaren stilstond. In die werkplaats was alles te vinden wat tot een sterrenwacht behoort en alles was netjes en in de juiste volgorde in de kisten opgeborgen. Alle telescopen, lenzen, glasmineralen, glasslijpers, ouderwetse gereedschappen, spiegels, warme kleren voor de koude avonden buiten op het dak en de bijbehorende spullen van de oven waarin mineralen werden verhit en versmolten.

Het was dus de enige plek van het huis waar ik nog niet aan toegekomen was en waar de spinnen dikke webben over alles heen hadden getrokken, om alles tegen vocht en tegen de tijd te beschermen.

Ik wil niet zeggen dat ik de deur van de werkplaats opzettelijk niet opendeed. Nee, niet opzettelijk, want ik kwam er dagelijks langs, maar ik stond er niet bij stil. Dat deden mijn hersenen, mijn geest misschien: ze regelden het zo dat ik geen aandacht besteedde aan die plek.

Vaak zijn dingen al eerder in ons onderbewustzijn begonnen, maar kunnen we ze pas later onder ogen zien.

Ik wilde altijd al terug naar huis en ik was van mening dat dat huis het huis van mijn moeder was. Maar mijn onderbewuste werkte dieper en essentiëler dan ikzelf wat betreft mijn terugkeer naar huis. Ik wilde in mijn onderbewuste niet terug naar de woning van mijn moeder, maar naar de plek waar ik zou moeten zijn, naar de plek waar ik behoorde, naar de plek waar ik als mens vandaan kwam, waar alles ooit begonnen was.

De werkplaats van het observatorium bood me de mogelijkheden om mijn reis verder voort te zetten.

De deur was nu open en ik stapte naar binnen. Er hing een oude, vergeelde tekst ingelijst aan de muur:

> Nimrod was een van de koningen van Babylon.
> Hij was een personage uit het Oude Testament.
> Hij was de zoon van Cush, de zoon van Cham, de zoon van Noach.
> Hij gaf opdracht tot de bouw van de Toren van Babel.
> Hij keek altijd naar de lucht.
> Hij zocht naar de rand van de hemelen.
> Hij wilde zien wie daar achter de hemelen was.

Hij gaf opdracht om een heel hoge ladder te bouwen.

Een ladder die tot de rand van de hemelen reikte.

Nimrod klom de ladder op met een zwaard in zijn hand.

Hij keek naar de achterkant van de hemelen.

Hij zag niets.

Er was niets.

Staande op de ladder keek hij naar zijn handen, de mens. Hij hief zijn zwaard en riep hardop: Ik! Alleen ik!

Ik trok een van de houten kisten van onder de spinnenwebben naar voren en opende hem. Er lag een stapel ouderwetse telescopen in.

Een kraai, de kraai kraste hard en oud. Hij ging op de top van de blauwe koepel zitten, precies waar hij vroeger altijd zat.

Ik herkende de bejaarde kraai van het observatorium in hem.

Hij kondigde een nieuwe fase aan.

35

Nu de adelaars weg zijn, is de oude kraai van het observatorium met gerust hart teruggekeerd. Hij is de kraai die ik sinds mijn kindertijd kende.

Het zou best kunnen dat hij dacht dat er niemand meer in het observatorium zou komen wonen, dat hij daarom was weggegaan. Maar nu ik hier weer woonde, was ook hij teruggekeerd.

Maar hoe oud kunnen kraaien worden, vijftig, honderd, nog ouder? Hij moest zeker de honderd gepasseerd zijn.

Hij maakte zijn oude nest onder de blauwe koepel schoon en kroop erin.

Een paar nachten hield hij zich rustig, maar vannacht kraste hij een paar keer onverwachts en maakte hij me wakker. Ik dacht dat hij misschien mensen in de omgeving van het observatorium gezien had. Ik ging kijken, maar er was niemand.

Ik keerde terug naar bed, maar ik was nog niet in slaap gevallen toen hij opnieuw kraste. Ik ging naar buiten en riep: 'Wat is daar gaande?'

De kraai kraste richting de bergketen die bij de Damavand eindigde. Ik ging het dak op, keek in het licht van de sterren in die richting, maar ik zag niets. Het was een stille nacht. Ik dacht dat hij misschien het nest miste waar hij al die jaren in had geslapen, en dat hij hier onder de blauwe koepel nog niet geaard was.

Ook dacht ik dat hij zich misschien zorgen maakte over de velden. Het zou kunnen dat er beesten in het veld liepen, dat hij me wilde waarschuwen.

Ik keek wat beter naar de omgeving. Ik zag het ene moment schaduwomtrekken van mensen langs de rotsen, en het andere moment weer niet. Maar goed, het was midden in de nacht en ik kon niet goed bedenken of er iets gaande was, dus ik riep naar de kraai: 'Maak je geen zorgen, misschien zijn het bokken. Laten we gaan slapen, morgen hebben we genoeg te doen.'

Ik daalde weer de trap af, ging naar bed en kroop onder de deken.

Vanmorgen kwam de heelmeester aanrijden terwijl er een paard aan een touw achter zijn koets aan rende.

Op de binnenplaats stapte hij uit de koets en hij liet het paard los. Het dier rende een rondje om het gebouw om de omgeving te verkennen.

Ik groette de heelmeester.

'Voor jou,' zei hij. 'Ik rijd geen paard meer, want als ik een keertje val, is het afgelopen met me. Je mag me later met de saffraan van je oogst betalen.'

Ik nam het leidsel van het paard, ging met mijn hand over zijn lange nek, pakte zijn hoofd tussen mijn beide handen en kuste hem op zijn voorhoofd. En daarna omhelsde ik de heelmeester.

Iedereen verwachtte een goede saffraanoogst en iedereen deed mee om die te realiseren.

'Het dorp is blij met de velden,' zei de heelmeester.

Ik kon het me voorstellen, want de saffraan van onze velden was een deel van de identiteit van het dorp. Vroeger werkte ten minste één persoon van elke familie voor onze firma, zowel in de velden als in de bazaar. De meisjes van het dorp verheugden zich altijd om de stampers van de saffraan te plukken en werden met de oogst betaald. Ze gaven een deel daarvan aan hun families en verkochten de rest aan de kruidenier van het dorp, zodat ze nieuwe kleren en schoenen voor zichzelf konden kopen.

En het was ook de tijd dat de mannen saffraanthee dronken in het theehuis.

Een grote groep meisjes was de afgelopen dagen bezig geweest bij mijn moeder om vogelverschrikkers te maken.

Vanmiddag ging ik te paard bij haar langs om te kijken hoever ze waren.

Ze hadden zeven heel lange, grote vogelverschrikkers gemaakt. Ze hadden een oud ritueel weer tot leven geroepen.

De meisjes groetten me wat verlegen en gingen aan de kant staan alsof ik de nieuwe baas van de velden was.

Ze hadden echt mooi dingen gemaakt, allemaal kunstwerken.

Zeven grote vogelverschrikkers, allemaal gemaakt van oude kleren, oude hoeden, kapotte wandelstokken en geschilderde gezichten, als poppen.

'Goed gedaan meisjes, jullie hebben waardig werk verricht,' zei ik blij.

Laat in de middag, toen de meisjes klaar waren, brachten we de vogelschrikkers met z'n allen naar de velden terwijl mijn moeder ons op een afstandje achternaliep.

De meisjes staken de stokken van de vogelverschrikkers op zeven verschillende plekken in de velden, zeven lange kunstwerken, en ze daalden zingend af naar het dorp.

Het was al donker geworden, ik zat thuis achter mijn bureau om over die vogelverschrikkers te schrijven, toen de kraai een paar keer achterelkaar kraste. Ik dacht dat hij op de vogelverschrikkers reageerde, maar toen hij opnieuw kraste, pakte ik de verrekijker en klom ik het dak op. Ik vreesde dat de mannen van de geestelijken ter observatie langskwamen.

Met de verrekijker kon je in het donker niet zo goed zien, maar in het licht van de sterren kan je wel gestaltes onderscheiden.

De saffraanvelden waren vredig en de struikjes sliepen allemaal in die nachtelijke rust.

Ik speurde verder de omgeving af, en opeens zag ik een paar schaduwen bewegen in de verte in de bergen. Het konden geen bergbeklimmers zijn, want die klommen niet in de nacht, en uit hun gestaltes kon ik opmaken dat het geen mannen waren maar vrouwen.

Ik klom naar de blauwe koepel om de scène beter te kunnen zien en keek goed door de verrekijker. Het waren inderdaad vrouwen, maar ze klommen niet omhoog in de richting van de berg Damavand. Het zou kunnen dat ze de weg kwijt waren, maar het kwam in me op dat ze weggingen, wegliepen, wegvluchtten, en dat waren de enige woorden die door mijn hoofd passeerden.

36

Het gaat goed met mij, na al die jaren gaat het weer goed met mij. De vogelverschrikkers waken over de velden, mijn moeder is weer blij en gelukkig door de koe en de doden die altijd in mijn dromen langskwamen, liggen nu begraven op de plek waar ze moesten zijn.

Nu ik hier zit en aan de gebeurtenissen van de voorbije tijden denk, mis ik mijn voormalige kameraden.

Ik heb behoefte om met hen over al die gebeurtenissen te praten, en ook behoefte om een waardevolle traditie in het observatorium voort te zetten, namelijk om kameraden uit te nodigen en samen 's nachts de sterren te observeren.

Vroeger kwamen de kameraden van mijn grootvader eens in de zoveel tijd bij hem langs en logeerden ze een aantal dagen hier.

Dat gebeurde meestal na de saffraanoogst, wanneer het essentiële deel van het werk verricht was en de oogst zorgvuldig naar onze firma in de bazaar gebracht was.

De gasten kwamen soms ook in de winter langs als er iets bijzonders was: als een planeet dicht bij de aarde kwam, of als een ster na een paar honderd jaar weer tevoorschijn kwam, of als er een zonsverduistering was, of als de sterren vielen.

Ze deden de lange dikke schapenjassen van het observatorium aan als ze naar het dak gingen om deze hemelse spektakels te bewonderen.

Ik herinner me dat ik als jongen met de kist van die antieke messing telescopen beneden aan de trap stond en ik een telescoop aan elk van hen overhandigde als ze naar boven gingen. En ik zie nog steeds de glinstering van de gouden munten die ze in mijn hand stopten toen ze vertrokken.

Die gouden muntjes waren eigenlijk voor mijn moeder bedoeld, die hen gedurende hun verblijf goed verzorgd had.

De vrienden van mijn grootvader kwamen uit verschillende windstreken: uit Isfahan, uit Shiraz, uit Yazd, uit Hamadan, uit Mahabad en uit Sanandadj, en ze waren allemaal sterrenkundigen. Niet van beroep, maar ze hadden hun leven lang in hun vrije tijd de hemel of de hemelen geobserveerd.

Wanneer ze langskwamen, maakte mijn moeder eten voor hen en ze aten binnen aan de grote tafel. Daarna klommen ze het dak op, waar mijn moeder al aan het begin van de avond een tapijt uitgerold had en een theepot in de warme as van een komfoor gezet had met ernaast een pot suikerklontjes en een paar schaaltjes lekkernijen.

Ze namen plaats op het tapijt en ik bediende ze. Ze zaten daar een tijdje te kletsen en ze praatten over alles: over hun werk, over politiek en over de sterren. Ik schonk ook thee voor mezelf in, ging naast hen zitten en luisterde.

Als ze zover waren, pakten ze hun telescopen en stonden op. Ik pakte mijn eigen telescoop en we observeerden de hemel tot diep in de nacht.

Wanneer mijn grootvader en zijn gasten weg waren, nam ik

mijn moeder 's nachts mee naar het dak en liet ik haar zien wat ik met hen gezien had.

Toen ik haar de verre ster Aldebaran, eigenlijk het oog van de Stier of het boze en bloedkleurige oog van de Koe, liet zien, drukte ze me blij in haar armen en kuste ze me op mijn hoofd in de aanwezigheid van alle sterren van het universum op het dak.

Ik denk vaak aan die dagen en aan die nachten. Graag wil ik mijn eigen kameraden hier hebben om met hen op het dak te gaan zitten, thee te drinken, te praten en samen de sterren te bewonderen.

Maar ze zijn er niet meer. Ze zijn of geëxecuteerd, of ze zitten nog altijd vast in de gevangenissen, of ze zijn weggevlucht, of dood.

Laatst dacht ik dat ik misschien iets anders kon doen om die mooie traditie weer op gang te brengen.

Onder de vriendenkring van mijn grootvader bevonden zich ook twee bekende, eigenlijk wereldbekende, persoonlijkheden.

De ene was een geliefde filmmaker genaamd Masud Kimiai.

De andere een befaamde dichter genaamd Ahmad Shamloo.

Beide mannen waren in de nabije dorpen van ons dorp geboren en behoorden tot de hemel van deze bergketen.

Van deze twee grootheden werd Kimiai in deze regio als een legende behandeld, wat natuurlijk kwam door zijn grote oeuvre. De dorpelingen gingen normaal gesproken niet naar de stad om naar de bioscoop te gaan, daarom had Kimiai een aantal keer zijn films speciaal voor de dorpelingen op het dorpsplein in de openlucht gedraaid.

Maar de dorpelingen waren in het bijzonder trots op hem vanwege één specifieke film, die eigenlijk door iemand anders was gemaakt. En niets kon hen van mening doen veranderen, want

Kimiai had de filmmaker wel geassisteerd tijdens de productie ervan. Die film heette: *De koe*.

Hij was gefilmd in ons dorp Djirya en verhaalde over de koe van een boer. Het was een authentieke film, waarin het dorp goed was opgenomen en alle bewoners waren op de achtergrond aanwezig.

De film ging over de koe van een boer die Mashdi Hassan heette. In de film is de oude Mashdi Hassan de enige in de bergen die een koe heeft. Hij behandelt zijn koe als een mens, hij praat met haar, deelt zijn pijn en zijn geluk met haar. En hij slaapt naast haar als zijn koe bejaard en zwak is geworden.

Op een dag dat Mashdi Hassan naar de stad gaat, sterft de koe. De dorpelingen, die weten hoe belangrijk de koe is voor de oude boer, begraven de koe gauw buiten het dorp om aan Mashdi Hassan te vertellen dat zijn koe weggelopen is.

Mashdi Hassan is ontroostbaar en hij gaat net als zijn koe in de stal liggen. Hij weigert menselijk eten en eet gras en langzamerhand begint hij te geloven dat hij een koe is geworden, eigenlijk zijn eigen koe. Hij loopt door de weilanden en hij loeit langdurig van verdriet.

Door deze film kreeg ons dorp Djirya nationale bekendheid, en jarenlang werd het een soort bedevaartsoord voor de filmliefhebbers. Elke vrijdag reden er extra bussen naar de stad op en neer om ze naar ons dorp te brengen om de plekken te bewonderen waar de film gemaakt was.

De bewoners van nabije dorpen waren trots op zowel Kimiai als op onze nationale dichter Shamloo en beschouwden hen als goede voorbeelden voor hun kinderen.

Maar Kimiai was door zijn films toegankelijker voor de dorpelingen, vroeger bracht hij zijn tijd vaak in ons observatorium door tijdens de warme zomers. En hij dineerde in het dorp, ook daardoor had hij veel contact met de dorpelingen.

Shamloo was een groot dichter, een van de grote namen die de oude Perzische poëzie een nieuwe wending had gegeven. Hij was het gezicht van de moderne Perzische poëzie, maar zijn gedichten waren moeilijk te begrijpen voor de gewone mensen.

Deze twee legendes kenden me ongetwijfeld van vroeger.

Ik ben van plan ze uit te nodigen om een tijdje in het observatorium door te brengen.

Ik wil voor hen een tapijt uitrollen op het dak, voor hen theezetten en samen met hen naar de sterren kijken.

Maar ik ben nog niet zover, ik moet nog even geduld hebben tot de struikjes hun saffraan voortbrengen.

En ik moet de werkplaats schoonmaken en de spinnenwebben weghalen. Allemaal stap voor stap tijdens mijn schrijfpauzes.

Als eerste moet ik de oude kist met de antieke messing telescopen naar buiten brengen om hem te laten luchten, en daarna de telescopen een voor een schoonmaken en een paar dagen buiten in de zon laten liggen tot het vocht verdampt is.

En zodra de oogsttijd nadert, zal ik ze elk een brief sturen.

Hoewel ik denk dat het misschien beter is als ik eerst Kimiai uitnodig. Want er is veel wat gefilmd moet worden, ter bewaring voor de volgende generaties.

37

Met mijn paard reed ik naar de velden, het was vrijdag. Ik heb het zo geregeld dat eenentwintig meisjes elke vrijdag naar de velden komen om de struikjes te onderhouden.

Ik heb Ismaël benoemd tot de opzichter van het veld, hij is een betrouwbare jongen. Als hij straks met zijn eindejaarsexamen klaar is, kan hij tot het einde van de zomer volledig in de velden komen werken.

De meisjes zijn heel blij. Zeventien van die eenentwintig meisjes zijn door de heelmeester aangenomen en de resterende vier zijn de kleindochters van de kennissen van mijn moeder, eigenlijk de kleindochters van de voormalige meisjes die vroeger in de velden voor ons werkten en nu oud en bejaard zijn geworden.

In het begin was ik niet van plan geweest om mijn tijd aan de velden te besteden, maar nu de struikjes blij in de zon schitteren, besef ik dat ik ze altijd precies op deze manier in mijn dromen gezien had.

De heelmeester hielp me als een adviseur en als ik ergens geen oplossing voor had, wist hij wat ik moest doen. Hij was net zoals de struikjes blij met wat er gaande was. Hij had allang dood moeten zijn, maar nu ik hem zo druk in de velden bezig zag, was ik er tot mijn geluk zeker van dat hij nog lang in zijn koets door de bergen zou rijden om de dorpelingen te dienen.

Het was zijn idee om Ismaël tot toezichthouder te benoemen: 'Hij is een goede jongen en de meisjes luisteren naar hem. Laat het aan hem over. Zo heb je je handen vrij en kun je je eigen werk doen.'

Het was ook de heelmeester die met het volgende idee kwam. Hij zei: 'De melk aan kinderen geven is goed en ze hebben het nodig, maar we moeten het niet gratis weggeven. Ze moeten het verdienen.'

'Hoe, hoe moeten ze het verdienen?' vroeg ik.

'Ze kunnen in de velden werken,' zei de heelmeester.

'O, nee, ze zijn kinderen,' zei ik meteen.

'Je gaat ze niet uitbuiten. Door de afgelopen jaren liggen er veel steentjes op de velden. Voor een emmer steentjes krijgen ze een emmer melk. Dat is een halfuurtje werk voor hen.'

Ik lachte hardop.

Maar afgelopen vrijdag waren de kinderen voor het eerst samen met de meisjes op de velden. Ismaël had een lijst met hun namen gemaakt en elke dag mochten ze na hun schooltijd per tien langskomen. Een meisje begeleidde ze. Als ze een emmer vol steentjes uit de velden opraapten, kregen ze een stempel op hun hand gedrukt om straks bij mijn moeder melk te gaan halen.

De kinderen waren blij, hun ouders waren blij en mijn moeder werkte eraan mee, hoewel ze niet wist wat er precies gaande was.

Ik wandelde samen met de heelmeester langs de velden en we praatten over de tijden die veranderd zijn. Ik wees naar de meisjes en zei: 'De verandering van de tijd zie ik hier duidelijk in het gedrag van de meisjes.'

'Hoezo?' zei de heelmeester.

'Als ik ze vergelijk met de meisjes van toen, zie je hoe enorm de tijden veranderd zijn. Deze meisjes zijn mondiger geworden. In het begin waren ze een beetje verlegen, maar als ze nu met me praten, kijken ze me recht in mijn ogen. En ze onderhandelen met mij over hun loon. Ze willen meer saffraan van de oogst hebben dan wat Ismaël met hen afgesproken heeft.'

De heelmeester lachte hardop: 'En heb je ze meer loon beloofd?'

'Natuurlijk,' zei ik.

Op dat moment vielen mijn ogen op iets moois, iets verrassends. De meisjes hadden hun sluiers allemaal afgedaan en aan een tak van een boom gehangen. Ik wist even niet of ze dat opzettelijk als een daad van verzet tegen de geestelijken hadden gedaan, of dat er niets achter zat. Wat het ook was, het leek op een kunstwerk of een bijzonder ritueel van de bergen waarin meisjes hun kleurrijke sluiers aan de bomen hangen.

Ik zei tegen de heelmeester: 'En kijk daar, een bewijs dat de tijden krachtig veranderd zijn.'

De heelmeester had het niet opgemerkt.

Er viel even een stilte en we wandelden in die stilte verder.

Ik verbrak de stilte en zei: 'Trouwens, ik zie tegenwoordig vaker jonge vrouwen die 's nachts door de bergen lopen. Heeft u dat ook gemerkt?'

'Nee, niet echt. Maar nu je het zegt, ik denk dat ik er wel een paar gezien heb,' zei de heelmeester.

'Ik weet niet waar ze naartoe gaan, want ze klimmen niet verder. Ze passeren de bergketen en dalen aan de andere kant weer af.'

'Ik zal er beter op letten. Het is druk in de steden, vooral in Teheran. Ik heb gehoord dat de jonge vrouwen in opstand zijn gekomen tegen de geestelijken en dat ook velen op de vlucht zijn.'

Ik zit hier ver van de stad en ik volg via de antieke radio de ontwikkelingen in het land. Mijn generatie wilde met geweren de geestelijken verdrijven en dat lukte ons niet. Nu probeert de jonge generatie – en vooral de jonge vrouwen – met lege handen hetzelfde te doen en ik ben benieuwd hoe dit zich verder gaat ontwikkelen.

Ik ben niet van plan om me te bemoeien met de nieuwe politieke ontwikkelingen van het land en ik weet dat de heelmeester me door zijn contacten in bescherming heeft genomen, anders hadden de autoriteiten van de regio allang het observatorium in beslag genomen en mij afgevoerd.

Maar ik voel dat er toch iets anders gaande is, er is een oud gezegde in dit land dat luidt: 'Als Mohammad niet naar de bergen komt, komen de bergen naar Mohammad toe.'

Dit gezegde gaat over onvermijdelijkheid. Dus als Mohammad niet naar de bergen wilde gaan zodat de engel Gabriel hem tot een profeet kon benoemen, zouden de bergen en de engel Gabriel samen wel bij Mohammad langsgaan.

Ik vrees dat dat spreekwoord toepasselijk is op mijn situatie, want ik denk dat als ik niet naar de stad ga om te kijken wat de jonge generatie aan het doen is, de jonge generatie bij mij zal langskomen.

Ze waren nog niet bij me langsgekomen, maar ik houd ze met mijn verrekijker in de gaten. En ik vermoed dat ze uiteindelijk het observatorium zullen vinden.

Voor de zekerheid zet ik elke avond een rieten mand met brood, water, gedroogde vijgen, dadels, kaas en boter op een rots achter het observatorium. Met ernaast een ouderwetse lantaarn met een zacht brandende vlam.

38

Ik voelde dat er iets gaande was en dat ik Kimiai met zijn camera nodig had. Daarom stuurde ik de eerste van de twee te verzenden brieven:

Geliefde en geachte Kimiai,

U hebt mijn oprechte salam vanuit het observatorium hoog in de bergen.
Ik geloof zelf niet dat ik deze brief vanaf hier naar u stuur.
En het is een feest dat u bestaat en dat ik deze woorden tot u mag richten.
Na onze laatste correspondentie is er een aantal jaar verstreken.
Een lange tijd hoopte ik dat ik opeens voor uw deur stond, dat ik op uw deur klopte en u de deur opende. En dat ik u dan omhelsde.
Tegelijkertijd was ik bang dat ik u niet meer in levenden lijve mocht zien.
Maar ik liet het niet meer aan de tijd over en besloot om terug te keren voordat het laat werd.
Ik ben dus terug en naar de traditie van oude mannen van mijn familie heb ik me teruggetrokken in het observatorium.

En hoewel ik het niet in mezelf zag om de saffraanvelden weer tot leven te roepen, zijn ze met volle glorie terug.
Zelfs als nooit tevoren schitteren de struikjes in de zon.
En de saffraanbloemen zijn bezig om hun stampers te geven.
Over een maand beginnen de meisjes ze te plukken.
Ik wilde u schrijven dat ik u graag wil uitnodigen, maar het werkwoord 'uitnodigen' geldt niet voor u. Ik vraag u hier langs te komen om iedereen blij te maken.

U kent mijn moeder, gelukkig leeft ze nog. Ze is nog actief en gezond, maar ze is alles vergeten. Toch kan ik me niet voorstellen dat ze u vergeten is.
Toen ik tegen haar zei dat ik u wilde vragen om een tijdje in het observatorium te komen verblijven, zei ze meteen: 'De koe!'
Trouwens, mijn moeder heeft opeens uit het niets een witte koe mogen hebben, een koe die haar dagelijks blij maakt.
Ongetwijfeld zal ze haar koe trots aan u laten zien.

Mijn geachte filmmaker. Uw aanwezigheid met uw camera is zonder enige twijfel noodzakelijk in de bergen.
Want in mijn omgeving is veel gaande deze dagen en nachten.
Geef ons een teken dat u komt en we zullen alles op alles zetten om u goed en behouden in het observatorium te ontvangen.
Met genoegen wacht ik op uw woord.

Hoogachtend,
H.S. Ghaemmagham

39

Er waren twee weken verstreken sinds ik de brief gestuurd had.

Ongedurig wachtte ik op een antwoord van Kimiai, want ik voelde dat zijn aanwezigheid met zijn camera hier nodig was.

Ons dorp heeft geen postkantoor. De buschauffeur brengt de brieven van de dorpelingen naar het postkantoor van de stad en als er brieven voor het dorp zijn, neemt hij die met zich mee.

De afgelopen tijd ging Ismaël te paard naar het dorp om te kijken of de buschauffeur een brief voor mij meegenomen had.

Op mijn beurt pakte ik elke dag exact om vijf uur de verrekijker van de muur en ging ik op de hoge rots buiten het observatorium staan om te kijken of Ismaël een brief voor me in zijn hand had.

Vandaag ging ik weer op de rots staan en hield ik de weg in de gaten. De bus reed het dorpsplein op en de chauffeur liep met een paar brieven naar het theehuis.

Even later zag ik Ismaël te paard het plein op rijden. Hij bond zijn paard aan de oude boom op het plein en ging het theehuis binnen. Het duurde niet lang voordat hij naar buiten kwam. Ik zag even niet of hij een brief in zijn hand had, maar toen hij weer op zijn paard ging zitten, stak hij zijn hand met een brief de lucht in, in de wetenschap dat ik hem met mijn verrekijker observeerde.

Even later kwam hij bij het observatorium aan en overhandigde hij me de brief.

Ik opende hem direct.

Kimiai had deze woorden in zijn korte brief opgenomen:

Welkom terug!
Een uitstekende daad dat je terug bent, ik had niets anders van je verwacht.
Ik verheug me erop om je terug te zien.
Ik verheug me op mijn verblijf in het observatorium, de mooiste plek van de wereld.
Ik verheug me erop om wederom de sterren boven het observatorium te groeten.
Ik kom!
En ik kom gauw.

Salam,
Kimiai

Ik bedankte Ismaël voor zijn moeite, overhandigde hem de brief en zei: 'Lees het zelf! Hij komt.'

Ismaël doet veel voor mij, hij is eigenlijk een verbindende factor voor me met de rest van de wereld.

Hij heeft een simpele mobiel waar hij niet veel mee kan en waar hij vooral geen bereik mee heeft.

Ik maakte van de gelegenheid gebruik en heb hem beloofd dat ik hem extra saffraan zou geven tijdens de oogst, zodat hij van de verkoop daarvan een goede telefoon kon kopen. Met de nieuwe ontwikkelingen in het land is het goed voor mij om via hem beter op de hoogte te zijn.

Hij is een bescheiden jongen, hij bedankte me, hoewel dat niet nodig was, en hij zei: 'Mijn moeder en ik hebben rust in jullie huis. En ik heb uw kamer in bezit genomen. Is dat allemaal niet genoeg, wilt u me dan ook nog een telefoon geven?'

'Mijn kamer, jouw kamer, geniet ervan,' zei ik en om hem niet met lege handen weg te sturen heb ik hem de Cyrus-cilinder meegegeven die ik in de bazaar van Hamadan van die oude man gekregen had: 'Zet die op je kamer om te onthouden wie je bent. Je telefoon komt nog.'

Het is nu laat in de nacht en ik zit hier achter mijn bureau. Ik ben blij om de brief en om nog iets anders. De rieten mand is leeg, daar ben ik net achter gekomen. Zij die op de vlucht zijn, hebben ongetwijfeld de brandende lantaarn gezien en zijn 's nachts langs het observatorium gelopen.

Ik heb de rieten mand meteen bijgevuld met kaas, boter, rozijntjes, brood en drie flessen melk. Moge deze een kleine bijdrage zijn voor de vrouwen die tegen de geestelijken in opstand zijn gekomen.

Ik weet niet waarom ik dit doe, want het is geen noemenswaardige bijdrage en je kunt het zelfs niet als een bijdrage beschouwen, maar ik heb contact met mezelf, ik luister naar mijn lichaam en ik weet dat mijn lichaam meer weet dan ikzelf. Daarom ben ik benieuwd naar wat ik doe en wat die rieten mand met zich mee zal brengen.

40

De dagen gaan snel voorbij, ook de nachten.

De duizenden saffraanbloempjes zijn begonnen met het afgeven van hun heerlijke geur en de wind neemt die geur mee en verspreidt hem over de bergen.

Nooit eerder heb ik zo veel rust gehad in mijn leven en nooit eerder heb ik zulke blijheid gekend als nu.

De mannen van mijn familie zijn nooit gelovig geweest volgens de regels, maar om hun dankbaarheid jegens het leven te tonen, baden ze naar hun eigen bepalingen. Soms voel ik ook de behoefte om dit te doen, met de authentieke zinnen van de mensen van duizenden jaren geleden.

En ik doe het deze dagen vaker, 's avonds richt ik me tot die rode Aldebaran-ster en 's morgens tot de zon, en ik neurie:

Ik vereer u
Ik vraag u om me een antwoord te verschaffen
Wie wijst de weg naar de zon en de sterren?
Wie is degene die de maan soms bijvult en soms leegmaakt?
Dit en nog veel meer wil ik weten.

Ik vraag u, wie is de bewaker van deze aarde beneden en de hemel erboven?

Wie is de maker van wateren en planten?

Wie is degene die de wind en de wolken heeft geleerd om te varen, soms hard en soms liefelijk?

Wie is de schepper van dit geneeskrachtige licht en de duisternis?

Wie is de maker van aangenaam slapen en ontwaken?

Wie is de schepper van ochtend, middag en nacht, die mensen oproepen om te bidden?

En ik voeg er deze zin van mezelf aan toe: 'Ik aanbid u voor de rust die u mij geschonken heeft, en voor de blijheid.'

Mijn blijheid is volledig, want nu ik dit schrijf, slaapt Kimiai hier in een van de logeerkamers. Hij was niet moe maar voldaan en trok zich terug op de kamer waarin hij altijd logeerde als hij vroeger een tijdje in het observatorium verbleef.

Want vandaag was het zover. Ik ging stipt om vijf uur 's middags op de rots bij het observatorium staan om de komst van Kimiai te observeren met de verrekijker.

De bus reed het dorpsplein op.

Een groep dorpswijzen liep naar de bus toe en niet één passagier stapte al uit, ze wachtten allemaal met respect totdat Kimiai als eerste de bus zou verlaten.

De heelmeester verwelkomde Kimiai en ze omarmden elkaar als vrienden van weleer, terwijl Ismaël op zijn paard van een afstandje toekeek.

Ik zoomde in op Kimiai, ik had verwacht dat hij erg bejaard was geworden, maar hij zag er nog flink uit. Wel oud, maar goed op zijn benen. Hij zwaaide naar de dorpelingen die hem stonden te bewonderen, glimlachend gaf hij de dorpswijzen een hand. Ze leidden hem naar het theehuis, waar ze buiten een speciale plek voor hem hadden klaargemaakt.

Hij nam plaats in de stoel en de dorpswijzen gingen om hem heen zitten. Er werden hem thee en lekkernijen aangeboden, daarna rookten ze samen en praatten ze een tijdje met elkaar. En toen was de tijd daar dat hij naar het observatorium zou worden gebracht.

Ik dacht dat de heelmeester hem met zijn koets zou brengen, maar de dorpswijzen hadden een speciale draagstoel voor hem klaargezet. Het was de oude draagstoel waarin een heilige tijdens religieuze processies wordt gedragen. De draagstoel werd naar het theehuis gebracht en de wijzen hielpen Kimiai om in te stappen. Hij vroeg naar zijn camera en Ismaël overhandigde hem deze.

De vier mannen tilden de draagstoel op en zetten hem op hun schouders. Kimiai deed zijn camera aan en begon te filmen terwijl hij werd gedragen.

De dorpswijzen begeleidden hem tot net buiten het dorp.

Achter hem reed Ismaël op zijn paard, en weer achter hem reed de heelmeester in zijn koets.

Ik stapte van de rots, legde mijn verrekijker binnen en ging voor de poort staan om Kimiai te verwelkomen.

De vier mannen brachten hem het observatorium binnen.

Hij zat nog hoog in de stoel en hij filmde.

De mannen zetten de stoel op de grond en hij stapte eruit.

Blij heb ik hem verwelkomd.

Ik omarmde hem en kuste hem op zijn grijze hoofd.

En ik kuste zijn camera.

Ismaël nam de vier dragers mee naar mijn moeders huis, om ze straks waardig met kaas en boter terug te sturen.

En ik begeleidde mijn dierbare gast, de grote filmmaker van de tijden van de klassieke cinema, naar binnen. Oftewel, naar nieuwe avonturen.

Eenmaal binnen legde hij zijn oude camera als een heilig voorwerp op mijn schrijfbureau en hij keek stil door het raam naar de bergen, naar de berg Damavand. Hij liep naar het andere raam en keek daar naar de vallei en het riviertje dat al duizenden jaren van onder de oude sneeuw stroomde.

Ik overhandigde hem de verrekijker, zodat hij de koe kon zien.

'Wow, die witte koe zou ik eigenlijk in een film moeten hebben,' zei hij.

Met de verrekijker keek hij in stilte naar de omgeving en ik keek naar hem, naar de trots van het vaderland.

'Wilt u eerst uitrusten, of zal ik de tafel vast dekken?' vroeg ik.

'Eerst een glaasje rode wijn,' zei hij terwijl hij nog met de verrekijker de omgeving aan het bestuderen was.

Hij verraste me met zijn antwoord, want ik had aan alles gedacht behalve wijn, en vooral rode wijn.

Ik ging met een handlantaarn de kelder in, zette de lantaarn op de grond, ging op mijn handen en knieën verder naar een donkere plek onder een rots en pakte een van de flessen die daar in de as lagen. Ik hield de fles in het licht van de lantaarn om te kijken of het een rode wijn was. Het was een rode wijn. Ik ging naar boven en veegde met een lap de oude stof van de fles af.

'Ik vraag me af hoe oud de wijn is,' zei ik.

'Oud, erg oud natuurlijk,' zei Kimiai.

Ik zette twee glazen op de tafel en trok de kurk uit de mond van de fles. Een paradijselijke wijngeur vulde de kamer.

Ik schonk een bodempje voor Kimiai in, om te proeven. Hij snoof eerst de geur diep op, nam een slokje, proefde de wijn, sloot zijn ogen en glimlachte.

Hij hield zijn glas hoog en zei: 'Op alle mannen die ooit hier in het observatorium zijn geweest en niet meer zijn!'

'Op alle mannen die ooit hier in het observatorium zijn geweest en niet meer zijn!' zei ik en ik hief mijn glas.

Daarna, pas daarna aten we een eenvoudig diner, hij wilde een sobere spijs.

En hij trok zich terug op zijn kamer.

41

Het was 's morgens vroeg. De zon was nog niet helemaal opgekomen, maar zijn eerste stralen vielen door het raam de woonkamer binnen om ons een nieuwe dag te beloven.

Kimiai was eerder dan ik wakker geworden, hij had een warm bad genomen en was nu bezig met zijn camera.

Ik groette hem, wenste hem goedemorgen en vroeg hem of hij goed geslapen had. Hij knikte zonder woorden ja.

Ik zette thee en wilde de ontbijttafel dekken, maar hij zei: 'We ontbijten later. Eerst dit.'

Ik bleef zwijgend kijken wat hij wilde doen.

Hij zette een stoel midden in de kamer, zette zijn camera op een statief en onverwachts zei hij tegen mij: 'Ga zitten!'

'Ik?' zei ik, verbaasd dat die stoel voor mij bedoeld was.

Hij ging achter zijn camera staan en zei: 'Camera draait.'

Wanneer een camera draait, heb je geen keuze. Want de camera ziet alles, en de camera neemt alles op. Ik nam dus plaats in de stoel en was benieuwd naar wat voor vragen hij wilde stellen.

'Vertel!' zei hij.

'Wat bedoelt u? Waarover moet ik vertellen?'

'Over je ervaringen van al die jaren dat je weg was. Kort en bondig. Noem alleen de noemenswaardige.'

Er viel een stilte en ik voelde een druk op mijn schouders, want de camera dwingt je om over de hoofdzaak te vertellen.

Maar waar kon ik het over hebben, na al die jaren weg te zijn geweest? Kimiai wachtte.

Ik zei: 'De vrachtwagen stopte ergens midden op een snelweg. We waren met z'n zevenen, verstopt achter de goederen in de bagageruimte. We zagen elkaars gezichten niet en we praatten niet met elkaar. Er was weinig zuurstof. We aten brood en dronken water.

We waren gearriveerd, maar we wisten niet waar we waren. En we konden niet lopen, na dagen en nachten gezeten te hebben. Sommigen waren echter met krakkemikkige boten onderweg en telkens verdronken tientallen van hen in de zee, dus we hadden geluk gehad. En ik werd een van de gelukkigsten. Want om alle ellende te verwerken, stopte ik mezelf in de taal van dat land waar ik beland was.'

Kimiai luisterde aandachtig, want elk woord telde.

'Het was, het ís een vreemde, of misschien juist een erg natuurlijke taal. Een taal die naar vers gras ruikt en naar de koeien die vrolijk en bezweet de wei in rennen op de eerste dag van de lente.

Ik schreef niet gewoon. Mijn eerste zinnen in die taal waren alsof ik in een rots hakte, woord voor woord. En ik las hun boeken en hun poëzie en hoe meer ik las, hoe gelukkiger ik werd.'

Er viel weer een stilte, maar de stilte mocht niet lang duren, want de camera nam ook de stilte op.

'Ik werd dus een gelukkig mens, want ik was niet verdronken en ik had een nieuwe taal aangeboden gekregen waarin totaal anders werd geschreven dan ik gewend was. Ik ervoer een verfrissing in mijn hoofd. Een voorbeeld? Een dichter van hen had een nationaal gedicht over sla geschreven:

Jonge sla
Net geplant
Slaapt nog
In vochtig bedje.
Nee.

Niemand op de aarde had eerder een gedicht over sla geschreven, wij al helemaal niet. Nee, het was nooit bij ons opgekomen om ooit een gedicht aan sla te wijden. Bij hen wel.

Ik schreef nu met duizenden foutjes in die nieuwe taal. En ik corrigeerde de foutjes dag en nacht, om de pijn van de dood van mijn kameraden te verwerken.'

'Vertel bondiger!' gebaarde Kimiai.

'Een geliefd volk. Met nobele mensen,' zei ik. 'Een van die nobelen heeft ooit een soort aparte glazen gemaakt en op die manier realiseerde hij een droom van de mens om de verre verten te bekijken en ook de diepste diepten van de hemelen.

Een andere nobele van hen heeft een meisje geschilderd met pareloorbellen.

Nog een andere van hen heeft dat wereldberoemde schilderij *De sterrennacht* gemaakt. Het is een nachttafereel gemaakt met gele sterren boven een dorp met heuvels, met een kerktoren, met olijfbomen en met een vlammende cipres. De schilder ervan was weg van de sterren, hij schrijft in een brief aan zijn broer: "Waarom, vraag ik me af, zouden de stralende stippen in de lucht niet net zo makkelijk te bereiken zijn als de zwarte stippen op de kaart van Frankrijk? Net zoals we de trein naar Tarascon of Rouen nemen, gebruiken we de dood om naar de sterren te reizen."'

‘Vertel meer!’ gebaarde Kimiai.

‘Een ander heeft duizenden grote stenen in de zee gegooid om een oude droom van zijn volk te bewerkstelligen. De droom was om een muur tegen de zee op te trekken en zo een einde te maken aan de pijn en het verdriet dat zijn volk leed vanwege het geweld van het water. En ook om voorrang aan geluk te geven en veel grond van de zee te winnen.

Inderdaad een apart volk, een andere nobele van hen heeft een wetboek geschreven om het varen in de zeeën te bepalen. Maar de zee plaagde hem, op een zeereis leed zijn eigen schip schipbreuk. Hij wist met veel moeite aan wal te komen, maar hij overleed korte tijd later. Zijn laatste woorden waren deze: “Door veel te begrijpen, heb ik niets kunnen afmaken.”

En de meest nobele van hen was hun geliefde staatsman die in 1584 door een terreurdaad werd doodgeschoten. Dit waren zijn laatste woorden: “Mon Dieu, ayez pitié de mon âme... Mon Dieu, ayez pitié de ce pauvre peuple: God, wees mijn ziel genadig... God, ontferm u over dit arme volk.”

Een mooi volk, ik herhaal het en beaam het nu ik hier hoog in de bergen zit tegenover een belangrijke camera.’

Ik moest even verder nadenken.

‘O ja. Een van hen was een jong meisje dat samen met haar familie was ondergedoken op een zolder, om niet op transport te worden gezet naar de kampen van de dood. Van haar neem ik hier een zin over: “Ik denk niet aan alle ellende maar aan alle moois dat er nog is.”

En ook dit: de mensen daar schrijven tijdens hun sinterklaasfeest allemaal gedichten, ze rijmen lieve woorden voor elkaar, vooral voor hun dierbaren. Nergens anders op de aarde vindt zo’n traditie plaats. Een van de mooiste gedichten in die reeks was van een dichteres die het voor haar moeder geschreven had die alles vergeten was.

Dit:

mijn moeder is mijn naam vergeten,
mijn kind weet nog niet hoe ik heet.
hoe moet ik mij geborgen weten?

noem mij, bevestig mijn bestaan,
laat mijn naam zijn als een keten.
noem mij, noem mij, spreek mij aan,
o, noem mij bij mijn diepste naam.

voor wie ik liefheb, wil ik heten.

En de boten varen langs je huis, de mensen fietsen onder je raam door, de wolken passeren dag en nacht en ik zat achter mijn bureau en schreef. Mensen nodigden me uit in hun huizen, in hun kerk, in hun scholen, in hun musea, in hun paleizen om te vertellen. En ik vertelde hun over Simorg, over Rumi, over Zarathustra, over liefde, over onze bergen, onze vrouwen en onze geestelijken en de pijn van het land. Ze omarmden me. Ik bleef schrijven en op een gegeven moment voelde ik dat ik in die taal woonde, hun taal was mijn huis, thuis geworden.

En dan kwam er een tijd dat genoeg genoeg was. En je moet terugkeren voordat het laat wordt.'

Kimiai gebaarde: 'Rond het af.'

'Beknopt: ik kwam daar soms een olijfboom tegen. In dat weer. Ik zag mezelf erin, hij had het ook altijd koud.'

Ik stond op en liep naar buiten.

Ik riep mijn paard, ik steeg op en ik liet hem me meenemen naar waar hij wilde.

Deze paarden zijn de paarden van deze bergen, ze zijn generatie na generatie hier opgegroeid. Ze zijn onze bergpaarden, ze kennen hun eigenaren. Ik was de eigenaar van dit paard niet, maar hij was jong en hij beschouwde me nu als zijn baas, zijn eigenaar. Ik liet hem me dus meenemen en hij wist waarnaartoe, vooral op het moment dat ik een dierbare gast thuis had.

Mijn paard daalde de bergen af naar het dorp. Ik liet hem begaan en hij stopte bij de bakker. Alsof ik het altijd zo gedaan had, haalde ik twee stuks vers brood. De bakker kerfde twee sneetjes in een nieuwe kerfstok bedoeld voor mij, zodat ik hem tijdens de oogst met saffraan zou betalen.

En we reden met vers brood terug naar het observatorium.

En nog zittend in het zadel, verrichtte ik mijn ochtendgebed:

Ik prijs en eer de beschermengel van deze stralende ochtend.
Ik ben een aanbidder van goede gedachten.
En ik beloof dat ik al mijn kracht zal besteden in de vorm van goede gedachten, goede woorden en goede daden.
Jij, die ons deze hemelse schoonheid hebt gegeven en brood!
Geef me de snelheid en de fysieke en de mentale kracht die nodig zijn om het kwaad te bestrijden.
In de oneindige tijd.

42

Het vocht van de telescopen die ik een tijdje buiten in de zon had laten liggen, was inmiddels verdampt. Ik had eerder al twee ervan goed en grondig schoongemaakt en opzijgelegd.

Hoewel de avonden nog koud waren, heb ik toch als proef een tapijt op het dak uitgerold en een paar kussens neergelegd. Ik maakte een komfoor met vers vuur en zette het naast het tapijt neer zodat Kimiai het niet koud zou hebben, en ik nam die twee telescopen en hun houten standaards mee en plaatste ze op het dak.

'Ik zie dat je druk bezig bent,' zei Kimiai, 'wat ben je aan het doen?'

'We gaan de sterren bekijken, het ritueel in gang zetten. Grootvader is er niet meer, maar zijn dierbare gast is er wel. Als u het goedvindt, kunnen we na het diner naar het dak gaan.'

'Dat doen we zeker, geweldig.'

'Al op de eerste dag dat ik hier was, wilde ik de sterren gaan observeren,' zei ik, 'maar met kameraden wordt het meer dan dat.'

'Bij dezen dan,' zei Kimiai glimlachend.

'Het is nog een beetje fris 's nachts, maar ik heb een komfoor met vers vuur klaargezet. En ik haal straks een van die dikke lange schapenjassen voor u uit de werkplaats, dan zult u het warm genoeg hebben.'

Na het diner gingen we het dak op via de daktrap, terwijl ik de camera en de tas van Kimiai meesjouwde.

Eenmaal op het dak keek Kimiai verbaasd naar alles wat ik had klaargezet en zei: 'Je hebt of de tijd stilgezet, of de voorbije tijd is terug.'

Ik kon geen antwoord bedenken op zijn reactie en hielp hem in de lange schapenjas.

'Inderdaad, niets veranderd,' merkte hij op. 'De tijd heeft zich verstopt in de vacht van deze schapenjas. Ruik maar eens.'

Hij had gelijk, de geur van die schapenvacht riep alles terug wat voorbijgegaan was.

Voordat hij ging zitten, ging hij achter een van de telescopen staan, hij keek een beetje gebogen naar de hemel en zei: 'Wat goed van je! Het wordt een feest. Maar die schoonheid kunnen we niet met z'n tweeën dragen. We moeten gauw onze grote dichter Shamloo laten langskomen.'

En hij ging op het tapijt zitten.

Ik schonk een glaasje thee in en overhandigde het hem. Hij leunde op de kussens en keek stil naar de Melkweg die zich met al zijn schoonheid boven het observatorium had uitgestrekt.

Ik heb natuurkunde gestudeerd en ik wist wat de wonderbaarlijke diameter van die galactische schijf was, in de richting van honderdduizend lichtjaren.

Ik ging achter een van de telescopen staan, zoomde in op het centrum van de Melkweg en liep vervolgens langs de vier grote spiraalarmen ervan, waar de moleculaire wolken van sterren compacter zijn dan in de rest van de Melkweg. Ik liep verder naar een van de kleinste spiraalarmen, de Orionarm, die ver weg van het centrum stond en waar ons zonnestelsel zich in bevond.

'Kom eens hier, naar onszelf kijken!' riep ik blij naar Kimiai, wijzend naar de Orionarm. Maar blijkbaar waren we nog niet klaar om onszelf aan de sterren te geven, want Kimiai hoorde me niet. Hij zat nog vast op de planeet aarde, bezig met zijn camera en zijn projector. En toen hij zover was, stond hij op en hij haalde een opgerold wit doek uit zijn tas. Hij hing het witte doek onder de blauwe koepel en maakte het met vier houten pinnen zo vast dat het goed recht bleef hangen. Ik wist van vroeger dat als hij bij het observatorium langskwam, hij altijd films projecteerde.

'Ga eens zitten,' zei hij toen hij zover was.

Ik nam op het tapijt plaats, hij deed zijn projector aan en liet een film draaien. Onverwachts vielen er drie forse, enge, zwart gesluierde vrouwen op het witte doek. Ze trokken een meisje van een jaar of achttien met geweld over de grond om haar in een busje te stoppen. Delen van het lichaam van het meisje en delen van haar ondergoed werden zichtbaar. Het meisje verzette zich en wilde het busje niet in. Een van de vrouwen probeerde een sluier om het hoofd van het meisje te doen, terwijl de andere twee vrouwen haar vasthielden. Maar ze trok de sluier weg. Mensen riepen boos dat ze haar los moesten laten, maar de bebaarde agenten hielden hen met geweld op afstand. De drie vrouwen schopten het meisje en probeerden haar in het busje te duwen, maar dat was onbegonnen werk, want ze sloeg met haar benen en armen en gilde nog harder dan eerst. Een van de vrouwen sloeg haar een paar keer hard tegen haar hoofd. Het meisje werd opeens stil en liet haar benen en armen vallen. De vrouwen stopten haar in het busje en het busje reed weg.

Het was een afschuwelijke scène. Ik dacht dat de opname afgelopen was, maar nu verscheen het gezicht van het meisje in een ziekenhuisbed, gewikkeld in een wit laken. Ze was dood.

Daarna verscheen het gezicht van een zwart gesluierde vrouw op het doek. De camera had goed op haar gezicht ingezoomd, het was de vrouw die het meisje had doodgeslagen.

De film was afgelopen.

‘Ik schrik ervan. Ik had er wel over gehoord, maar die scène zo onder ogen krijgen is shockerend. Wat een geestloze vrouw,’ zei ik. ‘De geestelijken hebben van die vrouwen robots gemaakt, een eigen generatie enge, maar toch levendige robots. Gesluierde robots met zwarte chadors en zwarte handschoenen. Robots die geprogrammeerd zijn om de vrouwen op te pakken die geen sluier dragen. Maar hoe komt u aan die opnames?’

‘Dat weet je toch, tegenwoordig hebben jongeren allemaal een uitstekende mobiel in hun zak. Ik heb iedereen gevraagd om de misdaden van de geestelijken op te nemen en naar me op te sturen. Ik heb veel, heel veel opnames ontvangen. Ik ben bezig om er een lang historisch document van te maken voor de geschiedenis.’

Er viel een stilte.

‘Die vrouw hebben we gevonden,’ verbrak Kimiai de stilte.

‘Welke vrouw?’

‘De zwart gesluierde vrouw die het meisje doodsloeg.’

‘Hoezo gevonden? Voor wat?’ vroeg ik.

‘Ik wil haar persoonlijk opnemen,’ zei hij.

‘Hoe opnemen?’ zei ik verbaasd.

‘Met deze,’ zei hij terwijl hij tegen zijn camera sloeg. ‘Camera’s hebben geduld. Het is geregeld, een van deze dagen.’

Hij deed zijn projector uit en stond op.

Hij liep naar de telescoop waarmee ik eerder op de Orionarm had ingezoomd. Hij keek door de lens en zocht naar ons zonnestelsel, waar de planeet aarde zich bevindt, waarop geestelijken vrouwen met geweld dwongen om een sluier te dragen.

43

Avonden zijn heerlijk en dineren met Kimiai is een feestelijke gebeurtenis.

Hij maakt het liefst zelf gerechten, heeft meer plezier in koken dan ik.

Ik vang vis voor ons en beklim de omgevende bergen op zoek naar groentes.

Soms vind ik onverwachts een grote wilde paddenstoel in een kleine lap grond tussen de rotsen, zo groot dat je hem met beide handen moet vasthouden, maar je moet geluk hebben om zo'n paddenstoel tegen te komen. Bergspinazie is echter makkelijk te vinden, die is zichtbaar en wordt soms anderhalve meter hoog. De bladeren ervan zijn hartvormig en blauwachtig met een neiging naar groen. Ik pluk de jonge bladeren en stop ze in een linnen zakje dat ik bij me heb.

Wilde knoflook groeit iets hoger in de bergen in de zachte grond, beschermd door de rotsen zodat het niet te lang in de felle zon staat. Zijn roze bloemen zijn verzameld aan het uiteinde van de stengel in de vorm van een paraplu.

Vroeg in de ochtend verspreidt de knoflook zijn heerlijke geur en roept je zo naar zich toe.

Als een daad van gebed pluk ik voorzichtig een paar stelen om ze die dag nog te gebruiken.

Als een gelovige die na zijn gebed naar huis terugkeert, keer ik terug naar het observatorium met kleine katoenen zakjes vol wilde kruiden.

Ik leg ze op het aanrecht en zeg tegen Kimiai: 'Kijk wat de planeet aarde heeft voortgebracht.'

Ik was niet de enige die blij was met de aanwezigheid van Kimiai, hij heeft ook goed contact met mijn moeder. Ze is hem misschien vergeten, maar zijn camera niet. Want vroeger als hij in het observatorium een film draaide, vroeg hij mijn moeder ook te komen kijken. En de meisjes die nu in de velden werkten, omringden hem altijd en ze praatten met hem. Ze kenden zijn werk niet, maar ze wisten dat hij een legende was.

'Ook een film voor ons?' vroegen ze nu.

'Wordt geregeld, donderdagavond,' zei hij naar de traditie, want de donderdagavonden, de avond voor de vrije vrijdagen, waren vroeger traditioneel de bioscoopavonden in het hele land en mensen gingen massaal naar de cinema's.

Op de beloofde donderdagavond hing Ismaël het witte doek van Kimiai hoog aan een van de rotsen langs de velden en toen het donker werd, gingen de meisjes op de grond zitten. Ze waren benieuwd naar wat voor film Kimiai wilde tonen.

Kimiai kwam met zijn projector aanlopen en de meisjes stonden voor hem op.

Hij zette zijn projector op de standaard en het werd stil. Hij deed de projector aan. Meteen, zonder een inleiding, verscheen de witte koe samen met mijn moeder op het doek, als twee oude vrienden naast elkaar.

De meisjes juichten van verrassing en ze klapten in hun handen naar mijn moeder, die helemaal achteraan op een rots zat.

Maar mijn moeder reageerde niet op hun gejuich, ze herkende zichzelf niet op het doek. Ze was zichzelf ook vergeten.

De volgende scène ging over de meisjes, ze waren allemaal gebogen in het veld bezig. Opeens verscheen Ismaël hoog op zijn paard en de meisjes rechtten allemaal hun rug, keken naar hem en knipoogden glimlachend naar elkaar.

Toen de meisjes deze scène op het doek zagen, lachten ze en verlegen bedekten ze hun gezicht met hun handen.

Nu werd ik verrast, want onverhoeds verscheen ik op het witte doek, neuriënd als een monnik met een paar linnen zakjes kruiden in mijn handen.

Iedereen lachte.

De camera ging nu de spelonk van Zarathustra binnen. De schilderingen op de wanden werden getoond: de maan, Jupiter, Mars, de Melkweg. De camera liep door het gat in de wand van de spelonk naar buiten en zoomde in op een paar vrouwen in de verte die naar de andere kant van de bergen liepen.

En dan weer onverwachts een vrolijke scène, met muziek van een radiorecorder en de meisjes die dansten en met de radio meezongen:

> Ik wacht, ik wacht, ik wacht op jou.
> Je beloofde dat je zou komen zodra de eerste bloem ontkiemt.
> Alle bloemen zijn uitgekomen.
> Maar ik wacht, ik wacht, ik wacht op jou.

De avonden zijn dus aangenaam samen met Kimiai. Gisteravond zat hij aan de eettafel en hij was met zijn filmmaterialen bezig. Ik zat op de bank en las een boek over de kracht van verbeelding, maar ik kon me niet goed concentreren. Ik voelde dat er een soort spanning in de lucht hing alsof er straks iets ging gebeuren, iets waarvan je niet weet wat en wanneer.

Het was laat in de avond toen de kraai onverwachts kraste.

De ramen trilden, dat gebeurde altijd wanneer de heelmeester met zijn koets kwam aanrijden.

Kimiai pakte meteen zijn camera, liep naar buiten en begon direct te filmen in het maanlicht.

De heelmeester reed door de poort naar binnen. Er zat een zwart gesluierde vrouw achter hem in de koets.

De kraai vloog naar de boom midden op de binnenplaats en ging op een tak dichter bij de koets zitten.

Kimiai riep naar mij: 'De stoel!'

Ik ging direct naar binnen en zette de stoel midden in de woonkamer, op een plek die door de plafondlamp goed belicht werd. Ik zette een kleine tafel ernaast en plaatste er een glas water op.

Ik haalde snel het statief van de camera uit de kamer waar Kimiai logeerde en plaatste het op de juiste afstand van de stoel. En ik ging weer naar buiten.

De heelmeester hielp de vrouw uit de koets. Het maanlicht viel op haar rechterarm, haar hand zat tot boven de pols in het gips.

De oude heelmeester leidde de vrouw naar binnen en hij liet haar in de stoel zitten. Nu, in het licht van de hanglamp, zag ik het gezicht van de vrouw duidelijker. Ze was een jonge dorpeling en ik dacht: kijk wat de geschiedenis doet, de mens wordt beest.

De heelmeester ging naar buiten om een sigaretje te roken en ook om niet aanwezig te zijn tijdens de opname. Ik overwoog om ook naar buiten te gaan, maar ik deed het niet. Ik ging stil achter mijn bureau zitten.

Kimiai plaatste de camera op het statief, zoomde in op het gezicht van de vrouw en zei: 'De camera draait! Vertel.'

Maar er viel juist een stilte.

De vrouw wist blijkbaar niet waar ze moest beginnen. Ze

maakte haar sluier een beetje los, zodat haar gezicht beter zichtbaar werd.

'Vertel!' verbrak Kimiai de stilte. 'Waarom heb je dat meisje zo hard tegen haar hoofd geslagen?'

'Ik heb haar niet geslagen,' zei ze opeens bang. 'Ik weet niet wie het gedaan heeft. Ik zei zelfs tegen het meisje: "Bedek je hoofd met je sluier, dan laat ik je gaan." Maar ze deed het niet. Ik pakte de beide uiteinden van haar sluier om hem voor haar vast te knopen, onder haar kin, maar ze duwde me weg. Ik zei tegen haar dat als ze niet luisterde, we haar naar het zedenbureau zouden meenemen. Ik wilde haar echt helpen. Maar ze negeerde mijn waarschuwing en draaide haar gezicht van me weg. Ik pakte haar bij haar beide bovenarmen vast, schudde haar door elkaar en zei nog een keer: "Doe wat ik zeg. Bedek je hoofd, dan laat ik je gaan." Maar ze trok zich los en wilde ontsnappen. Ik greep haar kraag beet, trok haar naar de grond en drukte met mijn knie tegen haar borst. Ze worstelde om zich los te maken, en ik weet niet hoe het kwam dat ik op dat moment zo veel kracht had en me zo sterk voelde. Mensen stonden om ons heen, ze scholden me uit en riepen dat ik haar los moest laten. Het meisje worstelde onder mijn knie, ik wilde haar laten gaan, maar ik drukte mijn knie juist harder tegen haar borst. Ze gilde, de twee andere zusters schoten me te hulp. We sleepten haar over de grond naar het busje, maar het ging niet, ze sloeg met haar benen en armen. Het was niet de bedoeling geweest om zo om te gaan met zo'n meisje, maar toen ze nog harder begon te gillen, pakte ik haar weer beet en begon ik tegen haar hoofd te slaan. Mijn grote god, genade. De vrouw die haar tegen haar hoofd sloeg, was ik niet. Het was een andere vrouw die in mij wakker was geworden. Nee, ik was het niet, want toen ik het meisje tegen haar hoofd sloeg, deed het me zelf pijn. In het busje huilde ik naast haar bewusteloze lichaam. Ik smeekte haar om haar ogen open te doen. Ik kuste haar hoofd en haalde met mijn eigen handen haar sluier weg. Ik vroeg haar om vergiffenis, want ik wist dat het haar fataal was geworden. Ze stierf in het busje. Ik stierf ook in het busje. De vrouw die nu hier voor de camera zit, ben ik niet. Ik ben al dood.'

'Camera uit!' riep Kimiai.

44

We maakten een ochtendwandeling. Kimiai wilde vandaag samen met mij kruiden en groentes zoeken, en vooral een wilde paddenstoel voor ons diner.

'De wilde berggroentes zijn paradijselijk,' zei hij wandelend. 'Als er inderdaad leven na de dood is en dan ook nog een paradijs, dan moeten in dat paradijs groentes als spinazie, knoflook en paddenstoelen te vinden zijn, net zo knapperig en met dezelfde frisse smaak. Want de bouwstenen waarmee God het paradijs gemaakt heeft, kunnen niet anders zijn dan de aardse materie. Ik ben nu al benieuwd naar dat leven na de dood.'

Zo pratend zochten we verder naar een wilde paddenstoel, die zich ongetwijfeld ergens achter een rots verstopt had.

Na een tijdje tevergeefs gezocht te hebben, zei ik: 'Maar die ene wilde paddenstoel kunnen we met zoeken niet vinden. Je moet hem opeens tegenkomen, of andersom.'

'Hoe andersom?' zei Kimiai.

'Die ene paddenstoel moet zich aan jou willen tonen. Opeens laat hij zich aan jou zien en zegt hij: ik wachtte op jou, neem mij mee.'

‘Mooi gezegd. Wie weet, het zou best kunnen,’ zei hij.

We gingen op een rots zitten en we keken naar beneden, naar de stad in de verte, waar net als in andere steden demonstraties gaande waren.

Kimiai haalde een dik schrift met een versleten leren kaft uit zijn binnenzak en begon te vertellen: ‘Dit is mijn adresboek. Ik draag het als een oude zakbijbel bij me. In mijn lange leven heb ik de namen en de adressen van vrienden en collega’s erin genoteerd, met de nodige opmerkingen over die personen. Het zijn dus de gegevens van al mijn kennissen, vrienden en kameraden, maar ook van acteurs, actrices, musici, politieke vrienden en vijanden. Ik haal steeds een streep door de namen van degenen die gestorven zijn, of gedood. Al jaren woon ik alleen, daar heb ik geen last van. Maar elke keer dat ik door dit adresboek blader, voel ik een leegte. Op één naam na zijn alle namen weggestreept. Die ene naam is mijn eigen naam. Ik sta behoorlijk alleen in dit adresboek. Maar ik bescherm het goed, dicht tegen mijn lijf. Zo laat ik niemand een streep door mijn naam halen. Ik ga niet dood.’

Het was ongepast om te lachen om zijn opmerking, maar toch lachte ik hardop.

‘Shamloo heeft ook zo’n adresboek,’ ging hij verder. ‘Op zijn eigen naam na zijn alle andere namen weggestreept.’

‘Jullie hebben elkaar dus niet in jullie adresboeken opgenomen?’

‘Inderdaad. Zo hebben we elkaar beschermd tegen de dood.’

Hij scheurde een bladzijde uit het adresboek, waarin hij geen nieuwe namen en adressen meer opnam, en hij schreef er een korte brief op aan Shamloo:

Vriend!

Ik ben het.

En ik schrijf je in de pauze tijdens het zoeken naar een wilde paddenstoel.

De tijden zijn daar beneden voorbijgegaan, maar hier in het observatorium niet.
Kom! We gaan op het dak zitten.
De zoon van Akbar is terug. Hij heeft alle oude telescopen uit de werkplaats gehaald, maar hij denkt dat we nieuwe telescopen moeten maken.
Daarvoor hebben we je verbeeldingskracht nodig.
Venus, Jupiter, Mars, Saturnus, en jouw rode reuzen-Aldebaran wachten op jou.
De saffraanstampers zijn diep roodbruin geworden.
De meisjes gaan ze binnenkort plukken.
En ook dit: er is hier een witte koe terechtgekomen, uit het niets. Iedereen vraagt zich af hoe. Waarlijk ben jij, met je kordate verbeelding, de enige die dit kan uitleggen.
Dus alles en iedereen wacht op jou.
En we gaan met z'n drieën naar een paddenstoel zoeken, of naar de paddenstoel die zich niet wil tonen tot jij komt.

Voor altijd
Kimiai

45

Ik heb een antieke grammofoon in een kist in de werkplaats gevonden. Er lag nog een muziekplaat op de draaitafel: *Symfonie nr. 9* van Beethoven. Het is een van de eerste modellen goudkleurige platendraaiers en hij heeft een blauwkleurige hoorn.

Voorzichtig draaide ik aan de hendel om te zien of hij nog werkte. Hij deed het.

Om Kimiai te verrassen, nam ik de grammofoon mee naar het dak en draaide de plaat.

Blij en verbaasd riep hij van beneden: 'Vreugde! Vreugde!'

Het koor op de plaat zong en hun gezang weerkaatste in de bergen:

> Vreugde, prachtige, goddelijke vonk,
> dochter van het Elysium.
> Wij betreden, met vurig verlangen,
> hemelse, jouw heiligdom!
>
> Miljoenen!
> Zoek Hem!
> Hij woont daarboven

achter de hemelboog van de sterren.
Zoek Hem!
En deze kus vanaf het dak is voor de hele wereld!

De mannen die voor mijn tijd in de sterrenwacht woonden, hebben elk in hun tijd iets waardigs eraan toegevoegd. Om een paar uitbreidingen te noemen: de blauwe koepel op het dak, een natuurlijke waterleiding, elektrisch licht, slijpmachines, ovens, een bad, een paar extra logeerkamers, een mooie houten poort, een radio, en de grammofoon.

Ik liep al een tijdje rond met de gedachte om op mijn beurt iets toe te voegen aan het observatorium, en zo kwam ik op het idee om de oude telescopen te vervangen.

Maar bedoeld of onbedoeld is er in dit huis een soort traditie staande gehouden. Mijn voorvaderen hebben altijd een doel voor ogen gehad, namelijk om de telescopen met hun eigen handen te maken zonder enige afhankelijkheid van de rest van de wereld. En dat allemaal met de mineralen en andere materialen die de omliggende bergen hun boden.

Al die telescopen die in de afgelopen eeuwen gemaakt zijn, zijn netjes in de kisten bewaard gebleven en er is er niet één tussen die ergens anders vandaan komt.

Door een persoonlijke inventarisatie van hun telescopen ben ik erachter gekomen dat de vorige generaties niet verder zijn gekomen dan de eerste telescoop die Galileo Galilei eigenhandig voor zichzelf heeft gemaakt.

In de boekenkast in de woonkamer staat een plank vol boeken die alleen over Galilei en zijn werkwijze gaan, vooral met betrekking tot het maken van lenzen en telescoopbuizen.

Hoewel de astronomie sinds de tijd van Galilei enorm ontwikkeld is, zijn de telescopen in onze sterrenwacht niet verder ontwikkeld dan die van de zestiende eeuw.

In de notities die van de voorbije generaties overgebleven zijn, las ik laatst dat ze allemaal een soort collegiale verwantschap met Galilei hebben gevoeld. Het zou best kunnen dat dat vanwege de rudimentaire gereedschappen kwam die ze tot hun beschikking hadden, bijna dezelfde simpele apparaten die Galilei gebruikte.

Toen ik hierover met Kimiai praatte, merkte hij iets anders op. 'Het zou best kunnen dat ze de eerste ervaring van de mens wat betreft de lens en de hemelen zo oorspronkelijk mogelijk wilden beleven, met hetzelfde pure genoegen dat Galilei heeft beleefd tijdens het maken van zijn eerste telescoop. Daarnaast zag Galilei alles eerst in zijn verbeelding, en pas daarna bewonderde hij hetzelfde door de lens van zijn telescoop. De mannen van dit huis wilden dit handhaven.'

Dat was waar, want een Galilei-telescoop maken was een onvergetelijke belevenis die in mijn geheugen gegrift is gebleven.

Ik zie een scène nog levendig voor me: zeven oude mannen en ik, die elk met een klein houweel in ons hand op zoek naar vulkanische mineralen steeds hoger in de bergen klommen.

Na een dag lang zoeken keerden we met een zak vol glasmineralen terug naar het observatorium. Ik verhitte de oven en stopte de mineralen erin om ze te laten versmelten. Als het zover was, goot mijn grootvader het verhitte roodgloeiende glas in de vormen om Galilei-lenzen te maken.

Zo ging het, en zo is het gegaan in de voorbije eeuwen in de werkplaats van deze exclusieve sterrenwacht.

Nu ben ik aan de beurt. Ik leef in een tijd waarin men een enorme telescoop naar de ruimte heeft gestuurd om de wonderen van de hemelen dieper dan ooit te kunnen observeren.

Tijdens het bestuderen van de bestaande telescopen in de werkplaats zag ik dat ze in de loop van de tijd allemaal kleine scheurtjes in hun buizen hebben gekregen, waardoor het licht ontsnapt en je een wazig beeld krijgt.

Toen ik die scheurtjes zag, dacht ik dat het observatorium een nieuw soort telescopen verdient. Dat mocht mijn bijdrage zijn.

Het zou ongetwijfeld een vindingrijke bijdrage worden, want de kameraden die samen met mij aan die telescopen zouden werken, zouden een grote filmmaker en een grote dichter van mijn tijd zijn: mensen met een onbegrensde verbeeldingskracht.

Op deze manier ben ik van plan om het pad van de lenzenmakers en telescoopmakers door de eeuwen heen te volgen wanneer ze iets nieuws ontdekten of uitvonden, tot ik uiteindelijk mijn eigen bijdrage aan het observatorium kan toevoegen.

In dit verband, en als de eerste stap, laat ik de naam van een roemrijke oude Romein vallen: de heer Obsius. Hij was instinctief en van nature een geoloog in de Oudheid, toen de term 'geologie' nog niet bestond.

Obsius was nieuwsgierig naar stenen, vooral omdat er een keer een steen, een vallende ster, op het dak van zijn huis was gevallen en er een gat in had gemaakt. Het was een hemelse steen, met een ader van glas en een gouden fonkeling.

Sindsdien vielen de ogen van de heer Obsius op stenen die anders waren dan andere. En op een dag vond hij een buitengewone steen die hij met beide handen van de grond pakte.

Het was een gesteente met een zilver- en goudachtige weerschijn. Een klomp waarin een handjevol glas zich verborgen hield.

Dit gesteente werd later naar hem vernoemd: obsidiaan.

Om het pad voort te zetten, ga ik verder met de eerste uitgevonden lenzen. En ik kan niet anders dan nog een andere naam laten vallen. Deze persoon is niemand minder dan een Hollander: de heer Hans Lipperhey.

Ik voel nu al de vreugde in mijn hart, en ik draai *Symfonie nr. 9* van Beethoven:

> Mensen!
> Zoek Hem!
> Hij woont daarboven
> achter de hemelboog van de sterren.

En deze kus vanaf het dak van het observatorium is voor de hele wereld!

46

Niets is toevallig, niets komt ooit uit het niets in je gedachten opduiken.

Hans Lipperhey was een bekende in het observatorium. Zoekend in de oude boeken kwam ik een afdruk van een houtsnede van hem tegen. Niets is toevallig: gij zoekt, gij vindt.

Op die houtsnede staat Hans Lipperhey in zijn brillenwinkel. Hij kijkt met een hand onder zijn kin verbaasd naar zijn twee kleine kinderen, die met twee kapotte brillenglazen spelen naast het raam. Door het raam kan je een schaduw van een kerktoren in de verte zien.

Toen ik die oude afdruk zag kwam er een verhaal bij me op dat ik ooit in mijn kindertijd gehoord had en ergens in de diepste diepten van mijn herinneringen opgeslagen heb. Hier in het observatorium heb ik geen andere bron dan mijn eigen herinneringen; ik zal ze hier opnemen. Als het niet waar was, was het immers niet bewaard gebleven in mijn geheugen na al die voorbije jaren waarin ik veel geleerd heb en veel vergeten ben.

Hier wat ik over Hans Lipperhey, of eigenlijk over de eerste lenzen, in mijn kindertijd gehoord heb. Een Hollandse brillenmaker was in zijn winkel glazen aan het slijpen en zijn kinderen speelden in de winkel met twee mislukte vergrootglazen. Ze waren blijkbaar met iets grappigs bezig, want ze keken door die twee kapotte glazen en ze lachten. Opeens viel er een stilte. Het was een intense stilte, waardoor Hans Lipperhey stopte met werken en verbaasd keek waar de kinderen naar keken. Hij knielde naast hen. Ze zagen de kerktoren in de verte, die door die twee glazen dichtbij was gekomen. Een magische daad.

Hans Lipperhey pakte de kapotte glazen uit de handen van zijn kinderen en keek erdoorheen naar de kerktoren. Het was een eurekamoment, hij riep: 'Gevonden! Ik heb het gevonden!'

Hij stuurde de kinderen weg en deed de deur van zijn winkel van binnen op slot.

Hij schoof de brillenglazen op zijn werktafel opzij en begon een bol en een hol glas te maken. Tot diep in de nacht was hij met het slijpen van die glazen bezig. De volgende dag deed hij de deur van zijn winkel opnieuw van binnen op slot. Hij maakte haastig een buis en installeerde de bolle en holle glazen in de buis. Toen hij zover was, zette hij een ladder tegen de muur en klom hij op het dak. Met trillende handen keek hij door de buis naar de kerktoren in de verte. Hij kon zelfs het altaar van de kerk zien, door het glas in lood heen.

Hij kwam snel van de ladder, ging te paard naar het kantoor van de Gedeputeerde Staten van Zeeland en vroeg een patent aan voor zijn uitvinding van een 'Seecker instrument om verre te sien'.

Het was september 1608.

Hans Lipperhey kreeg het octrooi niet, want in die tijd waren er nog anderen die al eerder voor dezelfde uitvinding een patent hadden aangevraagd. Hij pakte zijn verrekijker en ging naar Den Haag om zijn wonder aan prins Maurits van Oranje, de legeraanvoerder van de Republiek der Zeven Verenigde Nederlanden, te laten zien. Ze gingen op het dak van het verblijf van de prins staan. Hans Lipperhey richtte zijn verrekijker op de kerktoren van de stad Delft, zo'n acht kilometer verder. Daarna overhandigde hij hem aan de prins.

De prins keek er aandachtig doorheen. Hij zag de kerktoren van de stad. Het was inderdaad een wonderlijke uitvinding, en een fantastisch instrument om in de oorlogen te gebruiken. Je kon het gebruiken om de bewegingen van de vijand in de verte van dichtbij te zien.

Hans Lipperhey kreeg het octrooi niet, maar hij kreeg een opdracht van de prins om voor negenhonderd gulden drie kopieën van dezelfde verrekijker te vervaardigen.

Met dat geld kocht hij een royaal huis aan de gracht, met een excellente werkplaats met een mozaïek boven aan de gevel: SEECKER INSTRUMENT OM VERRE TE SIEN.

Ik vertelde dit verhaal aan Kimiai en vroeg hem om samen de bolle en de holle lenzen te maken, als de eerste stap richting de telescopen die ik van plan was om te maken.

De volgende dag beklommen we de omliggende bergen. Met elk een klein houweel in onze handen.

Hij had zijn grote camera thuis achtergelaten en zijn kleine digitale meegenomen, ik droeg een rugzak met gedroogde vruchten, brood en water.

Fietsen verleer je nooit, glasmineraal zoeken al helemaal niet.

Het werd al snel een aangename onderneming, want opeens besefte ik dat ik dit soort stenen vergeten was in al die jaren dat ik weg was; ik had alleen wegen en drukke snelwegen gezien.

Nu ik samen met Kimiai langs en over de stenen liep, schoten er domweg grappige gedachten door mijn hoofd.

Ik dacht bijvoorbeeld aan deze overduidelijke waarheid: steen is een harde stof met een minerale samenstelling. Het is niet smeedbaar, niet brandbaar en vrijwel niet wateroplosbaar.

Ik lachte om deze gedachte.

'Waar lach je om?' vroeg Kimiai.

'Nee, niets. Nou ja, of wel. Ik liep altijd, deze dagen of vroeger, langs en over de stenen, maar ik had ze niet gezien. Of wel gezien, maar ik had ze niet serieus genomen.'

'Wat zeg je allemaal?'

'Ik weet zelf ook niet wat ik wil zeggen. Ik bedoel, het is vanzelfsprekend dat ze stenen zijn, maar toch. Gek hè, dat ze zo hier overal liggen.'

Door mijn verwarde uitleg kon Kimiai er geen touw aan vastknopen. Ik wilde zeggen dat die stenen de grondstof van mijn wezen in zich verborgen hielden, niet per se de grondstof van mij, maar van ons. Maar ik wist niet hoe ik dat kon verwoorden.

Ik deed nog een poging, ik zei: 'Ik denk dat deze stenen die nu onder onze voeten liggen de meest tastbare substantie zijn die ons met het geheel verbindt, zelfs met de eerste lichtstraal. Ik kan nu met overtuiging zeggen wat er achter die hemelen, of achter dat hemelgewelf, ligt of lag.'

'Wie? Wat?' zei Kimiai.

'De Voorvaderen van de Stenen.'

Hij lachte hardop.

'Ik bedoel...'

Nee, dat was niet wat ik wilde zeggen. Maar op dat moment vielen mijn ogen op een klomp glasmineraal, op een obsidiaan.

Ik zette snel een paar stappen en knielde ernaast. Heel voorzichtig begon ik met mijn houweel het verglaasde gesteente dat de eerste lichtstraal van het bestaan in of onder zich verborgen hield, los te maken van de grond. Ik wilde dat licht bewonderen voordat het ontsnapte.

Toen het gesteente bijna los was, trok ik mijn zwarte vest over mijn hoofd en over het obsidiaan. Ik maakte het los en ik zag het.

Kimiai filmde die scène.

47

Ik deed de smeedoven in de werkplaats aan. Het ging niet zo gemakkelijk, na al die jaren dat hij niet gebruikt was geweest. Ik klom op het dak en verwijderde alle dode takken en uitgedroogde saffraanbladeren uit de schoorsteen, zodat de oven kon ademen.

Toen de oven verhit was, riep ik Kimiai erbij. We deden lange leren schorten voor en stopten het gesteente voorzichtig in de oven. In een houten bak had Kimiai eerder de gietvormen voor de lenzen zorgvuldig klaargemaakt in fijn zand.

Ik hield de temperatuur in de gaten, zodat het glas in de steen niet verdampte.

Zodra er wat kleurige gaswolkjes uit de steen opstegen, begonnen de kleine bouwdeeltjes van de steen, oftewel de moleculen, zich te splitsen. Ik verminderde de hitte om het moment van versmelting te kunnen observeren, het moment waarop de steen zich tot lava omvormde. Op die manier keek ik terug in de tijd, want de steen in de oven was ooit eerder lava geweest. Dezelfde rode, verhitte, gesmolten materie die ooit de aarde vormgaf en daarvoor sterrenstof was geweest.

Ik pakte met een tang de kom met de verhitte materie vast en goot die in het bijzijn van Kimiai in de zandvormen. De geur van de oude lava vulde de werkplaats.

'Gebeurd,' zei Kimiai.

'De eerste stap is gezet,' zei ik.

We lieten de lenzen in het zand vorm krijgen, deden de deur van de werkplaats dicht en gingen buiten zitten, op een rots.

Kimiai maakte de brief open die hij van Shamloo ontvangen had en las de woorden van de dichter voor:

Mijn dierbare filmmaker,

De legende.
Doe de groeten aan de zoon van Akbar.
Dank voor jullie uitnodiging.
Ik kom gauw langs.
Want liever daar, dan hier in de hoofdstad, waar elke dag die oude satanische geestelijken langs je raam rijden in een Mercedes-Benz.
Ik kom en ik neem mijn laatste gedichten mee om er daar in de rust van de bergen aan te werken.
Met deze brief stuur ik je mijn laatste gedicht mee. Een ode aan de mensen die in opstand zijn gekomen tegen deze gemene, lelijke tirannie.
Het is de ruwe versie en ik moet er nog aan werken. Dus, de rust van de bergen heb ik nodig.

Tot snel,
Shamloo

En Kimiai las het gedicht voor:

Ik denk
dat mijn hart nooit

zo is geweest
zo warm en rood

Ik voel
dat in de slechtste momenten
van dit dodelijke laatste avondmaal
duizenden zonnen borrelen
vastberaden
in mijn hart

En dat van alle kanten en uit alle hoeken van deze woestijn van radeloosheid
plotseling
duizenden verse groene bossen
vastberaden
van onder de grond tevoorschijn komen.

En ik denk
dat mijn handen nooit
zo groot
en zo blij
zijn geweest

En dat er juist nu
in elke ader
en met elke slag van mijn hart
de bel van een karavaan
vastberaden
rinkelt:
Wakker worden
Het is tijd
Sta op!

En ik schreeuw van de rand van deze woestijn van radeloosheid:
'O, vastberadenheid
o, zekerheid
Nu ik je
met de magie van de liefde gevonden heb
laat ik je nooit meer los!'

Ik stond blij op en ging vastberaden naar de werkplaats om de lenzen te bewonderen.

48

De afgelopen dagen ben ik bezig geweest om zowel de oude slijpmachine als het polijstapparaat in werking te stellen. Ik heb ze helemaal uit elkaar gehaald en heb met schuurpapier alle roest van hun onderdelen verwijderd. Ik heb alles weer goed geolied en opnieuw gemonteerd zodat ze nu perfect werken.

Vroeger had ik hier op de werkplaats gezien hoe de oude mannen de lenzen slepen, maar ik had het nooit eerder zelf geprobeerd. Gelukkig waren er genoeg boeken en documenten waarin nauwkeurig staat uitgelegd hoe het moet.

En ik heb Kimiai bij me, die het proces stap voor stap naloopt.

Ik heb een dag besteed aan het slijpen van de bolle lens en ook een dag aan de holle lens. Vervolgens heb ik de beide lenzen zorgvuldig gepolijst. Ik kan met overtuiging zeggen dat ze van dezelfde kwaliteit zijn als de lenzen van Hans Lipperhey; ik had ze met bijna dezelfde werktuigen bewerkt die Hans Lipperhey in zijn winkel had.

Kimiai zat in een stoel bij de deur en rookte, hij zei: 'Ik zit hier en kijk naar jou en ik vraag me af: waarom zoek je zo ver in het verleden?'

Zijn vraag verraste me, want in de afgelopen dagen liep ik met dezelfde vraag rond.

'Ik weet het niet precies,' zei ik, 'maar ik denk dat het een kwestie is waarmee je geconfronteerd wordt als je niet terug mag naar huis. Gaandeweg ben ik erachter gekomen dat het huis waar we naar verlangen niet het ouderlijk huis is, maar een ander huis.'

'Welk ander huis?' zei Kimiai.

'Eigenlijk de plek waar wij allemaal vandaan komen, en met "wij" bedoel ik de aarde, de sterren, de Melkweg, de rode ster Aldebaran en de rest.'

'Waarom zoek je het dan in de winkel van die Hollander Hans Lipperhey?' zei Kimiai. 'Waarom wil je die ouderwetse lenzen opnieuw maken?'

Dat was een goede vraag, hier moest ik even over nadenken.

'Ik zoek het niet direct in de winkel van Hans Lipperhey,' antwoordde ik. 'Maar kijk. Obsius, die man uit de Romeinse Oudheid, zocht naar aparte stenen. Hij wist het zelf misschien niet, maar volgens mij zocht hij instinctief naar de stenen die van de plek kwamen waar de mens naar verlangt om naar terug te keren. En dat geldt ook voor Hans Lipperhey, denk ik. Ook hij wist het waarschijnlijk niet, maar hij was niet op zoek naar de kerktoren van Delft. Wel zocht hij instinctief naar de verte, naar de erg verre verte. Het zou niet per ongeluk zijn geweest dat hij zijn kinderen zag spelen met die twee kapotte lenzen. Hij heeft het met verbazing geconstateerd omdat hij al lang met dat vraagstuk bezig was geweest.

De mens zocht, Obsius zocht, Hans Lipperhey zocht en op mijn beurt bezoek ik de brillenwinkel van Hans Lipperhey om mijn eigen pad te vinden. Vannacht was ik in bed met zulke gedachten bezig. Dat is mijn antwoord.'

Kimiai stond op. Hij bood me een sigaretje aan en liep naar de binnenplaats.

Tegen de schemering had ik de lenzen klaar. Mijn handen waren bezeerd, en in de spiegel zag ik dat er een laagje poeder van de lenzen op mijn gezicht lag. Dat alles gaf me voldoening, want ik was nooit eerder zo dicht bij de bouwsteen van de sterren en planeten gekomen.

Toen Hans Lipperhey aan zijn lenzen werkte, deed hij de deur van zijn winkel van binnen dicht, zodat er niemand achter zijn geheim zou komen. Ik had geen winkel en ik hoefde de deur van de werkplaats niet van binnen dicht te doen. Maar toen de lenzen klaar waren, werd ik gegrepen door hetzelfde gevoel. Ik wilde de lenzen aan niemand laten zien, zelfs niet aan Kimiai. Ik voelde vreugde door deze pure menselijke belevenis: dit is van mij.

Ik wikkelde de lenzen dus in een doekje en stopte ze in mijn jaszak.

'Klaar?' riep Kimiai, met de kleurige haan van het observatorium in zijn arm.

'Bijna,' antwoordde ik.

Ik wachtte tot hij naar binnen ging om het diner klaar te maken. Toen klom ik op het dak om de lenzen te testen.

Net als de kinderen van Hans Lipperhey hield ik de bolle lens in mijn rechterhand en de holle in mijn linkerhand, en ik richtte me naar onze stad.

Hans Lipperhey had naar de kerktoren in de verte gezocht, ik zocht naar de minaret van de Djomee-moskee. Maar ik kon hem niet vinden, alles kwam een beetje vaag over. Ik probeerde de lenzen op verschillende afstanden van elkaar vast te houden, maar het mocht niet baten. Waarschijnlijk had ik ze nog niet genoeg gepolijst. Inmiddels ging de zon in de verte onder. De stad werd donker, maar even later gingen opeens alle lichten van de straten en de huizen aan.

De stad vormde nu een ander vergezicht en ik probeerde het opnieuw. Als ik me niet vergiste zag ik nu vage silhouetten van vrouwen op de daken. Ik veranderde een paar keer van richting en ik bracht de lenzen iets dichter bij elkaar. Nee, nog geen scherp resultaat. Ik wikkelde de lenzen weer in het doekje, stopte ze in mijn jaszak, ging snel naar beneden en haalde de verrekijker van de muur.

'Wat is er?' zei Kimiai, die bij het aanrecht bezig was.

'Ik zag vrouwen, als ik me niet vergis,' riep ik.

'Waar?'

'Op de daken, in het donker van de stad.'

Ik klom weer het dak op. Kimiai kwam me achterna met zijn digitale camera in zijn hand.

Ik keek met de verrekijker naar de stad, naar de daken, en ik zag inderdaad silhouetten van vrouwen. Ik zocht naar de minaret van de moskee. Ik zag drie schaduwen van vrouwen op de top van de minaret, op de plek waar normaal een moskeeomroeper de gelovigen tot het gebed oproept. Een van de silhouetten zwaaide met haar sluier.

Ik drukte de verrekijker in de handen van Kimiai en zei: 'Kijk eens! Kijk!'

49

Shamloo kwam in stilte met een nachttrein aan.

We haalden hem op met de Ford, een bekende auto voor hem. We waren met z'n drieën: de heelmeester, Kimiai, ik, en niet te vergeten Ismaël, want we hadden hem eerder al naar Teheran gestuurd om onze gast vanaf daar te begeleiden.

We hadden alle vier onze zogenaamde zondagspakken aan.

Shamloo had voor een nachttrein gekozen om de aandacht van de autoriteiten van de stad niet naar zich toe te trekken, want hoewel hij een nationaal geliefd persoon was, moesten de geestelijken niets van hem hebben. Shamloo keurde het regime met harde woorden af, daarom werd hij door de geestelijken als een vijand beschouwd.

Tijdens een van zijn optredens had hij zich tot zijn duizenden toeschouwers gericht en gezegd: 'Deze geestelijken plegen misdaden namens God. Het zijn smerige kerels. Ze ruiken aan je mond om te controleren of je tegen iemand hebt gezegd: "Ik hou van jou."'

Sindsdien mocht hij niet meer in het openbaar spreken. Zijn boeken werden wegens godslastering verboden, vooral om dit gedicht:

In de steeg
schreef
een bedreven dichter
dit epos in een opwelling
op de achterkant van zijn sigarettendoos:
'De mens is God.'

Of dit nou godslastering is
of de pure waarheid,
mijn punt is dit:
De mens is God.

Shamloo is een levende legende. En het was zo mooi om een legende laat in de nacht van het station te gaan ophalen. Mooi om een groot dichter te omarmen die met vier woorden de gehele godsdienstige hiërarchie van de geestelijken machtig onderuithaalde: 'De mens is God.'

Shamloo was, naast Ismaël, de enige die uit de trein stapte. Ik hielp hem met uitstappen, omarmde hem en kuste hem op zijn linkerschouder. We begeleidden hem naar de auto die ik achter de bomen onzichtbaar geparkeerd had.

Shamloo omarmde de heelmeester en zei: 'Mijn linkerknie rebelleert nog altijd. Heb je nog wat van die wonderzalf voor me?'

'Ik heb nog van die wonderzalf voor jou.'

Lachend wees Shamloo met zijn wandelstok naar de auto en zei: 'Hij wil ook niet dood.'

Hij had gelijk, de Ford wilde ook niet dood. Hij zou nog lang blijven om het feest van de vlucht van de geestelijke leiders uit het land mee te maken.

Ik hielp Shamloo instappen en we reden naar de bergen.

De stichter van de moderne poëzie van onze oude taal zat nu naast me. Hij zei: 'Ik zie dat je terug bent van een lange tijd weg te zijn geweest. Hoe was het daar, aan de andere kant van de zeeën?'

'Tot een bepaald moment was het goed, was het nodig, maar daarna niet meer,' zei ik.

'Vertel!' zei hij.

Ik dacht diep na, om mijn antwoord aan zo'n dichter van formaat zo bondig mogelijk te verwoorden.

Ik zei: 'Wanneer je thuiszit, zie je jezelf niet in je geheel. Maar wanneer je weggaat, kom je jezelf helemaal tegen. Daarna moet je terugkeren naar huis, anders verlies je jezelf.'

'Dan heb je me veel te vertellen,' zei hij.

En we reden verder in stilte langs de bergen naar het observatorium, waar een fles oude rode wijn op ons stond te wachten.

Eenmaal in het observatorium, nadat Ismaël met een gedichtenbundel van Shamloo als dank terug naar huis was gegaan en nadat de heelmeester Shamloos knie had behandeld en was vertrokken, gingen we met z'n drieën aan tafel zitten.

Ik schonk de glazen in. Shamloo rook de wijn, nam een slok, bewonderde de geur en de smaak, zette zijn glas weer op tafel en zei: 'Dus je kwam terug om jezelf niet te verliezen.'

'Ja, om mezelf niet te verliezen. Want wanneer je met totaal andere mensen in aanraking komt, wordt je constant een spiegel voorgehouden. Maar na een aantal jaar vervaagt die spiegel.'

Het was diep in de nacht en ik kon me niet goed genoeg concentreren om waardig over zo'n mooi, ingewikkeld proces te praten. Ik wierp een blik op Kimiai, hij is iemand die dit soort zware momenten kan verlichten. Hij zei: 'Hij is terug om nog dieper naar zichzelf te zoeken. Jij zegt: "De mens is God." En hij is van plan om nieuwe telescopen te maken, waarmee hij voorbij de rand van de hemelen wil kijken om te zien of je de waarheid spreekt.'

Shamloo glimlachte.

Hij was moe.
Hij kende de logeerkamer waar hij vroeger in sliep.
'Ik ga naar bed,' zei hij.
'Ik ook,' zei Kimiai. 'Morgen hebben we veel te doen.'
'Wat dan?' vroeg Shamloo vanuit zijn kamer.
'Dat zei ik toch al, de telescopen. Morgen Galileo Galilei.'

50

We zaten aan de ontbijttafel buiten op de binnenplaats in de zachte ochtendzon.

We praatten over het regime van de geestelijken, over hoelang ze nog aan de macht konden blijven en hoe ze het konden volhouden, toen de kraai overvloog, kraste en een bezoek aankondigde.

Er werd op de poort geklopt.

Ik stond op, liep naar de poort en deed open.

Een kleine, bebaarde oude man met een wandelstok stond voor de poort. Ik kende hem niet, of ik herkende hem niet. Ik groette hem en hij groette me terug.

'Meneer, kan ik iets voor u doen?' zei ik.

'Ik kom net terug van mijn reis, ik ben nog niet naar huis gegaan. Op het dorpsplein hoorde ik dat Shamloo hier is, ik kwam om hem te groeten.'

Nu herkende ik hem opeens. Hij was Seyed Ali, de reiziger.

Seyed Ali was altijd op reis, en hij ging altijd te voet op reis, te voet met een wandelstok. Hij was naar alle uithoeken van de wereld gegaan: van Egypte met zijn piramides, naar Brazilië met zijn grote standbeeld van Jezus Christus, naar Spanje met zijn La Mezquita de Córdoba en Santiago de Compostella, naar India met zijn Boeddha en naar Mekka met zijn Kaäba.

En nu was hij net terug van zijn zeven maanden durende pelgrimstocht naar Konya, om het graf van Rumi te bezoeken.

Hij was zijn reis in ons dorp begonnen. Daarna was hij naar Arak gegaan en vanaf daar naar steden als Malayer, Kamyaran en Javanrud en Halabtje, Suleimaniya, Erbil en Mosul in Irak, Gaziantep en Adana in Turkije, en uiteindelijk naar Konya.

Shamloo herkende hem meteen, hoewel hij hem dertig jaar geleden voor het laatst gezien had. Hij had hem zelfs in een van zijn gedichten vereeuwigd, 'Seyed Ali de Reiziger'.

Shamloo stond op en spreidde zijn armen om de oude man te verwelkomen.

Ik bood hem een stoel aan, maar hij wilde niet zitten, hij was nog op weg. Hij wilde eerst naar huis, om zijn reis af te maken.

'Seyed Ali, vertel ons wat uw bevindingen zijn na zulke oneindige reizen te hebben gemaakt,' zei Shamloo.

'Ik heb gezien dat de hemel overal dezelfde is, maar de aarde niet. Elke stad, elke hoek van de aarde roept me, lonkt me: "Zoek me!"' zei de reiziger.

'Waar zoek je dan naar?'

'Naar rust!'

'Heeft u die gevonden?'

'Nee,' zei de reiziger.

'Seyed Ali, u bent te voet naar Konya gegaan. U heeft zeven maanden lang gewandeld om het graf van Rumi te bezoeken. Mag ik jaloers op u zijn?'

'Dat hoeft niet, u bent zelf een groot dichter,' zei de oude man. 'Maar ik wens voor u dat u ernaartoe gaat. Ik heb naast het graf van de meester geknield en de rand van de satijnen doek gekust die over de kist op zijn grafsteen ligt.'

‘Seyed Ali, kent u dat bekende gedicht van Rumi?’

‘Welk?’ vroeg de man.

‘“De rietfluit”!’

‘Natuurlijk,’ zei de man.

‘Kent u het uit uw hoofd?’ zei Shamloo.

‘Ja, ik heb het de hele weg voor mezelf opgezegd.’

‘Zeg het dan op voor ons,’ zei Shamloo.

De man plaatste de punt van zijn wandelstok stevig in de grond en zei een paar strofen van het gedicht op:

Sinds ik uit het rietveld ben weggesneden,
klagen mannen en vrouwen in mijn gefluit.
De scheiding heeft mijn borst genoeg doorboord,
zodat ik nu kan vertellen hoe ik lijd door verlangen.
Ieder die van zijn oorsprong is verdreven,
wil terug naar de tijd van samenzijn.

Rumi symboliseerde de oorsprong van de mens als een rietveld en de mens zelf als riet dat weggesneden is van dat veld. Een gesneden riet waarvan een rietfluit is gemaakt.

Wie ver weg is van zijn oorsprong, verlangt net als dat riet om terug te gaan naar zijn rietveld, eigenlijk terug naar de plek waar hij vandaan komt. En de muziekritmes die we maken, de woorden die we in onze mond nemen, de gedichten die we schrijven, het zijn allemaal weerklanken van de melodieën, de woorden die ooit daarboven achter de rand van het hemelgewelf werden gebruikt.

Seyed Ali zocht naar rust. Die zou hij pas vinden als hij terug naar de plek ging waar we allemaal vandaan kwamen.

Shamloo zei: ‘Seyed Ali! U bent een afgesneden riet.’

Kimiai nam die scène glimlachend met zijn camera op.

Shamloo zei ook: ‘Galileo Galilei was ook riet.’

51

In het gedicht 'De rietfluit' sprak Rumi over verlangen, maar hij vertelde er niet bij wat de mens met zijn verlangen deed, of wat dat verlangen met de mens deed. Waarschijnlijk was de tijd nog niet rijp om daaraan te kunnen denken. Juist dat verlangen heeft de mens tot grote uitvindingen en ontwikkelingen geleid.

Om een blik achter de rand van de hemelen te werpen, om de elementen te zien die daar ooit waren, of die daar nog liggen, heeft de mens wielen, karren, boten, fietsen, lenzen, telescopen, treinen, telefonie, vliegtuigen en ruimteschepen verzonnen en vele ontdekkingen gedaan, zoals atomen en moleculen.

De mens Galileo Galilei probeerde op zijn beurt een telescoop te maken om zijn bijdrage te leveren. Er is een brief van hem bewaard gebleven die als sterk bewijs dient voor de pogingen van de mens om te ontdekken wat de elementen zijn.

De inhoud van de oorspronkelijke brief van Galilei ken ik niet, maar hier in het observatorium heb ik een oude Perzische vertaling tot mijn beschikking. Het zou best kunnen dat die wat afwijkt van het origineel, maar ik blijf er trouw aan. Volgens die versie van de tekst zegt Galilei het volgende:

'Laatst hoorde ik toevallig van iemand dat een Hollander een soort apparaat heeft gemaakt waarmee hij kerken, die voor het oog ver verwijderd zijn, zo zichtbaar kan maken alsof ze binnen handbereik zijn.

Ik ging meteen onderzoeken of die man de waarheid sprak. Sommigen ontkenden het bericht en anderen hebben het juist bevestigd. Nieuwsgierig stelde ik de vraag per brief aan een Franse edelman in Parijs en hij bevestigde de opmerkelijke tijding met nadruk.

Dit bracht mij ertoe om te kijken of ik soortgelijke lenzen kan maken.

Na een aantal mislukkingen lukte het me toch om een paar kostbare lenzen te gieten en te slijpen.

Daarna maakte ik een buis van lood en aan de uiteinden van de buis plaatste ik de lenzen die ik dagen- en nachtenlang gepolijst had.

Beide lenzen waren aan één zijde vlak. Maar de ene was aan de andere zijde bol en de andere aan de andere zijde hol.

Enkele weken later demonstreerde ik mijn zogenaamde galileïsche telescoop op een nacht in Venetië. Niet om de kerktoren in de verte dichterbij te brengen, maar de sterren.'

Nu waren wij aan de beurt. Shamloo, Kimiai en ik gingen met z'n drieën in de bergen op zoek naar de nodige mineralen om een galileïsche telescoop te maken. Dat deden we om zijn tijd en zijn droom te beleven en zo geleidelijk naar onze eigen tijd te bewegen om onze eigen bijdrage te mogen leveren.

Ik had Hans Lipperhey gevolgd, en nu wilde ik samen met deze oude kameraden de telescoop van Galilei maken.

Wat ik, wat wij aan het doen waren was eigenlijk een gebed, een daad van mijn voorvaderen. Elke man, elke vrouw die hier in mijn omgeving in de bergen woont, verricht vijf keer per etmaal zijn of haar gebed, en in dat gebed vragen ze tien keer duidelijk een gunst bij God: 'Alwetende! Leid me naar het juiste pad.'

Mijn moeder verricht nog altijd elke dag haar gebed als een ritueel. Op één zin na is ze de rest van de tekst van haar gebed vergeten. Deze: 'God, leid me naar het juiste pad.'

Met 'het juiste pad' bedoelen ze de weg naar de oorsprong.

Hier in het dorp, zodra je hoort dat iemand gestorven is, zeg je deze zin binnensmonds: *Enna lellah wa enna elajhe radjeoen*: we behoren tot U en we keren allemaal terug naar U.

Wat Galilei deed, was eigenlijk een gebed.

En wat ik nu doe is een gebed.

Met Shamloo en Kimiai in de bergen naar mineralen zoeken, was ook een gebed.

Zo klommen we met z'n drieën hoger de bergen in. Onverwachts liet een grote paddenstoel zich aan Shamloo zien. Hij toonde zijn schoonheid aan de dichter en het tafereel maakte mij, als gastheer, blij.

We zochten naar glasmineralen en de natuur toonde haar mooiste vergezicht. Iets verderop schitterden de saffraanvelden in de zon, waar de meisjes binnenkort zouden langskomen om de saffraanstampers te plukken.

Tegen de middag keerden we met een rugzak vol mineralen en een zak vol berggroentes terug naar het observatorium.

Daarna waren we met z'n drieën een week lang bezig om de mineralen in de oven te laten smelten en in de vormen te gieten, om vervolgens de lenzen te slijpen en te polijsten.

Het was ontroerend om de oude Shamloo te zien, hoe hij tot diep in de nacht met een schort voor in een stoel in de woonkamer zat om de lenzen handmatig te polijsten zodat ze hun ultieme helderheid konden krijgen.

Inmiddels had de heelmeester lange, dikke bamboestokken

voor ons meegenomen die we als telescoopbuizen konden gebruiken.

Toen we eindelijk zover waren, sneden we een bamboestok tot dezelfde lengte als die van de laatst ontwikkelde telescoop van Galilei, die hij tot aan zijn dood had gebruikt.

Kimiai deed actief mee, hij had verstand van lenzen. Hij verdiepte zich een paar dagen in de geschiedenis van telescopen en tijdens het diner deelde hij zijn conclusie met ons: 'Ik denk dat een combinatie van een sterke holle lens bij het oog, en een zwakke bolle lens op grotere afstand van het oog tot een sterk vergroot beeld zal leiden. Galilei wist met zijn telescoop de planeten en de sterren tweeëndertig keer te vergroten. Als we deze aanpassingen in onze telescopen doorvoeren, kunnen we nog dieper de nachtelijke hemel in kijken. Twee keer meer dan Galileo Galilei. Zullen we dat proberen?'

We gingen aan het werk en probeerden de gesuggereerde telescoopversie van Kimiai te maken.

Onder toezicht van Kimiai bevestigde ik de nieuwe lenzen in de bamboebuis, op de afstanden die hij eerder nauwkeurig opgemeten had.

Daarna bedekten we de randen van de voorste lens zodanig dat het licht er niet doorheen zou komen. Toen we zover waren, masseerden we de nieuwe verrekijker met vers saffraansap. Zo hadden we een eigen, goudbruinkleurige telescoop.

Shamloo moest van geluk meteen een sigaretje oproken.

We konden niet wachten om meteen die avond het dak op te gaan, maar we deden het niet. We stelden het nog een paar nachten uit, om het plezier van het maken van de telescoop nog langer te beleven.

We lieten de telescoop dus in een oude telescoopdoos met een donkergroene satijnen stof liggen en zetten die doos op een tafel met de deksel open, zodat we ernaar konden kijken.

Als we dineerden, praatten we er zachtjes over, alsof het een geheim was, een geheim dat we met niemand konden delen. Maar Shamloo bevrijdde ons en zei een gedicht op waar hij momenteel aan werkte:

Ik had een geheim
en ik vertelde het aan de stille bergen.

Ik had een geheim
en ik vertelde het aan
een eenzame waterbron.

Op de lange weg naar jou vertelde ik het
aan een zwart paard.
Ook aan de stenen langs de weg.

Met mijn oude geheim kwam ik eindelijk aan
bij jou.
Je keek in mijn betraande ogen
en je las mijn geheim.

52

Om nog een dag over te slaan en niet met onze telescoop het dak op te klimmen, gingen we met de Ford bij mijn moeder langs zodat Shamloo haar kon groeten en ook de koe kon bewonderen. We vertrokken opzettelijk tegen de avond, om het verlangen het dak op te gaan te ontlopen.

Koeien zijn er altijd geweest, en volgens de oudste documenten die we in onze nationale archieven hebben, was er slechts één koe, of dé koe, die lange tijd als het enige levende schepsel op aarde rondliep.

De koe, of die koe, is nu nog overal in de ruïnes van onze oude paleizen te zien. Al die historische paleizen zijn verdwenen, maar die koe niet.

In de auto vertelde Shamloo dat die koe een deel van God in zich droeg, daarom is ze nog altijd overal stevig boven aan de pilaren van die ruïnes aanwezig.

Ter herinnering aan die koe zei Shamloo deze Yasna uit de Avesta op in de auto:

> Ahura Mazda, de Alwetende, gaf een deel van zichzelf aan de wind.
> De wind nam dat sacrale deel met zich mee

en hij gaf het aan de wolk.
De wolk liet dat goddelijke deel met de regen op de grond vallen.
Het gras nam het geheiligde deel met de regen op.
De koe at het gras op.
Dat sacrale deel mengde zich met de melk van de koe.
De mens dronk de melk.
Dat gewijde deel trad het lichaam van de mens binnen.
Ahura Mazda is aanwezig, zowel in het lijf van de koe als in het lichaam van de mens.

Mijn moeder zat op haar rots en breide de sjaal die ze al jaren voor mij breide, een sjaal waar geen einde aan kwam. Als je de sjaal nu uitrolde, bereikte hij het dorpsplein.

Toen ze de auto hoorde aankomen, verscheen ze voor de poort.

Die auto verborg een groot deel van de herinneringen die ze vergeten was, een soort oude herinneringen die altijd weten terug te keren.

Toen mijn moeder Shamloo in de auto zag, herkende ze hem meteen. Ze rechtte haar rug en lachte van geluk.

Ik hielp Shamloo met uitstappen. Hij liep met zijn wandelstok naar mijn moeder, hield haar hand vast en drukte er een kus op, waardoor mijn moeder nog blijer werd.

Ik ging naar binnen en zette de stoelen buiten.

Het schemerde en het weer was zacht en aangenaam. We zaten in de stoelen met uitzicht op het dorp.

Ik hoefde mijn gasten dus niet opnieuw aan mijn moeder voor te stellen, ze zei eerbiedig tegen de heren: ‘Het is een eer om jullie weer als gast in mijn huis te ontvangen.’

Mijn moeder had veel oude boeken gelezen en kende veel poëzie uit haar hoofd, maar ze was niet op de hoogte van moderne literatuur en had nooit een roman gelezen. Maar nu gedroeg ze zich alsof ze veel verstand van boeken en poëzie had.

Door de aanwezigheid van de oude kameraden in haar huis werden de tijden voor haar teruggedraaid. En ik begon een metamorfose te ondergaan in haar hoofd. Ze zag mij nog steeds niet als mezelf, maar nu als mijn vader. Ik werd dus mijn dove vader en mijn moeder begon in gebarentaal met me te praten, waardoor ik onverwachts een pijnlijk tafereel moest ondergaan. Een tafereel dat uit de hand liep.

We zaten daar te praten – ik was eigenlijk stil, het was Shamloo die met mijn moeder over vroeger sprak. Maar ik merkte dat mijn moeder te veel op mijn gedrag lette. Ze begon me telkens in gebarentaal te corrigeren: 'Ga goed zitten. Kijk niet zo alsof je dom bent.'

Ik glimlachte en ging beter zitten.

'Smak niet zo luidruchtig met dat suikerklontje in je mond,' gebaarde ze verder.

Ik slikte het suikerklontje door en veegde mijn mond af, maar ik begon geleidelijk aan te voelen dat ze op mijn zenuwen ging werken. Er rees een onbekend gevoel van angst in me op.

Mijn vader had geen vrienden gehad en in mijn moeders familie waren de mannen voornamelijk automonteurs, chauffeurs en bedrijfsarbeiders die meer met de grond onder hun voeten bezig waren dan met literatuur en sterren. Daarom nodigde mijn moeder altijd de kameraden van mijn grootvader thuis uit voor het eten, zodat haar kinderen met belangrijke mensen in aanraking kwamen. Ze had zelfs een van onze kamers als gastenkamer ingericht met een mooi Perzisch tapijt van twaalf vierkante meter op de grond, een lange eettafel, mooie gordijnen, boeken in de nis, porseleinen borden en kommen en wijnglazen. Een speciale kamer waar we niet naar binnen mochten, omdat die alleen voor bezoek bedoeld was.

Mijn dove vader was dus een soort minpunt voor haar in de

aanwezigheid van kameraden van mijn grootvader. Op zulke avonden stuurde ze mijn vader nadrukkelijk naar het bad en vroeg ze hem om zijn zondagspak aan te doen, om op die manier zijn zogenaamde intellectuele gebrek te compenseren.

Maar ze wist altijd toch nog een lelijke opmerking te maken. Ze gebaarde bijvoorbeeld: 'Waarom heb je jezelf niet geschoren? Zie je niet dat ik hoog bezoek heb, en jij loopt als een bedelaar rond.'

Mijn vader glimlachte dan en ging zich scheren. Ik als kind zag en hoorde alles, waardoor woede bij mij oprees.

De manier waarop mijn moeder me nu behandelde in het bijzijn van Shamloo en Kimiai was precies dezelfde manier waarop ze mijn vader behandelde tijdens de aanwezigheid van de gasten.

'Zet je handen niet zo op de tafel,' gebaarde nu mijn moeder naar mij. 'Ga de theepot halen.'

Ik stond glimlachend op, ging naar binnen en haalde de theepot.

Door haar lelijke gedrag was ik nu mijn vader geworden, of juist de jongen die die scènes observeerde. En opeens herinnerde ik me een pijnlijk moment waarvan ik dacht dat ik het voorgoed vergeten was.

Op een avond toen ik de woonkamer binnenliep, zag ik dat mijn moeder met beide handen tegen het hoofd van mijn vader sloeg en riep: 'Wat moet ik nou met jou? Een leven lang met een dove!'

Mijn vader wierp mij een blik toe, een blik met betraande ogen. Ik kookte van woede.

'Ga naar binnen, haal wat eten en zet het op tafel,' gebaarde mijn moeder nu weer in de aanwezigheid van Shamloo en Kimiai.

'Dat hoeft niet,' gebaarde ik geïrriteerd terug, als plaatsvervanger van mijn vader. En ik gebaarde zelfs: 'Hou op! En gedraag je! Je moet me niet verder kleineren om jezelf groot te maken.'

Ze stond op, liep naar de woonkamer en vroeg me gebarend om mee naar binnen te komen.

Ik, als mijn vader, liep haar achterna. Ik stond nog niet in de woonkamer toen ze opeens met haar wandelstok tegen mijn hoofd sloeg en woest gebaarde: 'Hoe durf je zo tegen mij te praten?'

Ik raakte mijn controle kwijt, ik was mezelf niet, ik werd mijn vader die allang gestorven was, of juist niet, ik werd de zoon van mijn vader. Opeens pakte ik mijn moeder bij haar kraag. Ik zette haar tegen de muur, drukte haar wandelstok onder haar kin en riep: 'Nooit meer! Nooit meer mijn vader slaan! Trut!'

Ik liet haar los, verliet de woonkamer en riep met een trillende stem: 'Laten we naar de bodem van de vallei gaan om de koe te bewonderen.'

53

We konden het niet langer vertragen.

Het was laat in de avond. Ik wachtte nog even tot de maan tevoorschijn kwam, maar de maan kwam juist op die avond niet opdagen, alsof ze de schoonheid van de planeet Anahita, oftewel Venus, niet kon uitstaan. Want de planeet stond aan de rechterkant van de Damavand en schitterde mooier dan ooit.

Ik pakte een opgerold tapijt en klom het dak op. Het was een speciaal tapijt dat ooit door een paar meisjes van de familie is gemaakt. De datum stond erin geknoopt, het tapijt was van zo'n zevenhonderd jaar geleden.

Midden op het tapijt is een grote koe met hoorns afgebeeld, een weergave van het sterrenbeeld Stier, met zeven sterren en planeten als motieven eromheen.

Ik rolde het tapijt uit op het dak en legde er een paar kussens bij. Ik ging nog twee keer naar beneden en nam het komfoor met vers vuur, de theepot en de telescoopstandaard mee naar boven.

Eerst klom Shamloo met zijn wandelstok de trap op, gevolgd door Kimiai. En toen was ik aan de beurt, ik pakte de kist van de telescoop en ging naar boven.

Ik was er op dat moment van overtuigd dat ook Galileo Galilei het moment van het observeren van het heelal door zijn ambachtelijke telescoop had vertraagd, want dan heb je alles nog onder controle. Zodra je je telescoop naar de hemel richt, neemt hij de macht over.

Mijn geduld raakte toch op. Ik dronk de laatste slok van mijn thee op en zette het glaasje terug op het messing blad. Ik haalde de telescoop als een daad van gebed uit de kist en plaatste hem op de standaard. Uiteindelijk richtte ik de telescoop op Anahita en bleef een minuut lang in eerbiedige stilte naar haar kijken.

Dit was de eerste stap van mijn zoektocht naar het eerste licht, naar God misschien, of naar iets, wat het ook zou mogen zijn.

Het bleek toevallig een goede keuze om met Anahita te beginnen.

Want Anahita of Venus behoorde tot ons familieritueel, omdat ze zo dicht bij ons huis in de lucht hing. Ze was onze ochtendster en bleef altijd tot in de vroege morgen schitteren, tot de zon van achter de Damavand opkwam.

Anahita hing niet alleen voor ons in de lucht; ze werd in de tijden waarin we veel goden hadden als godin aanbeden.

Ze beschermt nog altijd de wateren op de aarde.

Ook waakt ze over alle vrouwen op de aarde.

De geestelijken willen niets van haar weten, ze hebben haar naam en haar afbeeldingen uit alle schoolboeken geschrapt. Maar ze trekt dagelijks ten strijde tegen die kwade geesten.

Ik zoomde nu in op Anahita en ik wilde zo graag de hoogste berg van die planeet zien, die twee à drie keer groter en hoger was dan onze eigen Damavand. Ik wist dat het onmogelijk was om die berg te zien, maar ik hoopte dat nu ik hem zocht, hij zich toch zou tonen, net als de paddenstoel die zich aan Shamloo toonde. Maar zoals te verwachten, zag alles er vaag uit.

'Alles is duister daar!' riep ik naar Kimiai. 'Misschien is er een tornado?'

'Een tornado denk ik niet, dat kan niet volgens mij,' zei hij. 'Maar het zal zeker een wervelwind zijn.'

Alles wat we wilden zien, alles wat we ook de komende nachten nog zouden zien, stond uitgebreid beschreven op de website van de Amerikaanse NASA en overal op internet en iedereen mocht het gratis bekijken. Maar wij wilden ons eigen pad belopen.

Ik was even ontredderd door wat ik niet gezien had, ging naar beneden en haalde wat lekkernijen voor mijn gasten.

Ik bood Shamloo een glaasje thee aan, waarmee hij op de rand van het dak stond, richting de stad keek en rookte.

Hij was toch nog met de stad bezig, met de gebeurtenissen op de planeet aarde. Hij worstelde met een gedicht in zijn hoofd:

> Anahita!
> Geef me
> een dolk van de diamanten van de sterren
> zodat ik stand kan houden tegen al deze terreur.

Maar de rest van het gedicht wilde zich nog niet geven en Shamloo kwam niet verder dan die eerste strofe.

Kimiai had een van de oude Galilei-telescopen mee naar boven genomen, en wachtend op zijn beurt observeerde hij met die antieke telescoop de hemelen.

Ik ging toch weer achter mijn telescoop staan en keek naar Anahita.

Nu zag ik massa's van rode en gele kleuren en schaduwen op de planeet voorbijtrekken. Het moest wel vuur zijn, het kon best een vulkaan zijn, zelfs van die hoogste berg die ik zo graag wilde zien maar die zich niet aan mij toonde.

Opgetogen riep ik naar Shamloo: 'Kom eens kijken naar wat Galileo Galilei niet gezien heeft!'

Maar hij hoorde me niet, hij was in zijn hoofd met zijn gedicht bezig.

Ik riep naar Kimiai: 'Kom eens kijken!'

Maar hij riep: 'Wacht! Wacht eens even.'

'Nee, niet wachten, kom kijken, de vulkanen barsten uit!' riep ik.

'Ik ben bezig, Jupiter!' riep Kimiai terug.

'Wat is er met Jupiter?'

'Hij komt eraan,' riep hij gejaagd.

Ik durfde de loop van de telescoop niet te draaien om naar Jupiter te kijken. Daarom liep ik naar Kimiai. Ik pakte zijn Galilei-telescoop en keek erdoorheen.

Met zo'n telescoop kon je, net als Galilei, eigenlijk alleen vier vage manen van Jupiter zien.

Maar nu waren die vier manen opvallend groot zichtbaar.

Verbaasd keek ik Kimiai aan.

'Hij nadert de aarde,' zei hij.

Jupiter, de grootste planeet in ons zonnestelsel, en de zon bevonden zich op dat moment aan de tegenovergestelde zijdes van de aarde. Dat betekende dat de planeet na jaren weer helder en erg dicht bij de aarde zou passeren.

Ik liep snel terug naar onze eigen telescoop en richtte hem op Jupiter.

Ik schrok; de planeet kwam in al haar glorie naar het observatorium toe. En ik zag niet alleen de vier manen die Galilei gezien had, maar alle tientallen manen die eromheen cirkelden.

Van verbazing en verrassing kreeg ik het er even benauwd van.

Het was een waarheid als een koe dat Jupiter zo veel manen had, maar nu ik ze met mijn eigen telescoop zag, was het mijn eigen gecreëerde waarheid geworden.

Nog altijd bezig met het observeren van de planeet, hoorde ik stemmen beneden. Ik keek naar de poort en onderscheidde de heelmeester. Ik vreesde dat er iets met mijn moeder gebeurd was.

'Goedenavond, heelmeester! Is er iets gebeurd?' riep ik.

'Jupiter schittert helderder dan ooit,' riep hij terug. 'De dorpelingen hebben over jullie nieuwe telescoop gehoord. Ze willen Jupiter met jullie telescoop zien.'

Ik was het vergeten, het was een traditie van het observatorium. Als er iets bijzonders in de hemel plaatsvond, als bijvoorbeeld een planeet dicht bij de aarde kwam of als er een zonsverduistering was, kwamen de dorpelingen met een ladder om het hemelse spektakel met onze telescopen te observeren.

Wij hadden het over het hoofd gezien, maar de dorpelingen hadden waarschijnlijk via hun kinderen, door de sociale media, gehoord dat Jupiter straks dicht bij de aarde kwam.

Ik hoorde nu meer mensen. Toen ik beter keek, zag ik een lange rij van mensen die naar het observatorium klommen, zo'n lange rij dat de mensen achteraan nog in het dorp stonden.

'Een oneindige rij van mensen!' riep ik naar Kimiai. 'Pak je camera!'

Ik ging meteen naar beneden en haalde alle Galilei-telescopen naar boven die we in de kisten in de werkplaats hadden.

De tijden zijn niet veranderd, we beleefden nu dezelfde spanning als de spanning van Galilei toen hij voor het eerst de vier manen van Jupiter met zijn telescoop zag.

De bergbewoners uit de omgeving stonden nu in een lange rij

om diezelfde manen van dichtbij te bewonderen.

Er werden ladders tegen de muur van het observatorium gezet. De heelmeester liet de mensen in groepen beurtelings naar boven komen. Ik overhandigde ze elk een telescoop.

De vreugde onder de dorpelingen was enorm. Ze observeerden de planeet en keken elkaar verwonderd aan.

Er was geen tijd voor een gesprek, de ene groep ging naar beneden en de andere groep kwam naar boven, man en vrouw, in stilte als een daad van gebed.

We ontvingen de dorpelingen tot de vroege morgen op het dak, tot het moment dat de zon van achter de Damavand opkwam en Jupiter verdween.

54

Shamloo wist zijn gedicht uiteindelijk op papier te krijgen.
Dit is het geworden:

Het is nacht!
En de nacht is
rijk van schaduwen.

En ook
van terreur.

Anahita!
Geef me
een dolk van de diamanten van de sterren
zodat ik stand kan houden tegen al die terreur.

En
vertel dit geheim aan het hemelgewelf
dat ik
met jouw ogen
niet langer
de diamanten van de sterren nodig heb.

Ik ben bevoorrecht dat ik dit gedicht in mijn verhaal mag opnemen.

Ik ben bevoorrecht, en zonder dat ik het doorhad was alles zo geregeld dat ik de kans kreeg om bevoorrecht te zijn. Ik was zo met alles bezig, ik was zo met het leven bezig en ik leefde zo met volle teugen, dat ik niet doorhad dat dat alles niet vanzelfsprekend was.

Ik had te maken met een van de lelijkste regimes op de aarde, maar ze hadden me met rust gelaten hier in de bergen. Toch hadden ze me niet zomaar met rust gelaten, en dat had ik niet eerder door. Ik werd beschermd door de dorpelingen, door de heelmeester en door de machtige aanwezigheid van twee legendarische persoonlijkheden in het observatorium. Ook werd ik beschermd door de velden, en door de geest van de koe. De geestelijken durfden niet aan Shamloo en Kimiai te komen, en ze durfden ook door de dorpelingen niet aan ons te komen.

Dit gezegd hebbende, maak ik me gereed voor nog iets anders wat me heeft beschermd: de geest van de tijd. En de tijd is zover. Het is oogsttijd. En dat betekent voor mij de terugkeer van de voorbije jaren: dezelfde goudbruinkleurige saffraanvelden, dezelfde meisjes, dezelfde huifkar en paarden van de heelmeester en bijna dezelfde moeder, die nu met een wandelstok orders uitdeelde.

Saffraan is niet alleen een geurig, kostbaar kruid, het draagt iets in zich van de elementen waarvan de sterren zijn gemaakt. Dit geurige kruid groeide ooit in de velden aan de andere kant van het hemelgewelf, ongetwijfeld in de eigen persoonlijke tuin van God.

Het is niet toevallig dat Cleopatra eigenhandig een handvol saffraan in het water strooide als ze baadde. Het was niet voor niets dat ze haar borsten en haar buik met saffraan masseerde. Ze wist dat dat goddelijke kruid haar liefdesspel verdiepte en haar meer plezier en genot gaf.

De oude Romeinen wisten alles al, daarom schonken ze kommen vol saffraan aan hun goden.

De Romeinen strooiden dit heerlijke kruid over de wegen naar het paleis wanneer keizer Nero Rome te paard binnenkwam.

En de Groot-Perzische koning Cyrus liet tijdens de oorlogen zakken vol saffraan voor zijn leger meenemen.

Alexander de Grote volgde de methode van de Perzische koning.

En koning Salomo nam het achtenswaardige saffraan op in zijn lied der liederen:

> Uw lippen zijn als een scharlaken snoer en uw spraak is liefelijk.
> De slaap uws hoofds is als een stuk van een granaatappel tussen uw vlechten.
> Uw lippen, o bruid! Druppen van honingzeem; honing en melk is onder uw tong.
> En de reuk uwer klederen is als de reuk van een tuin vol saffraan.

Zo plukte nu een groep van de dorpsmeisjes in hun geestelijke kleren de saffraanstempels, waardoor hun handen allemaal de kleur van de saffraan hadden gekregen. Ze waren blij en hun ouders waren ook blij, want hun grootmoeders vertelden altijd over de saffraanoogst in de velden rondom het observatorium, maar het had een vergeten, verloren ritueel geleken.

Een week lang waren we allemaal bezig met de oogst. Ismaël regelde alles en mijn moeder liep langs de velden en waarschuwde de meisjes om de stempels voorzichtig te plukken zodat ze niet braken.

De moeder van Ismaël liep met een theepot rond en gaf iedereen een glaasje thee.

Kimiai legde zijn camera aan de kant en hielp de heelmeester en Shamloo om de gevulde manden met saffraan in de huifkar te tillen. En ikzelf had de taak van mijn grootvader overgenomen. Ik liep bij iedereen langs en hield een kort gesprekje met de meisjes, vroeg hoe ze heetten, wie hun grootmoeder was, hoe het op school ging en wat ze later wilden worden.

Op de laatste dag, toen de oogst voltooid was, kreeg elk meisje een zakje saffraan als beloning. Een hoeveelheid saffraan waarmee ze, als ze het in het dorp verkochten, zeker de nieuwste mobiele telefoon konden aanschaffen.

Blij en gelukkig gingen ze terug naar huis. En de heelmeester reed met de saffraanmanden naar de stad, om met een zak vol geldbiljetten terug te keren.

Alles had ik verwacht, behalve een katoenen zak vol nieuwe geldbiljetten met een afbeelding van de grote geestelijke erop.

En toen was de tijd daar om de Galilei-fase van het observatorium achter ons te laten. Op naar een volgende telescoop.

55

In de zestiende eeuw had Copernicus zijn revolutionaire model rondom de zon gepresenteerd: niet de aarde, maar de zon is het middelpunt van het zonnestelsel.

Zo'n vierhonderdvijftig jaar later kocht ik een oude ingelijste kleurenafdruk van een houtsnede van hem in een tweedehandswinkel in ons dorp en hing die aan de muur van mijn kamer: Copernicus met zijn gouden heliocentrische model in zijn linkerhand en een ijzeren passer in zijn rechterhand.

De manier waarop hij met een rechte rug achter zijn bureau zat, zijn goudkleurige ronde zonnestelselmodel in zijn hand vasthield en trots in de lens van de camera keek (hoewel er in die tijd geen sprake van een camera was) is in mijn geheugen gegrift.

Om zijn rebelse theorie daadwerkelijk te kunnen toetsen, moest men nog zo'n honderd jaar wachten tot de kinderen van Hans Lipperhey al spelende met twee kapotte lenzen de kerktoren, die ver weg van de brillenwinkel van hun vader stond, de winkel in brachten.

Galilei hoorde de goede tijding, nam de lenzen van Hans Lipperhey over en maakte er een eigen telescoop van. En hij begon delen van de hemelse geheimen te ontcijferen.

Nu waren wij aan de beurt om achter de rest van de geheimen te komen. Wij, een ontheemde schrijver, een groot filmmaker en een geëerd nationaal dichter.

Ik dacht dus na over hoe ik de volgende telescoop kon maken.

Maar een pijnlijke gedachte drong zich steeds sterker aan me op en hield me bezig.

Al die jaren waarin ik verlangde om terug naar huis te gaan, had ik een duidelijk beeld in mijn hoofd over die terugkeer, iets wat iedereen heeft die niet naar huis terug mag.

Ik had in boeken gelezen, en gehoord, hoe het met anderen was gegaan toen ze na jaren van verlangen waren teruggekeerd.

De Chilenen die tijdens de coup van Pinochet waren gevlucht en decennia later na zijn dood halsoverkop terug naar huis waren gegaan, waren allemaal teleurgesteld. Hun fantasiewereld, waarin ze hun thuis verheerlijkten, was aan diggelen gevallen. Ze hadden de pijn, het verdriet en de onderdrukking tijdens het regime van Pinochet niet meegemaakt. Daarom werden ze niet opgenomen in de samenleving.

De Tsjechische schrijver Milan Kundera had hetzelfde proces meegemaakt. Toen hij na decennialang wonen in Parijs terugkeerde, werd hij ook niet opgenomen in Praag. Hij was terug naar huis gegaan, maar er was geen huis meer voor hem.

Hij was net als die Chilenen besmet geraakt met het virus van te lang weg zijn van thuis. Daarom nam men afstand van hem en keerde hij verdrietig terug naar Parijs. Maar op zoek naar een nieuw huis veranderde hij zijn schrijftaal en begon hij in het Frans te schrijven.

De Hollandse dichter Slauerhoff heeft het compact verwoord:

Alleen in mijn gedichten kan ik wonen
Nooit vond ik ergens anders onderdak.

Ik heb van de ervaringen van de Chilenen en van Kundera geleerd. Daarom heb ik zelf eerder afstand genomen van anderen, voordat zij afstand van mij zouden nemen.

Misschien hebben de saffraanvelden me daarom zoveel gegeven.

Met pijn in mijn hart had ik, sinds ik in het observatorium verbleef, opzettelijk drie personen niet laten weten dat ik terug ben. Dat waren twee van mijn zussen en een van mijn schoonbroers, respectievelijk Mahboeb, Marzi en Bolfazl.

Mahboeb was zeventien toen ze gearresteerd werd, alleen vanwege een paar boeken die ze in haar bezit had. Omdat ze in de gevangenis niet wilde bidden, zelfs niet onder dwang van de geestelijken, werd ze zeven jaar vastgehouden.

Mijn andere zus, Marzi, was niet zelf in de gevangenis beland, maar haar man wel. Hij heette Bolfazl en hij was dertien jaar gevangengenomen in de beruchte gevangenis van Ewin, hij was in contact geweest met een ondergrondse verzetsbeweging tegen de geestelijken. Toen hij vrijkwam, was er niets meer van zijn waardigheid overgebleven. Ze hadden hem psychisch kapotgemaakt.

Hij durfde hun huis niet te verlaten. Hij durfde zijn dochter niet te omarmen, bang dat ze met de ziektes van de gevangenis besmet zou raken. Hij durfde jarenlang zonder begeleiding van mijn zus nergens naartoe te gaan, bang voor de hele wereld. Zijn pijn was mijn pijn, zijn angsten waren mijn angsten en ik kon niets voor hem doen. Het deed me extra pijn dat ik ze in al die jaren niet kon bijstaan en dat ik vrij rondliep zonder enkele belemmering. Hoewel ik daar dankbaar voor was, had ik me om die reden nooit gelukkig en thuis gevoeld.

Nu ik terug was wilde ik ze wel zien, maar ik was bang om ze in gevaar te brengen.

Toch stuurde ik Ismaël naar Teheran om mijn groeten aan hen over te brengen. En ik nodigde ze uit om een avond naar het observatorium te komen. Ik liet het aan hen over of ze wilden langskomen of niet.

Maar ze namen de allerlaatste trein en ze kwamen. De heelmeester haalde ze diep in de nacht op.

Ik stond op het dak, samen met Shamloo en Kimiai, toen de huifkar van de heelmeester naar het observatorium reed.

Toen ze het gebouw bereikten, ging ik snel naar beneden en maakte de poort open.

In die nacht vol sterren reed de huifkar naar de binnenplaats. Eerst stapte Mahboeb uit, mijn jongste zus, die nu een vrouw met grijze haren was geworden.

Ik bleef op afstand naar haar kijken, ze was mijn pijn en vreugde. Ik was haar oude broer, maar ik had haar tijdens al die jaren nooit kunnen helpen.

Ik zette een stap naar haar toe, raakte haar grijze haren aan en omarmde haar. En ik lachte van geluk.

Daarna stapte mijn schoonbroer Bolfazl uit de huifkar. Gebroken liep hij naar me toe. De laatste keer dat ik hem gezien had, was hij een jonge, energieke, goedlachse man. Ik omarmde hem en ik huilde en ik huilde.

Shamloo en Kimiai stonden op het dak. Ze waren getuige van mijn geluk en verdriet. Maar Bolfazl fluisterde in mijn oor: 'Niet huilen! Ik ga niet dood tot het afgelopen is met deze nachtmerrie.'

Ik omarmde mijn andere zus Marzi en ik lachte.

Voor hun eigen veiligheid wilde ik niet dat ze te lang bij mij zouden blijven; ze zouden bij mijn moeder gaan logeren. Ik ging snel naar de woonkamer, haalde een katoenen zak vol saffraan die ik voor hen apart had gelegd en ook het geld, de zak vol geldbiljetten.

Ik stopte het geld in de handen van mijn jongste zus en zei: 'De saffraan is voor de hele familie, maar het geld is voor jullie, jullie drieën.'

Ik nam ze weer stevig in mijn armen, kuste ze en zwaaide ze uit.

En toen kon ik de schets die ik gemaakt had van de volgende telescoop met Kimiai bespreken.

56

Elke avond gingen we op het dak zitten en wisselden we van gedachten over de nieuwe telescoop die we wilden maken.

Ik bestudeerde de astronomieboeken die we thuis hadden en volgde het proces van de ontwikkeling van de lenzen. Ik kwam erachter dat de verrekijker van Galilei een mankement had: hij had de vier manen van Jupiter gezien, maar vaag en krom.

Om die kromming te ontwijken, kwam ik uit bij Sir Isaac Newton (1643-1727).

Newton had de bolle lens uit het uiteinde van de Galilei-telescoop weggehaald. Vervolgens had hij in plaats van de holle lens van Galilei aan het begin van de buis, een vergrotende holle spiegel geplaatst.

In die holle spiegel zat een gat, door dat gat keek je naar een veel kleiner spiegeltje achter in de buis.

Als we nu met zo'n telescoop naar Jupiter keken, viel het licht van Jupiter op de grote holle spiegel, die grote spiegel weerkaatste het licht naar het kleine spiegeltje. Het kleine spiegeltje stuurde het licht verder door naar het oog. En zo zag je een grote Jupiter.

Op die manier kon je bijvoorbeeld de vier manen van Jupiter

levensecht zien, de manen die zowel Galilei als mijn voorvaderen wazig en krom hadden gezien.

Inmiddels waren de avonden zachter en aangenamer geworden. We aten volgens de traditie op het dak. Laatst, tijdens ons diner, besloten we om met de kennis van nu een verbeterde versie van de spiegeltelescoop van Isaac Newton te gaan maken. Maar aan het einde van de avond, toen we nog op het dak waren, vond er een spektakel in de hemel plaats waardoor ons besluit werd vertraagd.

Ik was bezig om de spullen naar beneden te brengen toen er opeens twee meteorieten ter aarde stortten. Ik riep: 'Kijk, de sterren vallen!'

Maar we waren te laat en konden ze niet op tijd observeren met een telescoop. Ze kwamen ver van ons vandaan neer, ergens aan de zuidelijke kant van de Damavand.

Er vielen altijd meteorieten in de bergen in de omgeving van het observatorium. Hier in de woonkamer staat een aantal stenen geëtaleerd: een ervan is zo zwart als onyx, een andere heeft een scherpe zilveren zijde en nog een andere heeft een ader van goud. In de werkplaats staat een oude kist waarin soortgelijke stenen zijn bewaard, allemaal meteorieten of gevallen sterren die mijn voorvaderen door de eeuwen heen hebben verzameld.

De volgende avond besloten we eerder het dak op te gaan om de hemel goed in de gaten te houden, want we waren alle drie doorleefde mannen en we wisten hoe het leven min of meer in elkaar zat. Onze oude cultuur had ons genoeg wijsheid meegegeven: 'Waar je ook aan denkt, het wordt gerealiseerd.' Ik was ervan overtuigd dat het leven ons zou belonen voor de pogingen die we deden om ons een pad naar de rand van het hemelgewelf te banen. Vanwege mijn onwrikbare geloof in deze waarheden, gebeurde plotseling iets wat we al verwachtten: ik was het tapijt aan het uitrollen toen er opeens een regen van sterren over de Damavand viel.

Even later verscheen een nog fellere meteorietenregen in de hemel.

'O kijk, deze komt onze kant op!' riep ik.

Het licht werd fel en kwam zodanig op ons af dat we dachten dat de vallende sterren op het dak van het observatorium zouden vallen en alles in brand zouden steken. Maar ze vielen vlak bij de spelonk van Zarathustra neer.

We gingen meteen van het dak af om te gaan kijken wat de hemel ons als beloning gestuurd had.

Ik kon goed klimmen, Kimiai redde zich ook wel, alleen Shamloo klom met zijn wandelstok in zijn hand. Maar we hadden geen haast, want het was ongewoon en plezierig om zo laat in de avond te klimmen. De maan hing groot boven ons hoofd en we hadden het gevoel dat we langs de rotsen van een berg op die maan klommen.

Met onze snelheid duurde het een halfuurtje tot we bij Zarathustra's spelonk konden komen, waar ik laatst een mand van voedsel en water had neergezet, net zoals eerder bij het observatorium.

Toen we vlak bij de spelonk waren, konden we het rookspoor van de meteorietenregen duidelijker zien. Toen ik ging kijken waar de meteorieten gevallen waren, zag ik opeens een persoon op de grond liggen, precies naast de plek waar ik de mand had neergezet.

'Volgens mij ligt daar iemand op de grond!' zei ik.

Ik liep stil naar de persoon toe.

'Een vrouw,' zei ik tegen Kimiai die achter me stond.

Ze lag weerloos languit op haar buik.

'Mevrouw!' riep ik voorzichtig. Maar ze reageerde niet.

Ik knielde naast haar, raakte zachtjes haar rug aan: 'Mevrouw!'

Ze reageerde weer niet.

Ik draaide haar om en luisterde: 'Ze ademt.'

Ik schudde haar een paar keer zachtjes door elkaar, maar ze werd niet wakker.

'Waarschijnlijk geraakt door die vallende ster,' zei Kimiai en hij wees naar een steen die naast de vrouw lag. Hij knielde naast haar en kneep een paar keer in haar hand, maar ze reageerde niet.

'We moeten de heelmeester waarschuwen! Ik ga mijn paard halen,' zei ik. Ik daalde snel af naar het observatorium en kwam terug met het paard. We tilden de vrouw met z'n drieën op en legden haar op haar buik in het zadel. Shamloo pakte de gevallen meteoriet, die nog heet was, met een doek en we keerden voorzichtig terug.

In het observatorium legde ik haar in het bed van de laatste lege logeerkamer en ik reed snel weer weg om de heelmeester te halen.

Hoewel het laat in de avond was, brandde het licht nog achter zijn raam.

Ik klopte aan en toen hij de deur opende, vertelde ik hem wat er gebeurd was.

Hij pakte zijn dokterstas en we reden snel te paard naar het observatorium.

Ik leidde de heelmeester naar de logeerkamer. Hij wierp een blik op haar, voelde haar voorhoofd en haar wangen. Hij controleerde haar ogen, nam haar pols op, luisterde met zijn oude hoorbuis naar haar hart en zei: 'Zo te zien alles in orde.'

Met zijn zaklantaarn onderzocht hij nauwkeurig haar hoofd.

'Blauwe plekken,' zei hij. 'Of ze is geslagen, of gevallen.'

Hij schudde haar een paar keer bij haar schouders en zei: 'Mevrouw! Mevrouw! Wakker worden!'

Maar ze reageerde niet.

'Geef me wat koud water,' zei hij tegen mij.

Ik haalde een schaal koud water en overhandigde die hem.

Hij stopte zijn hand in het water en gooide overdreven veel over haar gezicht. De vrouw vertoonde een schrikreactie en haar oogleden trilden even.

'Mevrouw, je bent veilig. Open je ogen!' zei de heelmeester.

Haar oogleden trilden nu wat langer en ze deed voorzichtig haar ogen open.

Samen met de heelmeester trokken we haar omhoog en we lieten haar rechtop in het bed zitten.

'Ik ben een arts. Je bent veilig. Ontspan je,' zei de heelmeester.

Ze wierp een blik op ons.

'Het zijn goede mensen,' zei de heelmeester met een glimlach.

Shamloo zei: 'Ze is niet zomaar een vrouw. Ze is een godin, de godin Anahita! Met de vallende sterren naar de aarde gekomen.'

De heelmeester maakte de knoopjes van haar overhemd los bij haar kraag, zodat ze beter kon ademen. Hij gaf haar een slokje water en zei: 'Even een test doen. Kun je je naam zeggen?'

De vrouw keek hem met vragende ogen aan en antwoordde niet.

'Weet je waar je vandaan komt?'

Geen reactie.

'Ik denk dat ze me wel hoort, maar dat ze nog moet bijkomen van de klap,' zei de heelmeester.

Hij gaf haar een stukje brood en zei: 'Probeer dit op te eten.'

Ze stopte het brood in haar mond en at het rustig op.

'Dat is een goed teken. Nu uitrusten,' zei de heelmeester.

Hij stopte zijn spullen in zijn dokterstas, wenste ons een goede nachtrust en ging ervandoor.

Ik trok de deur van haar kamer zachtjes dicht zodat ze kon uitrusten.

57

De volgende dag liep ik wat later in de ochtend naar de logeerkamer waar de vrouw sliep. Ik klopte zachtjes op haar deur en vroeg of ik mocht binnenkomen. Er kwam geen reactie, ik klopte nog een keer. Toen ik weer niets hoorde, deed ik de deur zachtjes open en keek ik door de kier naar binnen.

Ze stond bij het raam met haar gezicht naar de zon, alsof ze de zon aanbad.

Shamloo had gelijk. Ze leek helemaal niet op de vrouwen van de bergen en de vrouwen die we kenden. Ze had lange haren die de kleur van de zonnestralen hadden, en een houding die me aan de mythische vrouwen in de klassieke verhalen deed denken.

Ik riep: 'Goedemorgen!'

Ze keek niet om. Ik dacht dat ze me hoorde, maar blijkbaar niet.

Ik tikte met mijn rechtervoet op de grond. Door de trilling van de vloer keek ze om. En ze zag me.

'Alles goed?' riep ik.

Ze keek me vragend aan.

Nee, ze hoorde me niet.

'Goed kunnen slapen?' zei ik, gecombineerd met onze familiegebarentaal.

Ze glimlachte.

Mijn hart bonsde van geluk.

Ik gebaarde: 'Heb je nog ergens pijn?'

Ze voelde aan haar achterhoofd en gebaarde terug: 'Een beetje, maar niet erg.'

Ik gebaarde: 'Kan je je herinneren wat er met je gebeurd is?'

Ze keek me weer vragend aan.

Dat was een ingewikkelde vraag voor iemand die je gebaren niet helemaal begreep.

Ik sloeg die vraag dus maar over en wilde me aan haar voorstellen, en ook vragen hoe zij heette, maar dat was nog ingewikkelder dan mijn vorige vraag.

Want hoe kon ik met gebaren vertellen wat mijn naam was, en hoe kon ze haar naam in gebarentaal tonen?

Je kunt een boom, een huis, een berg, een auto of de zon in gebaren aangeven, maar een naam, je naam niet. Daarom heeft een persoon die doof is normaal gesproken twee namen: een naam die door de ouders is gegeven en een naam in gebarentaal die diegene visueel duidelijk identificeert.

Mijn jongste zus bijvoorbeeld: ze heet officieel Mahboeb, maar in de gebarentaal van mijn vader heette ze Goudklokje. Mijn vader was altijd bang dat zijn kinderen doof geboren zouden worden. Toen mijn zus geboren was, schudde mijn vader een goudklokje naast haar oor. De baby opende haar ogen, ze was dus niet doof. Mijn vader lachte zo hard van geluk dat de baby schrok en huilde. Sindsdien werd ze Goudklokje genoemd. Als mijn vader een klokjesgebaar maakte, wisten we dat hij Mahboeb bedoelde.

In de verschillende levensfases gaf mijn vader ons een andere naam. De laatste naam die hij mij gegeven had, was: 'De man die een pistool onder zijn riem droeg.'

Hij had per ongeluk het pistool onder mijn riem gevoeld toen ik hem de laatste keer in mijn armen nam, als een stil afscheid voor altijd.

Het was dus onbegonnen werk om me in gebaren aan die vrouw te introduceren, en voor haar al helemaal.

Ik dacht dus even na over hoe ik mijn volgende vraag aan haar kon stellen.

De vrouw zou ongetwijfeld terug naar huis willen gaan, of naar welke plek dan ook. En als dat zo was, kon ik haar best helpen.

Ik vroeg deze vraag in een duidelijk gebaar: 'Wil je weg?'

Tot mijn verrassing gebaarde ze: 'Waarnaartoe?'

Ik lachte. Om mezelf, of om de situatie waarin ik terechtgekomen was. Ik moest geduld hebben, een beetje ruimte aan haar geven en ook ruimte aan mezelf. Ik schoof dus al mijn vragen aan de kant en stelde de juiste vraag: 'Heb je honger?' En ik stelde de vraag nog eenvoudiger: 'Wil je iets eten?'

Ze knikte.

'Eerst een bad, als je wilt,' zei ik. En ik maakte het nog duidelijker: 'Hoofd, en lichaam wassen.'

Ze glimlachte.

Er hing altijd al een lichtgroene jurk in de klerenkast. Die pakte ik, en ik overhandigde hem aan haar, samen met een baddoek, en gebaarde: 'Ga je mee?'

Ik maakte het bad voor haar klaar. 'En goed uitkijken als je uitstapt.'

Ik trok de deur dicht en ging kijken of Kimiai en Shamloo van hun ochtendwandeling terug waren.

Ik zag dat ze aan de rand van de vallei stonden te praten.

Ik liep naar hen toe en vertelde dat de vrouw blijkbaar doof is en dat ik in gebarentaal niet goed met haar kon communiceren.

'Breng haar in contact met de koe,' zei Shamloo. 'De koe is een kameraad van de mens. God schiep eerst de mens en daarna de koe. Ze staat altijd naast de mens. Het staat zo in de Avesta. Bovendien, in het hoofd van iedereen graast een koe.'

We zaten aan de ontbijttafel toen de vrouw in haar lichtgroene jurk in de deuropening van de woonkamer verscheen.

We stonden met z'n drieën op.

58

De afgelopen dagen zijn we bezig geweest om erachter te komen wie die vrouw was en waar ze vandaan kwam.

Ik kwam op het idee om een foto van haar in de krant te zetten om te kijken of iemand haar kende, maar zo simpel was het niet. Ze moest een hoofddoek omdoen en haar gezicht tot over haar wenkbrauwen bedekken, anders zouden de kranten haar foto niet plaatsen. De vraag was bovendien of ze dat wilde. En al zou ze het willen, ze zou niet herkenbaar zijn, en ze zou al helemaal niet zichzelf zijn.

Kimiai maakte een foto van haar zodat Ismaël die via zijn nieuwe telefoon op sociale media kon zetten. Maar het was een riskante onderneming, en we zagen ervan af.

Daarom reden de heelmeester en Ismaël ieder apart naar de theehuizen in de bergen en ze deelden het bericht vertrouwelijk onder de wijzen van de dorpen.

Deze acties waren niet toevallig en stonden niet op zichzelf, want een soortgelijke situatie had ik in mijn kindertijd meegemaakt.

Als ik me het goed herinner, was ik vier jaar oud en mijn vader kwam opeens niet meer thuis. Mijn moeder dacht dat hij bij onze kennissen achter de bergen op bezoek was gegaan, maar toen zijn afwezigheid lang duurde, waarschuwde ze mijn grootvader. Mijn grootvader ging bij alle buschauffeurs langs die naar de dorpen in de bergen reden, maar niemand had mijn vader met zijn bus meegenomen, en niemand had hem in die dorpen gezien.

Ik weet nog dat mijn moeder op de rots ging zitten waar ze nu elke avond alsnog op mij zit te wachten, en ze keek naar de weg of mijn vader kwam. Ze nam me op haar schoot en we keken samen naar de weg.

Maar mijn vader kwam niet.

Mijn grootvader besloot om een foto van hem in de krant te zetten: 'Deze man is vermist. Hij is doof. Heeft u hem ergens gezien, neem dan alstublieft contact op met onze saffraanfirma in de bazaar.'

Maar de foto van mijn vader was zwart-wit, stamde uit zijn jonge jaren en leek helemaal niet op hem.

De advertentie leverde dus niets op.

Maar zo'n anderhalve maand later verscheen mijn vader opeens op de weg.

Mijn moeder huilde van geluk: 'Waar was je?'

Mijn vader kon natuurlijk niet uitleggen waar hij was geweest. Maar hij was uit nieuwsgierigheid voor het eerst in zijn leven in een trein gestapt die dwars door het land reed en hij was ergens willekeurig onderweg uitgestapt. Hij stapte weer in een andere trein om terug te keren, maar die trein ging totaal ergens anders naartoe. Mijn vader kon nu niet meer terug naar huis en hij kon niet uitleggen wie hij was en waar hij vandaan kwam.

Op een dag kwam hij per ongeluk een handelaar uit onze eigen stad op straat tegen. Hij pakte de handelaar vast bij zijn arm en gebaarde: 'Ik! Terug! Naar bergen! Thuis!'

Shamloo zei: 'Je moet die vrouw niet met je vader vergelijken, ze is geen mens. Ze kan nooit iemand bij zijn arm vastpakken om haar terug naar huis te brengen. Kijk eens goed naar haar. Ze kan zelfs niet lopen, ze verplaatst zich op haar tenen. Wie weet, misschien kwam ze naar beneden om kennis te maken met de planeet aarde.'

Ze verbleef dus voorlopig in het observatorium en we gaven haar tijdelijk de naam Anahita. We zullen zien wat het leven voor haar nog in voorraad heeft.

Wie ze ook was, ik luisterde naar het advies van Shamloo. Ik nam haar mee naar het huis van mijn moeder en bracht haar in contact met de koe.

59

'Ik weet niet wat de wereld van mij denkt. Maar ik zie mezelf als een jongen die aan het strand speelt en zich verheugt over een mooie schelp die hij gevonden heeft, terwijl de oceaan als een groot geheim voor hem ligt.'

Dat waren de woorden van Sir Isaac Newton.

Ik keek naar ons, wij waren ook jongens die op het dak van het observatorium speelden.

We waren niet van plan om de tijd, de ruimte en de baan van het heelal te definiëren. Dat hadden anderen al eerder gedaan, en dat deden anderen nog altijd, maar we belopen ons eigen pad. En ons eigen pad was momenteel om op zoek te gaan naar kwik-mineraal om een soortgelijke holle spiegellens als die van Newton te maken.

De rest zouden we nog wel zien. Stap voor stap.

Newton maakte zelf spiegels door koper en tin op de achterkant van zijn lens aan te brengen.

Tegenwoordig heeft men meer kennis ontwikkeld wat betreft spiegellenzen en Kimiai suggereerde om het met kwik te proberen: 'Dat geeft een nog beter resultaat.' We moesten dus op zoek gaan naar kwiksulfide, een rood mineraal, om er kwik uit te kunnen winnen.

Het kostte ons ongeveer een week tot we een klomp kwiksulfide in een ondiepe plas aan de voet van een grote rots vonden.

De klomp lag op de bodem van de plas. Je kon hem niet zien, maar hij weerkaatste het zonlicht van onder het water zodat er een spectrum van kwikkleur op het wateroppervlak zichtbaar was.

Ik deed mijn schoenen uit, stroopte mijn broekspijpen op en ging voorzichtig het water in. Met beide handen zocht ik het mineraal onder het water. Ik vond het, haalde de klomp met beide handen uit het water en hield hem even blij boven mijn hoofd.

Isaac Newton had gelijk, we verheugden ons als kinderen over onze mooie vondst. Kinderen blij met een schelp langs de oceaan, wij blij met een stuk mineraal langs het hemelgewelf.

Blij en trots namen we de mineraalklomp mee en we daalden de bergen af naar het observatorium.

Onderweg ging ik bij mijn moeder langs om Anahita op te halen. We hadden in eerste instantie bedacht dat ze in het huis van mijn moeder kon verblijven, we dachten dat ze daar beter op haar plek zou zijn. Ik had haar daarnaartoe gebracht en voorgesteld aan Sara, maar tegen de avond kwam ze terug naar het observatorium.

'Hoe was je dag? Wat heb je gedaan?' vroeg ik in gebaren.

'Met je moeder de koe gewassen,' gebaarde ze terug.

'De koe gewassen?' zei ik en ik liep naar de rand van de vallei en keek naar beneden. De koe schitterde in de schemering. Zo schoon was ze nooit geweest. Ze was net zo wit geworden als de maan en haar hoorns schitterden als rood goud.

'De arme koe heeft het verdiend. Goed gedaan,' probeerde ik in gebaren te zeggen. 'Kom, we gaan naar huis. Eten maken.'

Thuis waren Shamloo en Kimiai bezig om het diner klaar te maken met de berggroente die we onderweg geplukt hadden en het gevogelte dat de heelmeester de dag daarvoor voor ons meegenomen had.

We waren net uitgegeten toen de kraai ons krassend waarschuwde dat er iemand langskwam. Ik dacht dat het de heelmeester was die een glaasje bij ons kwam halen en ik stond op om hem binnen te laten. Maar het was de heelmeester niet, Ismaël reed te paard het observatorium binnen.

Ismaël was onze bode geworden. Hij volgde de gebeurtenissen van het land op zijn mobiel en hij vertelde ons regelmatig wat er speelde. Kimiai heeft een goede band met hem weten op te bouwen. Hij heeft Ismaël gevraagd om met zijn telefoon verslagen te maken, Kimiai neemt de opnames van Ismaël over en bewaart ze allemaal in zijn archief.

Ismaël kwam binnen, hij groette iedereen en hij zei tegen Kimiai: 'Ik heb een verslag!'

'Opgenomen?' vroeg Kimiai.

'Nee, ik zal het vertellen. Ik heb ook iets meegenomen om te laten zien,' zei Ismaël.

'Wacht dan even,' zei Kimiai.

Hij begreep dat Ismaël iets opmerkelijks wilde vertellen, anders was hij niet zo laat in de avond langsgekomen.

Hij zocht naar een goede locatie in het huis en zei: 'Ga daar bij de deur staan, alsof je net bent langsgekomen om iets te vertellen.'

Ismaël was al gewend om voor de camera van Kimiai te staan.

Kimiai zette zijn camera op zijn schouder en gaf een seintje om te beginnen.

Ismaël vertelde het volgende: 'Geen enkele geestelijke durft de straat nog op, vooral niet in het donker. Mensen slaan de tulbanden van de imams weg. Deze actie heeft zelfs ons dorp bereikt. Er is een imam in ons dorp die alles voor iedereen wil bepalen, hij is een lastige. Hij dwingt de meisjes van het dorp om hun hoofddoek goed te doen. Net, een uurtje geleden, liep hij van de moskee naar huis. Opeens kwam er een groep jongens uit het donker tevoorschijn. Een van hen sloeg de tulband van zijn hoofd weg. De andere jongens schopten de gevallen tulband naar elkaar als een voetbal. Opeens belandde de tulband in mijn handen.'

We moesten lachen, maar we bleven stil en luisterden nieuwsgierig naar zijn verslag. Ismaël stopte zijn hand in een linnen tas die hij over zijn schouder droeg en haalde de witte tulband tevoorschijn. Hij zei in de camera: 'Deze mag opgenomen worden in de geschiedenis.'

60

De volgende dagen waren we in de werkplaats bezig. Anahita kwam ons opzoeken en terwijl wij werkten, maakte zij oude kisten open, haalde de telescopen tevoorschijn en bestudeerde ze.

Ze pakte de sterrensteentjes in haar handen en bekeek ze van alle kanten.

Ze raakte de slijpmachine voorzichtig aan. Het leek alsof ze op een andere planeet terechtgekomen was, waarvan de bewoners met zulke dingen bezig waren. En ze begon geleidelijk de werkplaats te ordenen, op haar eigen manier, via een orde die niemand ooit eerder gevolgd had.

Later schonk ze thee voor ons in en ruimde ze de spullen op. Ze maakte de Newton-lens, die we gegoten, geslepen en gepoetst hadden, extra schoon. Dit was de lens waar we later met kwik een spiegellens van zouden maken.

Hoewel we de telescoop van Galileo Galilei hadden nagemaakt, en hoewel we nu met de spiegeltelescoop van Newton bezig waren, volgden we toch niet het pad dat zij belopen hadden.

Galilei bewees dat de zon niet om de aarde draaide, maar dat het andersom was. En hij ontdekte onder meer vier manen van Jupiter.

Newton ontdekte op zijn beurt het karakter van het licht. Hij zette een prisma voor het zonlicht en toonde aan dat wit licht een regenboog van kleuren was.

Ik ben persoonlijk zo jaloers op Newton, niet alleen vanwege de goddelijke zwaartekrachtformule die hij berekend heeft, $F_z = m \cdot g$, maar om een goddelijke zin die aan hem behoort. Deze: 'Het licht buigt zich als nodig.'

Wow. Niet alleen de ontdekking, maar die zin op zich is een monument.

Dit terzijde.

Ik wil eigenlijk het volgende zeggen: waar Galilei en Newton naar zochten, daar zoeken wij niet naar. Of andersom: waar wij naar zoeken, daar zochten zij niet naar.

We zijn bezig om dieper in het heelal te zoeken. We willen erachter komen waar het licht, dat een regenboog van kleuren is, vandaan komt.

Samengevat: we zijn op zoek naar het huis waar het licht vandaan kwam.

We werkten hard in stilte, we wandelden door de bergen en we praatten en discussieerden met elkaar. We lachten hardop, een ervaring die ik persoonlijk nooit eerder had meegemaakt. We dronken de wijn die de heelmeester uit zijn eigen vat voor ons inschonk.

En ik gaf een glaasje wijn aan Anahita: 'Drink, proef het! Ervaar het!'

Ze keek naar de wijn, naar de rode kleur ervan, ze rook eraan en ze nam voorzichtig een klein slokje. Ze trok even haar hoofd naar achteren alsof ze schrok en ze glimlachte.

Toen was het zover. Ik stopte de klomp kwikmineraal in de oven. Dit werk deed ik in mijn eentje. Bang dat het kwik zou verdampen, stuurde ik de anderen naar buiten en deed ik eerst mijn beveiligingsbril en masker op en mijn werkhandschoen aan.

Het duurde even totdat het kwik vrijkwam, waarna ik het in het verhitte, vloeibare materiaal in een donkere glazen fles goot en meteen een kurkje in de mond van de fles drukte.

Ik ging naar buiten om de frisse lucht diep in te ademen.

Even later ging ik over tot het daadwerkelijke creëren van de spiegellens van Newton. Ik legde een blad tinfolie op tafel en goot daarop wat kwik. Vervolgens bracht ik voorzichtig met een kleine kwast wat van het kwik aan op de achterkant van de lens. Daarna liet ik het in de zon liggen, om tot slot de kleine platte spiegel te maken, volgens hetzelfde proces. Daarvoor gebruikte ik een dik, plat glas van een formaat dat ik eerder samen met Kimiai berekend had.

Ik, wij wilden het bewerkte glas, de jonge spiegel, nog niet omdraaien om erin te kijken.

Eerst een kopje thee drinken.

Eerst een hapje eten.

Eerst een wandeling maken en praten over de mens, die altijd nieuwsgierig was geweest naar waar wij nu nieuwsgierig naar waren.

Toen het later op de avond zover was, brachten we de platte spiegel naar de woonkamer en legden we hem op de eettafel.

Anahita mocht de spiegel omdraaien en er als eerste in kijken.

Ze deed het, ze keek naar zichzelf in de frisse spiegel waarmee we als volgende stap naar Saturnus wilden kijken.

61

Vanaf nu hadden we de deskundigheid van Kimiai nodig om zowel de spiegellens als de kleine spiegel in de telescoop te bevestigen.

De oorspronkelijke telescoopbuis van Newton was 20 à 25 centimeter lang. We hadden 25 centimeter goede, stevige bamboe afgezaagd. Daarna waren we drie dagen bezig geweest tot we uiteindelijk de telescoop nauwkeurig in elkaar hadden gezet.

Wat we gemaakt hadden was iets unieks, een kunstwerk. En zo hadden we de voorbije tijden van de zeventiende eeuw op onze eigen manier meegemaakt.

Ik nam de telescoop mee naar de woonkamer en liet hem op de schrijftafel liggen.

Het was ongetwijfeld een oorspronkelijk menselijk gevoel: even de schoonheid bewonderen die 'ik' gecreëerd heb.

We liepen erlangs, dan stopten we even en keken we ernaar, en we wachtten met spanning op het moment dat we hem zouden meenemen naar het dak en op de hemel zouden richten.

Tijdens de dagen dat we de telescoop op de schrijftafel hadden gelegd, hield Anahita zich bezig met het ordenen van de werkplaats.

Ik was mijn paard aan het wassen op de binnenplaats toen ze met een groot stuk steen in haar handen op me afkwam.

Het was een aparte steen, voor een deel zwart en voor een deel schitterde hij als goud in de zon.

'Wat is dat?' gebaarde ik.

'Daar, het lag daar,' gebaarde ze terug.

Ik nam de steen van haar aan. Het was een gevallen ster, de gevallen ster die we op die nacht naast Anahita hadden gevonden. Shamloo had de hete klomp destijds met een doekje opgeraapt, daarna had ik er helemaal niet meer aan gedacht.

'Het is de meteoriet die je waarschijnlijk geraakt heeft,' gebaarde ik.

Ze glimlachte.

'Of, wie weet, misschien ben jij samen met die vallende ster op de grond gevallen.'

Ze lachte.

Ik bestudeerde de meteoriet beter; hij leek gouderts te bevatten.

Het sterrenstuk riep een waardevolle herinnering bij mij op. Vroeger, als ik met mijn grootvader en zijn kameraden op zoek naar mineralen de bergen in ging, vonden we vaak een paar stukjes gouderts. Ik nam ze mee en verzamelde ze in een aparte bak in de werkplaats.

Wanneer de bak na een tijdje vol was, waarschuwde mijn grootvader me: 'Kom, we gaan goud winnen.'

We deden het gouderts in de verhitte oven en goten het vloeiende goud in vormen die op muntjes leken, met het logo van onze saffraanfirma erop.

Die muntjes waren bedoeld voor mijn moeder, ik nam ze voor haar mee. Zij verzamelde ze voor later, om er bruidsschatten voor haar dochters mee te regelen. Ze zette ook een deel ervan voor mij apart in een linnen zakje.

De gouden muntjes van al die voorbije jaren moesten nu ergens bij haar liggen. Ze had ze ongetwijfeld ergens verstopt, voor haar zoon die later zou komen.

Mijn moeder was alles vergeten, maar ik hoopte dat ze dat linnen zakje met mijn gouden muntjes niet vergeten zou zijn.

Ik kon me aardig in bedwang houden om niet direct naar haar toe te gaan om te kijken wat er met dat zakje gebeurd was, maar tegen de avond nam mijn menselijke drang het over en ging ik met mijn schoongewassen paard naar haar huis. Ik trof haar op de rots waar ze altijd tegen de schemering zat om de sjaal, mijn sjaal, te breien terwijl ze de weg in de gaten hield.

Ik groette haar en ging naast haar zitten.

Ik wachtte nog even en we keken samen stil naar de weg. Toen zei ik voorzichtig: 'Moeder, weet je nog, vroeger, dat grootvader je gouden muntjes gaf?'

Ze keek me zelfs niet aan.

'Muntjes,' zei ik. 'De gouden muntjes die je in een linnen zakje voor me spaarde, weet je dat nog?'

Zonder me aan te kijken, zei ze een gedicht op:

Als je onvolmaakt bent, word je verliefd
en je zult perfect worden.
Laat je ruwe steen over aan de verhitte oven,
je goud zal zich tonen.

In de chaos van haar herinneringen was ze toch dicht bij de oven en het gouderts gekomen. Maar een gedicht was me niet voldoende. Om haar in haar herinneringen dichter bij de muntjes te brengen, trok ik zachtjes aan de sjaal waar ze aan werkte en zei: 'Moeder, die goudmuntjes, die zijn van mij. Weet je nog waar je ze bewaard hebt?'

Maar ze trok de sjaal met een beetje geweld terug.

Praten met haar had dus geen zin, maar ik was er zeker van dat ze ergens een zakje met gouden muntjes voor me verstopt had. Misschien in haar bed, misschien in een gat in een rots, misschien ergens op de bodem van de vallei. Ergens waar ze het vergeten was, of misschien juist niet; alles vergeten, maar dat zakje niet.

Nu ik de goudmuntjes genoemd had, negeerde ze me duidelijk en ze draaide haar gezicht helemaal weg van mij.

Ik deed nu iets doms, ik weet niet waarom ik het deed. Ik stak mijn handen naar haar uit en zei: 'Moeder, kijk naar mijn handen. Ik ben het, je zoon. Waar is dat goud?'

Opeens sloeg ze met haar lange breinaald hard tegen mijn hand.

Mijn hand brandde van de pijn.

Woedend stond ik op en voor een moment had ik, als een jongen, de neiging om haar met een schop van de rots naar beneden te gooien, de diepte van de weg in.

Heel even kwam de giftige gedachte bij me op om overal in haar huis te gaan zoeken, maar dat deed ik natuurlijk niet. Ik had liever dat het zakje verloren was in haar gedachten, dan dat ik als een dief haar huis in ging.

Eén wijsheid had ik altijd als leidraad gebruikt: 'Goud moet je niet buiten jezelf zoeken, goud zit in jou. Ga het winnen.'

De volgende dag gebaarde ik naar Anahita: 'Kom! Haal die klomp, die sterrensteen.'

Samen met haar maakte ik in het zand de vormen van de maan, de zon, Jupiter, Saturnus, Venus, Mars en de Stier.

Ik deed de sterrensteen in een lemen kom en zette die in de verhitte oven.

Toen het goud begon te smelten, pakte ik de kom met een tang en goot ik het verhitte vloeibare goud in de vormen die we in het zand hadden gemaakt.

Later haalde Anahita de met goud gegoten planeten, de zon en de Stier uit het zand. Ik reeg ze als een ketting voor haar aan elkaar.

Ze deed hem om en daalde de weg af, naar het huis van mijn moeder.

62

Zodra de zon onderging en de nacht tevoorschijn kwam, begonnen de planeten en de maan op te scheppen aan wie de nacht behoorde met al zijn glorie.

Venus zei dat de nacht aan haar behoort: 'Hij is van mij.'

'Nee, deze nacht met al zijn schoonheid is van mij,' zei de maan.

Jupiter haalde wat goudstukjes tevoorschijn om zijn vermogen te tonen en zei: 'Hij behoort aan mij.'

Saturnus trok zijn zwaard: 'Van mij, alles is van mij!'

Mercurius, die door de oude Romeinen tot de boodschapper van hun goden was verheven, riep, zich bewust van zijn unieke positie: 'Van mij.'

De hele nacht, tot de vroege morgen, discussieerden ze over hun domein in het heelal.

Maar zodra de zon opkwam, verdwenen ze allemaal.

De nacht wist weer terug te keren en hij behoorde nu aan mij.

Als een heilig ritueel pakte ik onze gloednieuwe Newton-telescoop en ik klom het dak op.

Anahita had eerder al het tapijt uitgerold en thee en lekkernijen klaargezet. Daarna was ze zoals gewoonlijk met haar benen over de rand van het dak gaan zitten. Ze keek naar beneden alsof ze nieuwsgieriger was naar de planeet aarde en wat daar gebeurde, dan naar Saturnus en het hemelgewelf.

Toen klommen ook Shamloo en Kimiai de trap naar het dak op.

'Wat een nacht,' riep Shamloo.

We dronken staande elk een glaasje thee en praatten over Saturnus met zijn mooie iconische ringen. Saturnus die door de oude Romeinen tot de god van tijd, rijkdom, landbouw en het uitgezaaide graan was gekozen.

Om de voorbije tijden te kunnen beleven, keek ik eerst met een van onze Galilei-telescopen naar Saturnus. Ik zag precies wat Galilei in 1610 vol verbazing had gezien, hij had Saturnus als drie objecten waargenomen in plaats van één. Met zijn eenvoudige telescoop had hij de planeet niet duidelijk kunnen observeren. Maar trots maakte hij wereldkundig dat Saturnus twee handvatten had. Dat waren geen handvatten, het was gruis: ijs, stof en stenen.

Ik overhandigde de Galilei-telescoop aan Kimiai en zei: 'Kijk maar eens naar de handvatten van Galilei.'

Daarna konden we niet langer wachten. Ik deed de telescoop van Galilei in de oude versleten leren doos en liep naar onze Newton-telescoop.

Ik hield mijn hoofd ervoor en keek naar Saturnus.

Ik had deze planeet vaak online gezien, maar wat ik nu door onze eigen telescoop zag, was een wonder.

Saturnus stond zo dichtbij dat ik mijn hand in zijn ring kon stoppen om een stukje steen te pakken.

Die wonderlijke planeet had ik vaker op YouTube bewonderd, maar nooit eerder terwijl de tranen over mijn wangen liepen.

Ik maakte plaats voor Shamloo. Hij keek naar Saturnus. Ik weet niet wat hij ervan vond en wat hij ervan dacht, maar ik zag, ik vóelde, dat hem een strofe van een nieuw gedicht te binnen schoot, een gedicht dat ik later in een ruwe versie op een stukje papier zag:

Onthoud dit!
Mijn onbekende vrienden
vallen als afgebrande sterren
op de donkere grond.

En ik dacht bij mezelf
dat
vanaf nu
de aarde
wordt
een sterrenloze nacht.

Maar toen ik in uw ogen keek
keerden de sterren in alle glorie terug.

We keken dus beurtelings naar die wonderlijke planeet, waar een jaar ruim tienduizend dagen kende.

Toen Anahita aan de beurt was, draaide ze de telescoop van de hemel naar de aarde en ze keek naar de stad en nog naar een andere stad die in de verre verte lag, en daarna nog naar weer een andere stad die nog verder lag.

Verrast door haar actie pakte ik de Galilei-telescoop en keek ik naar de plekken die ze observeerde.

Ze was benieuwd naar de aarde, naar verre lichten, naar de treinen die denderend reden, naar vliegtuigen die vlogen, naar mensen die met een mobiel in hun hand met elkaar praatten, naar auto's op de snelwegen, naar de bazaars, naar de moskeeën en naar duizenden vrouwen die overal demonstreerden. Daarna bekeek ze een eenvoudig verblijf achter een gebedshuis waar de grote geestelijke woonde, die niet in een paleis wilde wonen en een eenvoudig leven nastreefde. Een paar honderd bebaarde, gewapende mannen op de grond en een reeks schutters op de omgevende daken bewaakten de woning.

Op dat moment verscheen de geestelijk leider in zijn lange witte nachtelijke gewaad op het dak.

Hij keek naar de heldere nacht, en bleef gefascineerd, net als de oermens, Saturnus observeren. Hij knielde op de grond, misschien voor een gebed of misschien om te buigen voor zo veel schoonheid.

Anahita rechtte haar rug en keek me vragend aan.

63

De volgende nachten was onze aandacht ineens van de hemel naar het land verplaatst. Dat kwam door het buitenproportionele geweld dat het regime gebruikte tegen de vrouwen.

Het verzet van vrouwen had zich ontwikkeld en was overgeslagen op jonge mannen, zodat ook zij massaal demonstreerden.

Graag wilden ook wij naar de stad gaan om de demonstranten van dichtbij te steunen, maar er zat een kloof van minstens een halve eeuw tussen ons en de generatie die nu in opstand was gekomen.

We begrepen ze, maar zij begrepen ons niet. Ze waren zelfs stilzwijgend kwaad op ons. Ze eisten een soort vrijheid waar wij nooit eerder bij stil hadden gestaan. Wij wilden in onze tijd de Amerikanen uit het land verdrijven en dat was gelukt, maar indirect hadden we de geestelijken aan de macht geholpen.

Mijn generatie was niet zozeer met vrouwenrechten en hoofddoeken bezig. We wisten niet, en begrepen ook niet, dat de keuze van het dragen of niet dragen van een hoofddoek een essentiële voorwaarde van vrijheid was.

We wilden met duizenden met geweren vanuit de bergen naar

de hoofdstad gaan om het toenmalige regime te verwijderen en dat deden we ook, maar we kregen er iets voor in de plaats wat we niet hadden verwacht. Op die manier hadden we de volgende generaties belast met een onontwikkeld, godsdienstig bewind.

De jonge vrouwen riepen geen holle leuzen, ze riepen: 'Ik bepaal zelf wat ik draag, niet de geestelijken.'

Ogenschijnlijk was dat een simpele eis, maar de vrouwen hadden daarmee de geestelijken bij hun baard vastgepakt en naar hun graf gesleept.

We wilden dus graag een bijdrage leveren, een stukje met hen meelopen, hun leuzen roepen, maar we kregen het gevoel dat we ons niet moesten mengen in hun strijd. Onze fysieke aanwezigheid voegde er niets aan toe.

Heden was mijn bijdrage om hun woede en hun verdriet tijdens hun demonstraties in mijn boek op te nemen.

Het was laat in de nacht, we zaten op het dak en we praatten over zulke onderwerpen en ook over onze volgende telescoop, toen Ismaël te paard op de helling van de weg verscheen.

Hij stapte af en kwam het dak op. Hij had nieuwe opnames voor ons meegenomen.

Kimiai hing zijn witte doek aan de wand onder de blauwe koepel, verbond de telefoon aan een projector en projecteerde het opgenomen filmpje op het doek.

We keken naar een verrassende ontwikkeling, die een paar uur geleden had plaatsgevonden.

Jongeren, en nu vooral jonge mannen die de vrouwen in hun strijd steunden, liepen langs de gesloten, lege bazaar waardoor hun leuzen extra weergalmden en riepen: 'Weg met de geestelijken!'

Toen ze de bazaar verlieten, sloegen ze links af. Opeens vermoedde ik wat ze van plan waren. Ze hadden een plek als mikpunt gekozen die in mijn tijd nooit als doelwit gezien had kunnen worden.

Buiten de bazaar, iets verderop, was een klein lemen huis waar een religieuze leider halverwege de vorige eeuw had gewoond. Hij was degene die voor het eerst over een heerschappij van geestelijken sprak, hij droomde erover en had er zelfs een wetboek voor klaargemaakt.

Het huidige regime had zijn gedachtegoed nieuw leven ingeblazen, hem heilig verklaard en ze hadden van zijn woning een bedevaartsoord gemaakt.

De autoriteiten van de stad hadden alle persoonlijke spullen van deze geestelijke in die woning bij elkaar gebracht, zoals zijn theepot, zijn schoenen, zijn gewaad, zijn tulband, zijn koran en een opmerkelijke kaarshouder met een half gebrande kaars erin die hij gebruikte om bij te lezen en te schrijven toen hij nog geen elektriciteit had. Ook hing er een grote, verbleekte, ingelijste zwart-witfoto van zijn moeder die een lange, zwarte hoofddoek droeg.

Elke dag kwamen er honderden aanhangers van het regime langs om de woning te bewonderen.

De demonstranten waren nu dus op weg naar dat bedevaartsoord van de geestelijken. Zodra ze daar aankwamen, begonnen ze abrupt de ramen van de woning met stenen te bekogelen, voordat het laat werd.

De jonge civiele troepen van het regime kwamen meteen uit de donkere steegjes tevoorschijn, bebaarde jonge mannen die per twee op een motor reden. Ze droegen elk een colt onder hun riem en ze reden met hun motors op de massa in om die te verdrijven.

Maar opeens werd uit het niets een molotovcocktail naar de woning gegooid, gevolgd door drie flessen benzine. En ineens stond de woning in vuur en vlam. De bebaarde mannen begonnen blindelings te schieten. Er viel een aantal demonstranten op de grond en iedereen rende alle kanten op.

Kimiai deed de projector uit.

Ismaël was weg en we zaten stil op het dak met z'n vieren.

Het deed ons pijn dat we tijdens al die gebeurtenissen geen rol konden spelen, we waren eigenlijk allang uitgeschakeld. Om onszelf toch te troosten, begon ik over de nieuwe telescoop te praten die ik van plan was te realiseren, als het in de bergen mogelijk was.

Het zou de telescoop moeten worden die als mijn bijdrage aan het observatorium gezien mocht worden.

Ik heb altijd met grote belangstelling het proces van de ontwikkeling van de supermoderne telescopen gevolgd en ik bestudeerde al die opnames die ze van de verre sterren gemaakt hadden. En van al die telescopen was ik het meest gefascineerd door de constructie van de James Webb-telescoop.

Ik was Shamloo en Kimiai net aan het vertellen dat de Amerikaanse ruimtevaartorganisatie NASA laatst een supermoderne telescoop gelanceerd had, toen we opeens een paar schoten in de nabije verte hoorden.

Ik stond op en keek wat er aan de hand was. Ik zag silhouetten die snel langs de rotsen achter het observatorium klommen. Er werd weer geschoten. Ik zag nu een jeep op de helling van de weg.

'Er komt een jeep deze kant op,' zei ik.

Shamloo doofde de handlantaarn. Kimiai pakte snel zijn camera en verstopte hem achter de blauwe tombe.

Het duurde niet lang voordat de jeep voor de poort van het observatorium stopte en er drie gewapende, bebaarde mannen op de binnenplaats verschenen. Waarschijnlijk hadden ze ons op het dak gezien en dachten ze dat de gevluchte mensen zich hier verscholen.

'De beesten komen eraan,' zei Kimiai.

Ik riep: 'Hallo! Wat is er aan de hand?'

Ze klommen het dak op. En ze zagen ons, drie mannen.

Opeens merkte ik dat Anahita er niet was. Ze had wellicht op tijd kunnen ontsnappen over de muur.

Een van de bebaarde mannen, iets ouder dan de andere, riep: 'Wat doen jullie hier?'

Ze waren zo gefocust op de weggevluchte demonstrerende jongeren dat de man niet doorhad dat er twee iconen van de geschiedenis op het dak aanwezig waren.

'Uitrusten,' zei ik. 'We hebben ons even teruggetrokken van de drukte van de stad.'

'Wie zijn jullie?'

'Oude vrienden,' zei ik.

Hij schopte met zijn laars tegen de doos van een Galilei-telescoop, zodat de telescoop eruit viel en over het dak rolde.

'Wat is dit?'

'Een telescoop,' zei ik.

'Waarvoor dient die?' riep hij achterdochtig.

'Gewoon, om naar de sterren te kijken,' zei ik.

Hij wierp een snelle blik op Shamloo en Kimiai en liep met zijn ogen onze spullen na.

'Wat is dat, daar?'

'Een Newton-telescoop,' zei ik.

Hij bleef even onbeslist staan. Daarna stak hij zijn pistool onder zijn riem en liep naar onze nieuwe telescoop.

Onhandig keek hij door de lens.

Even was het stil.

'Wow! Wat is dit?'

64

De jonge generatie mocht dan kwaad zijn op mijn generatie, in onze tijd hebben we ons best gedaan en wat we hadden gedaan, beschouwden we als essentiële daden. De jonge generatie ziet één ding over het hoofd, en dat is: de geschiedenis bepaalt. Ze bespeelt, ze regeert, ze leidt, ze wint, ze verliest.

Elke generatie doet precies wat er door de tijd van haar wordt geëist.

Ik vertel dit om het volgende te zeggen: ik sta pal achter de daden van mijn eigen generatie, inclusief de fouten die we hebben begaan.

Zo ging het en zo mocht het gaan.

En nu waren wij, drie ervaren mannen getekend door de loop van die geschiedenis, bezig met het vieren van onze resterende tijd.

Daarom besloten we om naar de woning van mijn moeder te gaan, om de nieuwe Amerikaanse James Webb-telescoop te bestuderen op de kamer van Ismaël, waar hij een goede computer had staan. Ik had nog niet duidelijk, maar wel terloops aan Kimiai verteld dat ik aan het vervaardigen van een soortgelijke James Webb-telescoop dacht, als dat met onze schaarse middelen mogelijk was. Ons samenzijn op de kamer van Ismaël was dus een verkenningsbezoek, en we maakten er een ceremonie van.

Voordat we daarnaartoe gingen, heb ik zowel mondeling als in gebarentaal aan mijn moeder duidelijk gemaakt dat onze nationale dichter vanavond bij haar langskwam.

Ik wist van vroeger dat mijn moeder als een jonge vrouw een aparte plek voor Shamloo in haar hart had. Dat betrof natuurlijk niet alleen mijn moeder, in die tijd waren er duizenden vrouwen die een plek voor Shamloo in hun hart hadden.

Mijn moeder bewaarde een gesigneerde gedichtenbundel van hem in haar juwelendoosje.

In dat boek had Shamloo deze opdracht voor haar geschreven: 'Voor jou, die met je gebaren wonderen verricht.'

Liefde is een remedie tegen vergetelheid, dat heb ik inmiddels begrepen, want toen ik aan mijn moeder duidelijk maakte dat Shamloo bij haar langskwam, schitterde er een helder licht in haar ogen. Ze riep blij naar haar verzorgster: 'Vanavond krijgen we hoog bezoek, laten we een waardig gerecht maken.'

Tegen de avond gingen we daar dus met z'n drieën naartoe, Anahita was al eerder gegaan.

De tafel was gedekt, Sara had haar best gedaan en mijn moeder had opzettelijk haar vergeelde, gesigneerde gedichtenbundel op de schoorsteenmantel gezet. Shamloo zag het, een teken van de vervlogen tijden. Hij wees er met zijn wandelstok naar als erkenning, maar hij zei verder niets.

Anahita pakte het boek en bladerde er aandachtig in, alsof ze iets nieuws ontdekt had, iets geheims. Alsof ze poëzie vergeten was, of alsof ze helemaal niet wist wat poëzie was.

En ik
vat
heel de wereld
samen
in je warme jurk

We hadden een gezellige tijd aan tafel, we praatten en we bewonderden de tijd die kwam en ging. En mijn lieve moeder was vergeten dat ze alles vergeten was, ze praatte aan één stuk door.

Na het diner gingen we met z'n vijven op de kamer van Ismaël zitten.

Ismaël had niets aan mijn kamer veranderd, hij had alleen een computer op mijn kleine bureau gezet en zijn eigen boeken in het verlengde van mijn boekenkast geplaatst.

Hij had twee extra stoelen van beneden naar boven gehaald voor Shamloo en Kimiai, verder was er geen ruimte voor een extra stoel. Anahita ging op het bed zitten en ik bleef staan naast de bureaustoel van Ismaël, die voor ons op het world wide web surfte.

Anahita keek stil maar nieuwsgierig naar hoe we met de computer werkten. Ze keek Shamloo aan en hij gebaarde: 'Voor mij ook. Nieuw. Ik pen en papier.'

Na even gezocht te hebben, vond Ismaël een site waarop alle informatie over James Webb te vinden was.

Maar toen ik die telescoop op het scherm zag en me goed in de details ervan verdiepte, schrok ik. Het was geen plan dat ik bedacht had, maar een illusie. Het was onbegonnen werk voor ons om hier in de bergen zelfs maar een rudimentaire versie daarvan te maken. Ik schrok van mezelf, dat ik zoiets bedacht had. En ik zei zonder enkele inleiding: 'Ja, vertel mij wat.'

'Wat zeg je?'

‘Nee, nee, niets.’

Ik moest mezelf wat tijd gunnen om van de schrik te bekomen. Maar ik mocht mijn hoop niet opgeven en mijn moed niet verliezen. Ik was vroeger een bergbeklimmer, ik wist hoe je je moed bij elkaar kon rapen wanneer alles je ontmoedigde om de top te bereiken.

Galilei was met lege handen begonnen en had zoveel bereikt, Newton had met niets het karakter van het licht ontcijferd, eigenlijk met alleen een stukje glas.

Ik ging dus een week lang elke dag op de kamer van Ismaël zitten en surfte in mijn eentje op zijn computer om de werking van de James Webb-telescoop beter te begrijpen.

En ik noteerde en tekende een blokschrift vol met wat ik nodig vond.

En ik bleef me net zo lang in die telescoop verdiepen totdat ik in mijn slaap met James Webb de ruimte in ging om mijn eigen pad uit te stippelen.

65

Om ons eigen pad uit te stippelen, zat ik samen met Shamloo en Kimiai aan tafel om mijn bevindingen inzake James Webb met hen te delen.

'Een simpel project op papier, maar er gingen honderden jaren ervaring en een ingewikkeld proces aan vooraf totdat ze zo'n telescoop konden realiseren,' zei ik.

Wat de makers van James Webb bedacht hebben, was eenvoudig om in een paar zinnetjes uit te leggen: ze hebben de telescoop van Newton als basis genomen, met één drastische aanpassing.

Ze hebben de spiegellens van de Newton-telescoop vervangen door een grote gouden spiegel met een diameter van 6,5 meter.

In de telescoop van Newton ontving de spiegellens het licht en stuurde dat vervolgens naar de kleine platte spiegel binnen in de telescoop. Deze kleine spiegel bundelde het licht en weerkaatste het naar het oculair, en zo zag je het beeld.

In de James Webb-telescoop ontvangt de 6,5 meter grote gouden spiegel het licht en stuurt het dan naar de kleine platte spiegel. Die bundelt het licht en stuurt het naar een monitor die het werk van een oculair doet. Deze monitor analyseert het gebundelde licht en stuurt het naar een computer om het beeld te zien.

De moderne wetenschappers hebben dus de glazen lenzen van Galilei en de spiegellens van Newton opzijgeschoven, en in plaats daarvan een grote platte gouden spiegel ontwikkeld om het licht van de vermoedelijk eerste sterren te kunnen vangen. En nog een enorme stap: ze hebben de telescoop op een afstand van 1,6 miljoen kilometer van de aarde vandaan geïnstalleerd.

Ik hoefde er niet eens over na te denken. Want die gigantische gouden spiegel was eigenlijk gemaakt van het zeer lichte element beryllium, dat als basis, of onderlaag, diende.

Vergeet het dus maar. Want beryllium ontstaat door de botsing van sterren. Het is een zeldzaam element op aarde, bijna nergens te vinden.

Bovendien: als we zo'n gouden spiegel zouden willen maken, zouden we een laag goud over die berylliumbasis moeten aanbrengen, en die laag goud zou een dikte moeten hebben van 100 nanometer – duizend keer zo dun als een mensenhaar.

Oftewel, het was een ondenkbaar proces in ons observatorium.

Er was nog iets anders wat het idee om zo'n telescoop te bouwen uit ons hoofd deed verdwijnen.

De 6,5 meter hoge gouden spiegel van de James Webb-telescoop bestond uit achttien zeshoekige stukken die met elkaar verbonden waren.

En omdat die enorme gouden spiegel extreem warm zou worden door de zonnestralen, hadden de wetenschappers een koelbox ter grootte van een voetbalstadion onder die spiegel gemaakt om te voorkomen dat hij zou smelten.

Wat nu?

Allemaal mooi wat de Amerikanen gedaan hebben, maar ik

moest dicht bij mezelf blijven. Ze hadden hun telescoop dicht bij de zon gebracht, maar wij wilden met onze telescoop juist in het observatorium blijven, gewoon met beide voeten op de harde grond.

'Niet bang zijn, niet knielen en niet opgeven. Beloop je eigen pad, en bedenk iets wat mogelijk is,' zei ik tegen mezelf.

Beryllium konden we niet krijgen, maar we hadden het ook eigenlijk niet nodig.

We konden best een eigen gouden spiegel met achttien zeshoekige stukjes maken. Natuurlijk niet zo groot als die van de Amerikanen, wel zo groot als binnen onze mogelijkheden paste.

Waar je ook aan denkt, het wordt gerealiseerd. Ik kende die alom bepalende code van het leven, maar ik moest wel eerst weten wat ik precies wilde en waar ik in mijn hoofd naar zocht.

Daarom maakten we samen wandelingen in de bergen en praatten we met elkaar over hoe we van al die gegevens een eigen plan konden maken.

We klommen nog hoger en we dachten nog dieper na en het was tijdens een van deze wandelingen dat mijn ogen opeens op een wonder in de verte vielen.

Ik zag een scène die tot de mythes behoorde. Ik dacht dat ik dagdroomde, ik keek door mijn verrekijker. Nee, ik vergiste me niet: Anahita zat op de rug van onze stevige witte koe en ze klom de bergen op.

Het was een scène die in een gebed in het heilige boek Avesta van Zarathustra voorkwam. In dat gebed rijdt Anahita op de heilige koe om een bevel van Ahura Mazda uit te voeren.

Ik riep Kimiai en Shamloo erbij en overhandigde ze de verrekijker.

Niets gaat verloren in de voorbije tijden. Fabels leven nog onder ons. Anahita kwam om ons te troosten. En om ons door te geven dat alles mogelijk was.

66

Er was een nieuwe fase in de geschiedenis van het observatorium aangebroken, de tijd van glazen lenzen was voorbij. Met behulp van Anahita schoof ik alle oude glazen lenzen en bruine leren kisten aan de kant en we maakten ruimte om een gouden spiegellens te maken volgens het model van James Webb, maar dan wel een eigen versie.

Opeens waren we op een keerpunt beland in onze zoektocht naar de rand van het hemelgewelf.

Als het leven datgene was wat we beleefden, zaten we goed op het pad waarop de oermens duizenden jaren geleden de eerste stap had gezet toen hij bewust en met bewondering naar de hemel had gekeken.

De oermens ging vermoeid aan de rand van zijn grot zitten en keek naar al die wonderen boven zijn hoofd. Hij zocht achter de sterren naar hulp om van zijn eenzaamheid bevrijd te worden, bevrijd van een hard leven waarin hij aan alle kanten werd bedreigd en niemand had die hem een helpende hand kon bieden.

De mens heeft zich altijd eenzaam gevoeld op de aarde, maar door een goddelijk wonder wist hij kunst in allerlei vormen te gebruiken om zijn eenzaamheid te bestrijden.

En toen ik op een avond op het dak stond, realiseerde ik me dat wat wij deden ook kunst was, een weerspiegeling van onze verbeelding om aan de eenzaamheid van de mens te ontsnappen.

Om die eenzaamheid uit te leggen, had Plato zijn kunstzinnige allegorie van de grot bedacht.

In die grot zit een rij geketende gevangenen met hun rug naar de ingang, ze kijken naar de achterwand van de grot.

Achter deze gevangenen brandt een vuur. Tussen hen en dat vuur staat een muur die zo hoog is als een mens. Aan de andere kant van die muur lopen mensen heen en weer met allerlei dingen op hun hoofd. Schaduwen van die dingen vallen door het vuur op de wand waar de gevangenen naar kijken.

Plato beweerde dat het enige wat de mens in zijn leven waarneemt, de schaduwen en echo's van achter die muur zijn. Ze beschouwen deze schaduwen en echo's als de realiteit, zonder te begrijpen dat ze onderdeel van het geheel zijn en zelfs het geheel zelf. Plato zag de mens door die onwetendheid als vastgeketend en eenzaam.

Maar wij wilden met onze nieuwe telescoop juist óver die muur gaan kijken: niet meer naar de schaduwen, maar naar de realiteit zelve. Naar God, als hij echt bestond, naar engelen, en naar het paradijs, als dat geen fictie van Mohammad was die hij in zijn kunstwerk, de Koran, voor zijn trouwe volgelingen schetste om ze te redden van eenzaamheid:

> Jullie worden naar de tuinen van geluk gebracht.
> Waar jullie op de rustbanken, die met juweel bewerkt zijn, tegenover elkaar gaan zitten.
> Daar zullen de eeuwig jong blijvende jongelingen kannen en bekers wijn rondbrengen die uit de stromende bron wordt gehaald.

En er zijn reine meisjes met sprekende mooie zwarte ogen. Het lijkt alsof ze goed bewaarde parels zijn.

Als Mohammad de waarheid sprak, wilde ik die meisjes zien. Om achter de waarheid van al die fantasieën te komen, zat ik de afgelopen dagen en nachten achter mijn bureau om het plan van onze volgende telescoop te tekenen.

En om die telescoop te bouwen, hadden we goud nodig.

Als eerste stap haalde ik mijn moeder met mijn Ford naar het observatorium.

Ik had eerder onze Newton-telescoop klaargezet op het dak.

Mijn grootvader stuurde me vroeger om mijn moeder te gaan halen om de hemel te observeren als er iets moois te zien was.

Ik begeleidde haar altijd, bleef naast haar staan en legde het een en ander uit wat ik zelf gezien en geleerd had.

Mijn moeder vond het fantastisch en voelde zich bevoorrecht. Ze deelde haar kennis met andere vrouwen, ze pronkte met allemaal interessante weetjes. Ze was trots op ons observatorium, trots op onze telescopen, en door haar vertellingen over de sterren en planeten liet ze de andere vrouwen zien dat ze ook tot het observatorium behoorde.

Inmiddels heb ik een andere remedie gevonden tegen de vergetelheid. Dat zijn de sterren, de planeten, oftewel de telescopen, want zodra mijn moeder de daktrap op klom, was ze weer kloek. En op het dak liep ze rechtop.

Ik begeleidde haar naar onze Newton-telescoop om de ringen van Saturnus te bewonderen. Toen ze een beetje gebogen door de telescoop naar Saturnus keek, merkte ik dat al haar verloren herinneringen bij haar terugkeerden.

Ze keek en ze glimlachte.

Op dat moment bracht ik mijn mond naast haar oor en zei: 'Moeder, we zijn met een nieuwe telescoop bezig. Een telescoop waarmee we naar de andere kant van het hemelgewelf willen kijken. Zo worden we misschien bevrijd, wij allemaal. Maar we hebben goud nodig. Goud.'

Met ogen waarin het maanlicht schitterde, keek ze me aan. En ze zag dat haar zoon was teruggekeerd. Ze stopte haar hand in de diepe zak van haar bebloemde jurk en bood me een handjevol gouden muntjes aan.

67

Anahita zat op een rots op de binnenplaats en maakte de gouden muntjes schoon met een wit lapje. We zouden ze later in de verhitte oven stoppen, zodat we de achttien zeshoekige gouden lensdelen konden gieten.

Maar 'gieten' is het juiste woord niet: we moesten het gesmolten goud op achttien zeshoekige basisdelen aanbrengen.

De wetenschappers hadden beryllium als basis van die achttien deeltjes gekozen, wij kozen voor messing. We zouden een heel dun laagje goud over die achttien stukjes aanbrengen en die stukjes dan dusdanig aan elkaar verbinden dat ze elk in staat zouden zijn om zelfstandig te bewegen.

We zaten met z'n vieren aan tafel om te kijken hoe groot onze eigen gouden spiegel moest worden, natuurlijk rekening houdend met de beperkte en oude gereedschappen die we tot onze beschikking hadden.

Ik berekende het samen met Kimiai. De spiegel van de James Webb-telescoop had een hoogte van 6,5 meter en een totaal oppervlak van 25 vierkante meter, maar hoe groot moest die van ons worden?

Opeens zag ik onze eenzame zonnebloem, boven aan de grootste wandrots van het observatorium, die zich als de James Webb-telescoop tot de zon had gericht.

'Gevonden,' riep ik.

Ik liep meteen naar de werkplaats en haalde een oude leren centimeter. Ik mat de zonnebloem ermee, die was precies 75 centimeter breed. Hij stond daar als een monument.

Onze zonnebloem was een wonder in de bergen, hij was uniek en uitzonderlijk. Ik weet niet hoe het kwam dat hij precies op dat stukje grond gegroeid was, daar boven aan de rots. Hij was een eeuwenoude zonnebloem en behoorde tot ons. Hij werd elk jaar iets groter en breder, dat kwam door de aandacht die hij door de eeuwen heen vanuit het observatorium kreeg.

Op de vroege morgen wachtte de zonnebloem op de zon die van achter de Damavand opkwam, en bewoog daarna de hele dag met de zon mee tot hij onderging.

Hij gaf veel pitjes met een heerlijke, oorspronkelijke smaak.

Laat in de herfst sneden we hem af en we namen hem mee naar het observatorium.

Daar rolden we een grote lap uit op de eettafel. Mijn moeder en mijn zusjes haalden de pitjes eruit. Ze deden de acht grootste pitjes apart in een klein kommetje. De rest namen ze mee naar huis.

Het ging ons eigenlijk om die acht grootste zaadjes.

Het grootste zaadje van de acht zou later geplant worden voor de volgende zonnebloem. Op die manier zou de volgende zonnebloem ongetwijfeld nog groter worden dan alle zonnebloemen van de afgelopen jaren en eeuwen.

De resterende zeven pitjes werden in een klein zakje gedaan, met een label waarop het jaar van de oogst stond en de naam van degene die ervoor gezorgd had. Het zakje zou naast de andere zakjes met zaadjes van de voorbije tijden in een kist worden gelegd.

'Waarom bewaren we deze zaadjes jaar in, jaar uit?' vroeg ik een keer aan mijn grootvader.

'Het is een ritueel.'

'Een ritueel?'

'Ja, een ritueel. Net als wat we hier doen met het gieten van de lenzen, het maken van telescopen en het observeren van de hemelen. Allemaal een ritueel.'

Weet, rituelen en kunst zijn twee sterke remedies om de zwaarte van het leven te verlichten en de mens van zijn eenzaamheid te redden.

Die zonnebloem was dus zowel een kunstwerk als een remedie tegen de eenzaamheid. We namen zijn breedte van 75 centimeter over voor de gouden lens die we wilden creëren.

Via de heelmeester bestelden we een grote plaat messing, die de buschauffeur voor ons uit de bazaar van de stad haalde.

Met hulp van Kimiai en de assistentie van Anahita sneed ik negentien zeshoekige deeltjes van de plaat: achttien stukjes om als bodem van elke zeshoekige spiegel te gebruiken en eentje als test.

Daarna maakten we achttien zeshoekige houten mallen, zo ondiep als we konden. We plaatsten die gesneden, zeshoekige messing plaatjes elk in een mal om er straks goud op aan te brengen.

Vervolgens zouden we alle mallen in het fijne zand leggen, zodat ze niet zouden verschuiven tijdens het proces.

Maar eerst de test.

Anahita legde drie gouden muntjes van mijn moeder in een kleien kom en zette de kom in de verhitte oven.

Toen het goud begon te borrelen, haalde ik de kom met een

tang uit de oven en goot ik de vloeibare, verhitte materie voorzichtig over het zeshoekige stukje messing.

Ik ben niet bijgelovig, maar op dat moment geloofde ik dat de oude goden ons in de gaten hielden. En het was hun voornemen dat dat vloeiende goud perfect over het zeshoekige platte messing zou gaan liggen.

Daarna moesten we afwachten en het goud laten rusten op de messing bodem.

Ik deed mijn leren schort af, we liepen met z'n vieren de werkplaats uit en ik deed de deur voorzichtig dicht zodat we het goud niet zouden storen tijdens zijn proces van wording.

Nu mochten we het moment beleven waarop het goud solide werd.

Maar hoe beleef je zo'n triomfantelijk moment?

Met wijn? Met gezang, of juist met stilte?

We deden het met stilte. We gingen op een rots zitten en we keken zwijgend naar de verte, naar onze eigen dierbare planeet. Waar Anahita zat, was uit een barst in de rots een tere, paarsrode bloem met twee verse jonge blaadjes gegroeid. Anahita raakte de bloem voorzichtig en verwonderd aan.

68

Twijfel heeft de bovenhand gekregen in mijn gedachten. Zit ik op het juiste pad? Zijn mijn berekeningen correct? Zou mijn zonnebloemtelescoop effectief werken?

Ik zit nu achter mijn bureau en ik schrijf om mijn gedachten op een rij te zetten.

Twijfel is welkom, maar ik ben nog nooit zo gelukkig geweest als ik nu ben. Ik doe wat ik zelf wil doen, waar mijn lichaam naar vraagt. Ik ben verlost van alle verplichtingen. Het was correct, honderd keer correct dat ik besloot om terug te keren. Ik heb mezelf aan mezelf teruggegeven.

Het zou best kunnen dat ik ernaast zit, dat al mijn berekeningen wat betreft onze gouden telescoop ongegrond zijn. Is het maken van zo'n zonnebloemtelescoop geen dwaling?

Nee, het kan geen dwaling zijn, want ik voel me goed.

Toen ik deze woorden op papier zette, schoot me een wijsheid van Claudius Ptolemaeus (ca. 90-168 n.Chr.) te binnen. Het kan best dat de woorden niet echt van hem afkomstig zijn, dat ze alleen in het Perzisch aan hem zijn toegeschreven. Maar de essentie ervan verandert niet. Ptolemaeus zegt: 'Als je je goed voelt, zit je op het juiste pad.'

Hij zou deze waarheid ontdekt hebben toen hij zijn revolutionaire theorie over de hemelen openbaar wilde maken.

Ik ken de geschiedenis van de astronomie zo goed als mijn eigen handpalm, en heb de historische persoonlijkheden uit die wereld sinds mijn jeugd als voorbeeld genomen.

Ik vond het fantastisch met hoeveel verbeeldingskracht ze naar de hemelen keken, hoewel een groot deel van hun theorieën na een bepaalde tijd niet meer geldig was.

Ptolemaeus dacht dat de aarde het centrum van de wereld was, dat alles eromheen draaide. Dat idee was niet nieuw, maar hij wist met zijn eigenzinnige berekeningen de astronomen van zijn tijd er wel van te overtuigen dat de aarde inderdaad het centrum van de wereld was.

Om zijn theorie te bekrachtigen, presenteerde hij er een model van.

Met zijn model liet hij duidelijk zien dat de wereld uit negen cirkels bestond, of negen hemelen die zelfstandig om de aarde draaiden.

Hij noemde de negende, de meest afgelegen cirkel, de hemel der hemelen. Met ongekende overtuiging betoogde hij dat God vanuit die negende cirkel de wereld bestierde.

Allemaal verzonnen, allemaal ongegronde berekeningen die later door astronomen een voor een onderuit werden gehaald.

Ptolemaeus had alles verkeerd begrepen.

Ptolemaeus had alles verkeerd berekend en gemodelleerd.

Maar hij tekende, hij modelleerde de droom van de mensheid.

Hij ging tot het uiterste van zijn verbeelding om de mens gerust te stellen dat dat alles geen chaos was, geen regelloosheid, geen toevalligheid, en dat het leven niet voor niets was.

Allemaal verkeerd bedacht, maar zijn model vind ik fenomenaal. Het was een stevig kunstwerk, een houvast voor de mensheid dat gedurende 1500 jaar overeind bleef als een koe in het gras.

Ptolemaeus had een druk leven. Maar naast al zijn drukke functies had hij een eigen observatorium voor zichzelf, hoog in de bergen.

Hij heeft zijn fenomenale kunstwerk, zijn model, daar in de stilte van zijn observatorium gemaakt.

Nu weer mijn eigen vraag: ben ik niet aan het dwalen met het maken van mijn gouden telescoop?

Dat kan, maar mijn voorbeeld blijft Claudius Ptolemaeus. Want wat er ook gebeurt, er zal een kunstwerk van mij achterblijven in ons observatorium, een gouden telescoop met een diameter van 75 centimeter.

Met deze geruststelling legde ik mijn pen neer en riep ik mijn kameraden om terug naar de werkplaats te gaan, waar de zeshoekige gouden proefspiegel op ons wachtte.

Anahita opende de deur van de werkplaats. We lachten meteen van geluk, want de zon was door het raam op dat zeshoekige model gevallen en de weerspiegeling ervan had een gouden weerkaatsing van de zeshoek op het plafond veroorzaakt.

'Gelukt,' riep ik.

We mochten nu beginnen met het maken van de achttien daadwerkelijke deeltjes.

De houten mallen hadden we al eerder klaargemaakt, net als de achttien gesneden zeshoekige messing platen.

Anahita begon de houten modellen in het fijne zand te plaatsen en voorzichtig legde ze er de zeshoekige messing platen een voor een in.

Ik deed een aantal gouden muntjes in de kleikom en zette die in de verhitte oven.

Shamloo observeerde alles, en ik wist dat dat proces hem tot een nieuw gedicht zou inspireren.

69

Nu we de gouden zeshoekige spiegels hadden gegoten hadden we alle reden om feest te vieren, maar Shamloo voelde zich niet goed. Gisteren bleef hij de hele dag in bed liggen. Het zou ook kunnen dat dat door zijn nieuwe gedicht kwam, hij was er in gedachten diep mee bezig.

Ik voelde zijn pols, hij had koorts.

Ik waarschuwde de heelmeester, hij kwam langs en behandelde Shamloo in zijn bed.

'Helemaal gezond. Waarschijnlijk koorts van de schepping,' zei de heelmeester. Hij voegde er met een glimlach aan toe: 'U en ik hadden allang dood moeten zijn. Het zou ook kunnen dat we al dood zijn, maar dat we het zelf nog niet doorhebben.'

'Ik ga niet dood,' riep Shamloo, nog liggend in bed. 'We gaan niet dood voordat dit afgelopen is. Dat weet je toch.'

Ik bood de heelmeester een kopje thee aan en informeerde hem over de ontwikkeling van onze gouden telescoop. Ik liet hem ook de gouden zeshoekige spiegels zien die we pas gegoten hadden.

Hij was blij, in zijn lange leven had hij alles in ons observatorium meegemaakt.

'Ik ben benieuwd naar de voortgang. Ik zal alles volgen en het dorp op de hoogte stellen.'

'Zonder uw ondersteuning gaat dit allemaal niet lukken,' zei ik. En dat zei ik niet uit beleefdheid. We werden beschermd door zijn positie als respectvolle, wijze figuur in de bergen.

'Het komt allemaal goed,' riep hij en hij reed weg.

Shamloo bleef weer de hele dag in bed liggen, maar wel met pen en papier. Anahita verzorgde hem.

Ik zag door het raam dat hij zijn nieuwe gedicht aan haar voorlas, en al kon ze hem niet verstaan, ze keek wel naar zijn mond en zijn handgebaren.

Hij zei zijn gedicht op over de totstandkoming van het bestaan, een klank:

En dan

Het niet-zijn
was er niet
ook
het zijn niet

noch het rijk van de lucht
en ver erbovenop de hemel niet.

Met wat was dat niets bedekt
en waar?
En wie waakte erover?
Was er al water?
En de oneindige diepte?

Doodgaan bestond nog niet
ook dood zijn niet

Ook was er niets
om de dag van de nacht te scheiden

En toen
viel een klank.

Anahita keek hem verbaasd aan.

Daarna daalde ze de weg af naar de woning van mijn moeder.

Ik had alles verwacht toen ik besloot om naar huis terug te keren, maar dit niet, dit allemaal niet.

De aanwezigheid van al die personages heeft het boek dat ik aan het schrijven ben verrijkt. Zelfs in mijn wildste verbeelding had ik geen telescoop als die van James Webb kunnen bedenken voor mijn verhaal. Daar was ik dankbaar voor, hoewel ik niet wist hoe of aan wie ik die dankbaarheid kon uiten.

Om mijn erkentelijkheid toch te tonen, zette ik een schaal vers fruit voor de kraai neer op het dak. En ik speelde met de haan, ik daagde hem uit, deed alsof ik een grote haan was, een haan die van een andere planeet kwam. Hij zette zijn vleugels op, rechtte zijn nek, puntte zijn harde snavel naar mij. Ik viel hem aan, geschrokken sprong hij de lucht in. En hij landde weer met zijn sterke poten op de grond.

Ik hoorde een paard op de weg en even verslapte mijn aandacht. De haan pakte zijn kans, sprong op mijn rug en kraaide.

Ismaël kwam te paard aan terwijl hij een televisietoestel in het zadel vasthield.

'Ismaël met een televisietoestel! Vertel!' riep ik.

'Ze willen de rapper morgenochtend ophangen in het openbaar. Het wordt live uitgezonden.'

Ik had eerder over de rapper gehoord – hij was beroemd in het land, hij had miljoenen volgers. Hij rapte protestliederen die jongeren tijdens hun demonstraties gebruikten. Een geestelijke had een fatwa tegen hem uitgesproken omdat hij godslasterende strofen in zijn songs gebruikte. De rapper had zich verscholen, maar hij wist vanuit zijn schuilplaats toch nog elke keer duizenden jongeren op de been te krijgen om zijn songs te gebruiken tegen de geestelijken. De politie had hem uiteindelijk opgespoord en gearresteerd, en nu wilden ze hem dus in het openbaar ophangen.

Ik had een van zijn bekende muziekvideo's op de telefoon van Ismaël gezien.

Hij bekritiseerde met harde woorden de geestelijken en daagde ook Allah uit:

Jij die boven zit.
Wat doe je daar?
Niets!
Je zit in je kasteel te spelen met je meisjes.
Doe iets, man!
Sla met de rug van je hand tegen de mond van die bejaarde geestelijke.
Sta op, God!
En laat zien dat je echt ballen hebt!

Ismaël zette het televisietoestel op de eettafel en klom op het dak om de antenne samen met Kimiai te bevestigen.

Het zou een afschuwelijk schouwspel worden, dat niemand behalve de aanhang van het regime wilde zien. Wij zouden met tegenzin toch kijken, als vier, vijf getuigen van de misdaad van het regime.

’s Ochtends vroeg werden we wakker en we gingen met z’n vieren in de woonkamer op stoelen zitten.

We deden de televisie niet aan, wachtten tot Ismaël kwam.

Toen hij binnenkwam, zette ik ook een stoel voor hem neer.

Hij nam plaats.

De uitzending was al begonnen, maar we bleven allemaal zitten. Niemand zei een woord, en niemand van ons wilde de televisie aandoen.

We deden de televisie dus niet aan. Het televisietoestel stond zwijgend waar het stond.

We bleven net zo lang zitten tot de middeleeuwse gruwel had plaatsgevonden.

Daarna lieten we nog een lange stilte vallen. Een stilte die heel lang duurde, en we stelden ons het podium voor waar hij opgehangen was. Zijn handen geketend achter zijn rug. De beul die een zwarte doek over zijn hoofd trok. De rapper die hardop rapte, voor de laatste keer en harder dan ooit tevoren:

Weet!
De zon komt elke dag op
om je ogen
je mooie ogen weer aan me te laten zien.

Maar
je bent ver
ver weg van me.

70

Door de dood van een vriend, de verwijdering van een kunstenaar, een zanger, een rapper mag je nooit ontmoedigd raken. Integendeel: je moet je verdriet juist omzetten in kracht, om wraak te nemen op de geestelijken. Wraak met schoonheid, wraak met het woord, met de pen, wraak met een uitzonderlijke gouden telescoop.

Nee, we zullen niet knielen. We staan zelfs op tegen de dood.

Jongeren protesteerden op straat. De rapper, onze rapper, pleegde op het podium op een uitstekende manier zijn laatste verzet. Wij verzetten ons met het dag in, dag uit poetsen van de achttien gouden spiegels die we gegoten hadden.

We zouden zeker niet knielen en ik al helemaal niet, maar naarmate we dichter bij het realiseren van onze nieuwe telescoop komen, kruipt de angst dieper onder mijn huid: kan ik met deze telescoop echt iets waardevols zien? Iets wat nog nooit iemand eerder gezien heeft?

Op zoek naar een remedie om mijn vertwijfeling te bezweren, wandel ik deze dagen vaker 's avonds in de bergen.

Ik weet min of meer hoe de wereld in elkaar zit, daarom kan ik best van mijn eigen ervaringen gebruikmaken. Om te kunnen zien wat er aan de andere kant van het hemelgewelf is, moet ik eerst een verhaal hebben. Iets zoals dat sterke, verzonnen verhaal in de Bijbel: Maria raakte zwanger.

Het zou best kunnen dat Maria ongehuwd zwanger is geraakt, maar niet uit het niets. En al helemaal niet door de engel Gabriël, naar het verhaal van Mohammad in de Koran:

'Wees niet bang, Maria! Ik ben de engel Gabriël. Ik kom om je een kind te geven.' En Gabriël verleidde Maria achter de dadelbomen en hij maakte haar zwanger.

Eerst moest dit verhaal verzonnen worden, zodat Jezus geboren kon worden.

Eerst moest dit verhaal verzonnen worden, zodat de apostel Mattheüs deze magische zinsopbouw op papier kon krijgen:

> Bidt en u zal gegeven worden.
> Zoekt en gij zult vinden.
> Klopt en u zal opengedaan worden.
> Want eenieder die bidt, ontvangt, en wie zoekt, vindt, en wie klopt, hem zal opengedaan worden.

Eerst moest Maria's verhaal verzonnen worden, zodat later de Bijbel, de kerken, de kerkpleinen en de *Pietà* van Michelangelo tot stand konden komen.

Ik mocht dus geen enkele ruimte aan de vertwijfeling geven, maar des te meer ruimte aan een verhaal.

Had ik een verhaal?

Ja!

Ik heb een verhaal.

We begonnen de volgende dag vol overtuiging onze gouden telescoop in elkaar te zetten.

De achttien kleine spiegels waren klaar en zeer fijn gepoetst.

Samen met Kimiai verbond ik de achttien stukken nauwkeurig met elkaar, zodanig dat elk deeltje zelfstandig kon bewegen.

Daarna bevestigden we een klein, plat spiegelglas, net als dat van James Webb, aan de buitenkant van de buis van onze telescoop. De gouden achttiendelige spiegel zou het licht van de hemel ontvangen en naar dat kleine, platte spiegelglas sturen. Deze kleine spiegel zou het licht bundelen en naar een tweede kleine spiegel in de telescoopbuis sturen. Deze zou op zijn beurt het gebundelde licht naar het oog sturen, en zo zichtbaar maken.

We waren een week lang bezig om dat alles te realiseren. Om het werk zo nauwkeurig mogelijk te doen, surfte ik elke avond op de computer van Ismaël.

Ik las en ik onderzocht alle details van de James Webb-telescoop op de site van de NASA.

Zo kwam ik een interview met de Amerikaanse wetenschapper John Cromwell Mather (1946) tegen. Hij heeft de Nobelprijs voor Natuurkunde gewonnen voor de ontdekking van de zwarte lichaamsvormen en de waarneming van de warmtestraling die kort na de big bang is uitgezonden, oftewel de kosmische achtergrondstraling. Hij is het brein achter de James Webb-telescoop.

Degene die hem interviewde stelde een spannende vraag: 'Zou de wereld zichzelf geschapen kunnen hebben?'

'Wow, dat is een uitdagende vraag,' reageerde John Cromwell. 'Om dit uit te leggen heb je een verhaal nodig, een verhaal waar je zelf stevig in gelooft. Maar zodra je met je verhaal komt, schep je een probleem. Want je kunt nooit bewijzen dat jouw verhaal het enige ware verhaal is.'

'Interessant,' zei de interviewer. 'Nu komt het moment van de lancering van jullie James Webb-telescoop eraan. Is dat niet beangstigend voor u?'

'Nee!' zei John Cromwell kort en krachtig.

'Waarom niet? U moet toch zenuwachtig zijn.'

'Ik maak me geen zorgen over dingen die buiten mijn controle liggen.'

'Leg dat eens uit?'

'Ik ben niet bezorgd omdat ik, omdat wíj binnen onze mogelijkheden een stevig plan hebben gemaakt. Dus wanneer iemand zegt dat hij zich ergens zorgen over maakt, zeg ik: laten we er een plan voor maken. En dan maken we een plan. En wanneer je zeventig jaar oud bent, word je er moe van om je zorgen te maken over de dingen die buiten je macht liggen.'

'En u aanvaardt de gevolgen daarvan?'

'Ja!'

Goed, het plan had ik, die leeftijd had ik ook bijna bereikt, dus: ik zet mijn plan door en ik aanvaard de gevolgen ervan.

71

Het ging goed met ons. We waren blij en opgewonden, want een unieke gouden telescoop, een kunstwerk, kreeg steeds meer een ware gedaante onder onze handen.

Ik besteedde samen met Kimiai twee dagen aan de kleine buitenspiegel, zoals die van James Webb. En we hadden een stevig stuk bamboe als buis gekozen, de langste buis die we tot nu toe hebben gemaakt.

We besteedden nog een dag aan het plaatsen van de tweede kleine spiegel in de buis. En we testten tientallen keren of de kleine buitenspiegel het gebundelde licht optimaal naar de kleine spiegel in de buis kon sturen. Daarna hebben we ook tientallen keren getest of de kleine binnenspiegel het ontvangen, gebundelde licht van de kleine buitenspiegel goed naar het oog weerkaatste.

Toen alles erop wees dat we op het juiste pad waren, vertraagden we het proces om ervan te genieten. Een oude Perzische wijsheid luidt: 'Het praten over een aankomend plezier is de helft van het plezier.'

Toen we de telescoop voor het eerst naar de binnenplaats

brachten om hem in de felle middagzon te testen, verscheen er onverwachts een grote groep adelaars in de lucht boven het observatorium.

We zagen ze eigenlijk eerst in onze gouden spiegel en daarna pas in de lucht. Ze vlogen heel rustig, alsof ze wisten dat we met iets wezenlijks bezig waren en ze ons niet wilden storen.

Ze bleven niet lang, en nadat ze de gouden telescoop bewonderd hadden, trokken ze zich weer zachtjes terug.

De adelaars waren net weg toen we werden verrast door zeven dorpsmeisjes die onaangekondigd voor de poort verschenen. Ze droegen elk een mand bij zich.

De dorpelingen hadden waarschijnlijk gehoord dat we met een nieuwe, belangrijke telescoop bezig waren en ze wisten natuurlijk dat als het zover was, ook zij met de nieuwe telescoop nog meer wonderen van de hemel zouden kunnen observeren. Daarom hadden ze die meisjes met etenswaren, fruit en drankjes naar ons toe gestuurd.

Die keken met hun hand voor hun mond naar de gouden telescoop.

'Wat mooi,' zeiden ze.

Het werd een heel aangename dag voor ons, zodat ik persoonlijk de grenzen van die oude Perzische wijsheid overstak wat betreft het beleven van de helft van het plezier. Maar hoewel ik blij was, was ik ook onrustig. Mijn lichaam gaf me signalen die op een ongeluk duidden.

Er verschenen spoken, schaduwgestaltes in mijn dromen die mijn slaap onrustig maakten. Ik dacht dat het door hard werken kwam, en door de angst of onze telescoop zou gaan werken.

Maar er was iets anders aan de hand, iets wat me in mijn onderbewuste onrustig maakte.

De heelmeester had me een paar keer terloops gewaarschuwd:

'Ze hebben je in de gaten, vooral nu je die gouden telescoop aan het bouwen bent. Ze zijn achterdochtig, om alles en iedereen.' Maar hij vertelde dit niet zozeer als een waarschuwing, meer als een constatering.

Weer een andere keer zei hij: 'Ze zijn zo bang en zo dom. Volgens mij denken ze dat je hier met geheime activiteiten bezig bent. Het zou me niet verbazen als ze jou als een spion zien, iemand die met zijn telescopen contact heeft met de satellieten van de vijand.'

'Meen je dat?'

'Ach, ik begeef me onder de mensen en ik hoor geruchten,' zei de heelmeester.

'Wat moet ik doen als ze echt met zulke gedachten rondlopen?' vroeg ik een beetje bezorgd.

'Niets, je kunt er niets aan doen. Maar ik sluit niet uit dat ze je uiteindelijk op de een of andere manier zullen wegjagen, om het observatorium als een militaire uitkijkpost te gebruiken.'

'Meen je dat?' vroeg ik weer.

'Ik weet het niet. Ik vang wel eens wat op, hier en daar. Maar ze zijn heel gemeen, dat weet je zelf ook,' zei hij.

'Wat moet ik doen als het zo is?' vroeg ik opnieuw.

'Niets, niemand kan er iets aan doen,' zei hij. 'Maar zolang Shamloo en Kimiai bij je zijn, zullen ze je met rust laten.'

Hij voegde er lachend aan toe: 'Ze zijn zo bang en achterlijk. Ze denken zelfs dat de koe niet voor niets zo wit is, dat er daarom iets aan de hand moet zijn.'

Ik lachte hardop om die opmerking.

Tot slot zei hij: 'Toch, haast je. Doe wat jullie willen doen, voordat ze eraan komen.'

En opeens vloog een massa grote, zwarte, oude kraaien de lucht van mijn droom binnen. Ze krasten met z'n allen oorverdovend.

Ik schrok wakker en stond op om een glaasje water te drinken. Toen hoorde ik een kraai buiten. Eerst dacht ik dat het een kraai uit mijn droom was, maar het was de kraai van het observatorium. Hij kraste hard en hield niet op. Er moest wel iets aan de hand zijn. Het zou kunnen dat de bebaarde mannen van de geestelijken het observatorium waren binnengedrongen om onze telescoop kapot te maken. Ik ging snel naar buiten.

'Wat is er?' riep ik naar de kraai.

Hij sprong van de koepel in de lucht en kraste in de richting van de vallei. Op dat moment klonk een hard geloei.

Ik klom snel het dak op en keek naar de bodem van de vallei. Het was natuurlijk donker, maar in het licht van de sterren zag ik een paar schimmen, spoken. De koe slaakte nu een harde en pijnlijke kreet.

Ik kwam het dak af, rende de woonkamer in, pakte het geweer dat aan de muur hing en rende naar de rand van de vallei. De koe loeide nog een keer luid. Ik loste een paar schoten in de lucht en daalde haastig af naar de bodem van de vallei. De spoken verdwenen in het donker.

Toen ik op de bodem van de vallei aankwam, loeide de koe van opluchting. Er liep bloed langs haar poten naar de grond, verder naar de beek, maar ze stond nog wel stevig overeind. Toen ik met mijn hand langs haar nek streek, drukte ze met haar kop tegen mijn zij.

'Kom, we gaan naar het observatorium,' zei ik tegen haar.

Ik klom de helling op en ze liep me achterna.

Onaangekondigd verscheen er een volle maan boven de vallei. Ze gaf ons troost.

72

John Cromwell Mather, het brein achter de James Webb-telescoop, kwam gisternacht in mijn slaap bij me langs.

Na de verwonding van de koe had een bepaalde angst meer ruimte in mijn hoofd gekregen: ik vreesde dat de donkere gestaltes ook in het observatorium zouden komen, om alles wat we gedaan hadden ongedaan te maken.

Misschien kwam John Cromwell daarom bij me langs.

Maar wat ook de reden was, hij was volgens de wet van de dromen op tijd langsgekomen.

Ik verwelkomde hem en ik zei dat ik hem als mens bewonderde, dat ik veel van zijn interviews gelezen had en zijn James Webb-telescoop stap voor stap had gevolgd.

Ik nodigde hem uit om in de woonkamer iets te drinken, een hapje te eten, maar hij wilde direct onze telescoop zien.

Ik had hem de telescoop graag op de binnenplaats laten zien, in de zon, zodat de gouden spiegel in het daglicht zou schitteren, maar het was nu eenmaal zo. Ik leidde hem naar de halfdonkere werkplaats, waar bleek dat de oude goden, of de geest van mijn voorvaderen, het zo hadden geregeld dat op dat moment de zon via het raam volledig tegen de gouden spiegel van de telescoop scheen en zo de telescoop in al zijn glorie presenteerde.

Dankbaar, ik ben dankbaar voor dit leven, hoewel ik nog niet weet tegenover wie ik mijn dank uit.

John Cromwell bleef stil in de deuropening staan, keek naar de telescoop en verraste me met deze woorden: 'Dit is in zichzelf al een kunstwerk.'

Ik bedankte hem voor zijn reactie en zei meteen: 'Maar we hebben hem nog niet geprobeerd. Ik weet niet of hij zal werken.'

'Dat snap ik. Bekijk het gewoon stap voor stap.'

Hij keek naar alle kisten, apparaten, mislukte lenzen en mineralen die overal lagen.

Ik vertelde hem over mijn voorvaderen, die hier door de eeuwen heen hun eigen telescopen hadden gemaakt om de hemelen te observeren.

'Fascinerend. Al zijn ze hier niet, het voelt alsof het oude vrienden van me zijn,' zei hij.

Ik vroeg hem of hij dacht dat onze telescoop zou werken, of we er iets waardevols mee zouden zien.

Verwonderd zei hij: 'O, nu vraag je naar een wijdverspreide onzekerheid onder wetenschappers. Maar je twijfel is legitiem. Het is een menselijke vraag. Zet door, ga verder met twijfel en al. Wij zijn het universum dat zichzelf ervaart.'

Ik werd stil, maar hij voegde dit eraan toe: 'Jij bent het universum dat jezelf ervaart.'

Ik werd wakker en John was weg, met een waarheid waarop hij me geattendeerd had: 'Je twijfel is legitiem. Maar zet door, ga verder met twijfel en al. Jij bent het universum dat jezelf ervaart.'

O, wat een constatering in mijn slaap: wat ik doe, doet het universum. Ik ben het universum zelf, en het is het universum dat bezig is deze gouden telescoop te maken, het is het universum dat dit boek schrijft.

Je droomt niet voor niets; je droomt om met alle kracht verder te gaan.

De volgende avond deed Anahita de deur van de werkplaats wijd open. We brachten met z'n vieren de telescoop als een heilig voorwerp naar buiten en namen hem mee naar het dak voor de eerste test.

Het was de eerste keer dat we vergeten waren om een tapijt op het dak uit te rollen. We waren zo met de telescoop bezig dat we verder aan niets anders dachten.

Ook waren we vergeten om onze gouden telescoop een naam te geven.

Ik plaatste de telescoop op de standaard en zei: 'Laten we eerst een naam voor hem bedenken.'

Shamloo zei: 'Een naam met goud.'

'Kan ook zonder, hij heeft zelf goud,' zei Kimiai.

'Zonnebloem,' opperde ik, maar die naam dekte onze terugreis niet helemaal.

'De koe, de gouden stier,' zei Kimiai.

Anahita keek ons aan en begreep niet waar we het over hadden, ik gebaarde: 'We zoeken een naam voor de telescoop. Doe mee.'

Ze dacht na en gebaarde iets waarvan ik niet zeker wist of ik het goed begreep.

Ik zei: 'Anahita zegt: de woonkamer.'

'De woonkamer?' zei Kimiai met een glimlach.

Anahita legde het beter uit.

Ik zei: 'Anahita gebaart: thuis, huis.'

Shamloo corrigeerde ons: 'Anahita bedoelt: Odyssee.'

De naam was gevallen, net als de eerste woorden in de Odyssee van Homerus: 'Bezing mij, o Muze!' Dit zegt de vindingrijke man, die zeer veel rondzwierf om thuis te komen.

En toen begonnen we met de eerste test.

Een jonge maan hing in de lucht. Mijn hart bonsde hard in mijn borstkas en mijn gezicht werd warm toen het zilveren licht van de maan op de gouden spiegel viel. De gouden spiegel weerkaatste de lichtstralen naar de kleine buitenspiegel. Die moest nu de lichtstralen bundelen en naar de kleine spiegel in de buis sturen, zodat ik de maan via het oculair kon zien, maar dat gebeurde niet.

'Hij werkt niet,' zei ik tegen Kimiai.

'Als je een zwarte doek voor me hebt, ga ik kijken waar het probleem zit,' zei Kimiai.

Ik ging snel naar beneden en zocht naar een zwarte doek, maar die hadden we niet. Ik vond uiteindelijk toch een klein zwart doekje. Ik ging terug en overhandigde het aan Kimiai. Hij gaf het aan Anahita en gebaarde of ze bij de telescoop wilde staan en het doekje met beide handen net boven haar hoofd wilde vasthouden: 'Kijk naar mijn hand. En hou het doekje vast waar ik naar wijs!'

Anahita volgde zijn hand.

'Een stap naar links,' gebaarde hij. 'Ietsjes naar beneden. Ietsjes naar rechts. Stop!'

Opeens verscheen het verloren gebundelde licht op het zwarte doekje.

'Ik heb hem,' riep Kimiai en hij begon de koperdraad los te maken waarmee we de kleine buitenspiegel aan de ring van de drie aluminium staven hadden vastgemaakt.

'Hou het doekje nu vlak voor het oculair,' riep hij.

Ik liet Anahita het doekje vlak voor het oculair vasthouden. Kimiai bewoog de kleine spiegel zachtjes naar rechts, naar links, naar boven en ietsjes naar beneden, totdat het licht opeens via de lens van de buis op het zwarte doekje viel.

'Ik heb hem,' riep hij weer, en hij maakte de kleine spiegel weer vast.

Ik richtte de gouden spiegel op de jonge maan, maar ik durfde niet in het oculair te kijken.

Ik zei tegen Shamloo: 'Na u!'

Rustig inhaleerde hij de rook van zijn sigaretje, hij blies de rook uit en zette zijn oog tegen het oculair. Het duurde even, het duurde een eeuwigheid tot hij zijn rug rechtte en verbaasd zei: 'Ik zie rotsen, ik zie zand. Is dat de maan?'

'Wat bedoelt u?' zei ik.

Ik probeerde het zelf. Ik zag die jonge maan niet in de lucht hangen, maar ik zag kraters en zand, en het zand lag zo voor je voeten. Ik riep met een volle borst van blijheid: 'Het is de maan! Het is die jonge maan die we zien!'

In een van zijn gebeden bezong Zarathustra het volgende:

> Binnen deze onmetelijke scheppingswerkplaats heeft de mens een eigen plicht.
> Hij moet onophoudelijk een poging doen om achter het scheppingsgeheim van Ahura Mazda te komen.
> De mens doet het niet alleen voor zichzelf, maar ook om de wil van Ahura Mazda. De mens moet Hem helpen om achter Zijn eigen geheim te komen. En hoe zulke mooie wonderbaarlijke verbeeldingen in Zijn gedachten tot stand zijn gekomen.

Op basis van die goddelijke waarheid richtte ik onze gouden spiegel op Mars voor de tweede test.

De felle koperkleur van die planeet werd als een wonder zichtbaar.

Een rood stof bedekte alle heuvels en valleien van de planeet.

Ik schoof de gouden spiegel een beetje omhoog, richting de berg Olympus Mons, een berg van 27 kilometer hoog. Bijna vijf keer hoger dan onze eigen Damavand.

'Kom eens kijken,' riep ik.

En we keken beurtelings keer op keer naar het nieuwe wonder

dat onze gouden telescoop aan ons openbaarde.

Gebaseerd op de waarheid die Zarathustra in zijn gebed bezong, richtte ik de loop van de telescoop op Jupiter voor de derde test, de laatste.

Ik bleef ernaar kijken en kijken, totdat ik een bliksemschicht dacht te zien die de planeet trof.

Ik riep: 'Kom eens kijken.'

De hele nacht waren we bezig om onze gouden Odyssee te testen. Opeens kwam de zon van achter de top van de berg Damavand tevoorschijn en in één klap verdwenen de planeten en de sterren.

Uitgeput maar voldaan daalden we de trap af om de volgende nacht aan onze ultieme reis te beginnen.

73

Mijn twijfel was vervlogen en vreugde vulde mijn hart, en ik zou met genoegen en overtuiging de volgende avond weer het dak op gaan.

Ik zeg dit niet toevallig. Laat in de middag was mijn moeder onverwachts bij het observatorium langsgekomen. Ze had de hele weg alleen afgelegd met haar wandelstok.

Ze was natuurlijk niet zomaar langsgekomen, ze wist dat we straks, zodra het donker werd, het dak weer op zouden gaan.

Ze liep rechtstreeks naar de werkplaats waar we de telescoop bewaarden, ongetwijfeld om hem te bewonderen.

Ze bleef er een lange tijd, daarna kwam ze naar buiten en maakte ze met een natte doek het gezicht en de ogen van de koe schoon. Toen ze hiermee klaar was, ging ze naast de koe op een rots zitten, wachtend tot het donker werd.

Ik stond achter het raam, hield haar in de gaten en lachte van geluk, want ik wist dat alleen al door haar aanwezigheid de gouden telescoop ons niet in de steek zou laten.

Ik weet niet hoe, maar mijn onderbewuste gaf me een signaal dat dit onze laatste ontmoeting zou zijn. Daarom besloot ik om in dit hoofdstuk een scène uit haar leven te beschrijven die me voor altijd aan haar zal doen denken.

Ik heb al vaker verteld dat mijn moeder vroeger altijd sterk in het observatorium aanwezig was, vooral wanneer de kameraden van mijn grootvader bij hem langskwamen. En ze bleef op afstand naar hun discussies over de hemelen luisteren, zodat ze later de essentie daarvan aan een groep vrouwen uit het dorp kon doorgeven.

Wanneer de kameraden van mijn grootvader weg waren, organiseerde mijn moeder een avond voor de vrouwen in het observatorium zodat ze hen op de hoogte kon brengen van alles wat ze gehoord en gezien had.

De scène die in mijn hoofd gegrift is, ging over een groep van tien à vijftien vrouwen. In die scène is mijn moeder jong, rond de veertig. De vrouwen zijn rond dezelfde leeftijd en ik ben een jaar of tien.

De vrouwen kwamen stil het observatorium binnen, alsof ze een heiligdom betraden. Ze hadden zich feestelijk aangekleed, in mijn hoofd zie ik nog hun lange bebloemde jurken. Ze gingen het dak op, waar ik eerder met behulp van mijn moeder alle telescoopkisten had neergezet.

Ik overhandigde elke vrouw een telescoop en mijn moeder wees naar een ster of een planeet waar ze over wilde praten. Terwijl de vrouwen naar de aangewezen ster of planeet keken, legde mijn moeder het een en ander uit.

Ik heb de toespraak van mijn moeder op die speciale avond woord voor woord onthouden en met overtuiging geef ik haar woorden hier door. Ze zei het volgende tegen de vrouwen:

'Jullie kijken naar de sterren, maar in de werkelijkheid kijken jullie naar jezelf.'

De vrouwen keken elkaar verbaasd aan.

'We zijn allemaal gemaakt van dezelfde materie waar de sterren van gemaakt zijn. Al het moois dat je in de hemelen ziet, kan je eigenlijk nog mooier in jezelf vinden.'

Mijn moeder vertelde ongetwijfeld wat ze tijdens de discussies van mijn grootvader en zijn kameraden gehoord had.

Op die avond verraste ze de vrouwen met nog iets ingewikkelders, nog iets moois waar ik altijd op terugkijk.

Ik probeer haar woorden te reconstrueren in mijn herinneringen. Als ik het goed heb, zei ze dit: 'Einstein zegt: er is een buitengewoon krachtige macht die de hemel overeind houdt. En dat is liefde, de liefde.'

Nu, na zo veel jaar, kijk ik met een glimlach op die herinnering terug. Misschien mag ik niet zo arrogant zijn om te zeggen dat mijn moeder niet wist wie Einstein was, maar toch.

Ik reconstrueer wat ik onthouden heb. Dit is wat ze verder op die avond zei:

'Liefde is Licht.

Liefde is de zwaartekracht, het maakt dat sommige mensen zich aangetrokken voelen tot anderen.

Liefde is macht, want het vermenigvuldigt het beste wat we hebben.

Liefde ontvouwt en openbaart.

Liefde is God.

Liefde behoort alleen tot de mens.

God zit in de mens.'

De vrouwen stonden met z'n allen op het dak met elkaar te praten, elk met een telescoop in hun hand.

Ik keek naar ze, om die scène te onthouden voor altijd.

En nu wachtte mijn moeder tot de nacht viel en wij het dak op gingen.

74

De zon ging weer onder, het werd donker en de sterren en de planeten keerden terug. Met behulp van Anahita bracht ik de telescoop weer naar het dak en we plaatsten hem voorzichtig op de standaard.

Ik hielp mijn moeder naar boven en ze ging in de stoel zitten die Anahita voor haar neergezet had. Daarna kwam Shamloo met moeite het dak op, gevolgd door Kimiai.

We waren nu met z'n vijven en de tijd was aangebroken. Ik moest in het diepe durven springen en niet langer wachten. Toch wachtte ik, ik vertraagde het startmoment, of beter gezegd het vertrekmoment.

Om het moment te bezweren, richtte ik eerst de gouden spiegel op de plek waar Saturnus vaag zichtbaar was. En ik keek ernaar. Fantastisch, heerlijk. Onze telescoop wonderde, ik had de manen van Saturnus zelfs op de kleurige foto's in boeken nooit zo duidelijk en levendig gezien.

'Moeder, kom, kom kijken. De manen van Saturnus. Mijn grootvader en zijn kameraden hebben deze wonderen nooit kunnen zien. U moet dit aan de vrouwen van het dorp vertellen, en zelfs laten zien.'

Anahita hielp haar overeind, hield haar bij haar arm vast en bracht haar naar de telescoop.

Het was pas op dat moment dat ik merkte dat mijn moeder erg achteruitgegaan was in vergelijking met een paar dagen geleden. Ze was op, en ik realiseerde me dat ze haar laatste stappen nam.

Bij de telescoop struikelde ze. Ik ving haar op en ze omarmde me. Haar omarming raakte me, en ik hielp haar om achter de telescoop te gaan staan.

Ze keek naar de planeet en ik legde haar uit wat ze zag. Maar ik zag geen teken van bewondering of verbazing in haar gezicht of op haar oude handen. Ze zag waarschijnlijk niets, haar ogen waren te zwak geworden om nog iets nieuws te kunnen waarnemen. Ze was echt aanbeland in haar ultieme, meest kwetsbare vorm, waarmee ze haar reis gauw zou beginnen.

'Wat ziet u, moeder?' vroeg ik.

Ze gaf geen antwoord.

'Alles goed?' vroeg ik.

Ze gaf geen antwoord.

'Heeft u de manen van Saturnus gezien?'

Zo te zien niet. Anahita hielp haar om weer in haar stoel te gaan zitten.

De nacht zou niet tot in de eeuwigheid op ons blijven wachten, ik moest toch de laatste stap nemen. We moesten de realiteit recht in de ogen durven kijken.

Daarom richtte ik de gouden spiegel op de massa sterren in de verre verte, waarvan ik veronderstelde dat ze allemaal afkomstig waren van één plek, eigenlijk aan de andere kant van het hemelgewelf waar het geheim zich bevond.

Ik raapte al mijn moed bij elkaar en keek door de telescoop.

Tot mijn schrik zag ik niets anders dan een grijs gordijn van licht. Ik gebaarde naar Anahita om een paar van de spiegelstukken te verzetten en nog nauwkeuriger op de massa sterren te richten. En ik keek met spanning opnieuw.

'Nee, niets,' zei ik tegen mezelf.

'Wat zie je?' vroeg Kimiai.

'Ik zie alleen een gordijn, een massa van grijs en wit licht,' zei ik, nog kijkend door de telescoop.

Ik ging aan de kant zodat hij er zelf naar kon kijken. Hij keek aandachtig en zei: 'Het zou kunnen dat dit weer door de kleine buitenspiegel komt. Kijk of je hem een beetje naar achteren kan trekken.'

Voorzichtig maakte ik de schroefjes van de buitenspiegel los, schoof hem ietsjes naar achteren en maakte hem weer vast.

'Beter, veel beter. Het gordijn is weg, ik zie nu duidelijk de sterren. Wil je de kleine spiegel nu met je hand een beetje omhooghouden?'

Ik deed het.

'Ietsjes terug,' riep hij.

Ik deed het.

'Veel beter, maar ik zie niet verder dan de sterrenmassa. Misschien komt het door mijn oude ogen. Kom zelf eens kijken,' zei hij.

Ik ging kijken en ik zag nu inderdaad duidelijk de sterren, de oneindige sterren. Het leek alsof ik met een boot in de oceaan van die massa licht voer, maar ik kwam nergens aan, alleen maar bij de sterren.

'Ja, je hebt gelijk, niets meer dan de sterren,' zei ik. En op dat moment vielen mijn ogen op Shamloo. Ik zag dat hij in gedachten verzonken naar de Melkweg keek en een sigaretje rookte. Pas nu besefte ik dat het een vreemde avond was. Oud; Shamloo was ook plotsklaps oud geworden, en het leek alsof hij bewust het allerlaatste sigaretje van zijn leven oprookte.

En ik merkte pas nu op dat Kimiai zijn camera voor het eerst niet met zich meegenomen had.

Ik had het gevoel dat op die avond zowel mijn moeder als Kimiai en Shamloo niet meer van het dak naar beneden zouden kunnen komen.

Anahita keek me vragend aan en zag mijn ongerustheid. Ze gebaarde: 'Wat is er?'

Ik gebaarde terug: 'Ze zijn plotseling oud geworden, erg oud. Ik vrees dat ze niet meer naar beneden kunnen. En de telescoop wil niet meewerken, we zien alleen maar de sterren. Het einde blijkt onbereikbaar. Ik moet me haasten voordat het laat wordt.'

Ze gebaarde iets terug, maar ik had mijn hoofd er niet bij, daarom begreep ik niet wat ze wilde zeggen.

Ze gebaarde nu naar een plek, ergens hoger in de bergen, en ze spreidde haar armen wijd uit in de lucht. Ik begreep haar gebaar niet, maar gedwongen door de dringend lopende en snel voorbijgaande tijd besefte ik nu wel wat ze wilde zeggen.

We zaten laag op het dak, en de hoge bergketen hield een groot deel van het licht tegen.

We moesten de telescoop op een hogere plaats stationeren, op een plek waar we een wijder uitzicht op de hemelen zouden hebben.

We zouden dus hoger de bergen in moeten klimmen, misschien naar de spelonk van Zarathustra.

Er viel een lange stilte.

Het was laat in de nacht. Anahita hielp mijn moeder naar beneden en ze liet haar in mijn bed slapen. Shamloo en Kimiai gingen toch nog op hun eigen kracht naar beneden. Het duurde niet lang voordat iedereen in slaap viel om de volgende nacht hoger te klimmen in de bergen, naar Zarathustra's grot.

Ik ging achter mijn bureau zitten om dit hoofdstuk te schrijven, bang dat ze niet meer wakker zouden worden uit hun slaap.

75

De volgende nacht klommen we met z'n vijven naar Zarathustra's grot. Het was een moeizame klim en Anahita hield mijn moeder bij haar arm. Shamloo en Kimiai wilden op eigen kracht klimmen, daarom duurde het heel lang tot we bij de spelonk waren. Er was geen pad naar Zarathustra's grot, je moest als bergbokken langs of over de rotsen lopen. Ik klom voor en de anderen liepen me achterna.

Omdat het donker was, had ik het eerst niet door, maar op een gegeven moment hoorde ik iets achter ons. Ik keek om, zag eerst niets, maar toen toch: de koe klom ons op een afstandje achterna.

Ik had de telescoop al aan het begin van de avond naar de spelonk gebracht.

Voor de ingang van de spelonk was een stukje vlakke grond, dat als een soort uitbouw van de spelonk diende. Ik had de telescoop daar op de standaard geplaatst en een paar flinke stenen tegen de poten van de standaard gezet zodat hij stevig bleef staan.

Als je op die plek stond had je de Damavand aan je linkerkant en iets verderop begon een vallei, de diepste vallei van het Alborzgebergte.

Je uitzicht op de hemel was duizenden keren groter en wijder dan vanaf het dak van het observatorium.

Nu klommen we naar de plek waar we zouden moeten zijn, en we stopten een paar keer onderweg. Mijn moeder was in die bergen geboren en had er haar hele leven doorgebracht. Vroeger, als ik als kind met haar naar de stad ging, klaagde ze altijd lachend als we over de stoepen wandelden. Ze zei: 'Hoe kunnen mensen zo lang op de vlakke stoepen lopen? Het is zo onnatuurlijk.'

Nu kon ze zonder de hulp van Anahita niet meer klimmen.

Er was een wand van een rots die je als een ladder moest gebruiken om nog verder te kunnen klimmen. De vorige keer wisten Shamloo en Kimiai die rots nog wel te beklimmen, maar nu lukte het hun niet meer. Ik keek of er een andere mogelijkheid was. Er was wel een andere route, maar dan zouden we langer onderweg zijn. Ik hielp dus eerst Shamloo omhoog, wees hem waar hij zijn voeten moest zetten en welke stenen hij moest vastpakken, terwijl ik klaarstond om hem te vangen als hij viel. Maar hij viel niet, hij klom met de nauwkeurigheid van een ware dichter. Mijn moeder was de tweede, maar zij klom tot mijn verbazing zonder moeite, een vaardigheid van vroeger die ze toch nog niet helemaal verleerd was. Kimiai wist uiteindelijk met wat moeite op eigen kracht de wand te beklimmen.

Eenmaal boven sloegen we links af, dat was de enige mogelijke route, en we liepen rustig langs een reeks andere rotsen naar Zarathustra's grot.

Een bok sprong over een rots, staarde ons aan en bracht zijn kop met zijn stevige hoorns naar beneden, als een aangeleerd gebaar van eerbied, voordat hij er weer vandoor ging.

De bokken wisten dat de mensen die voor de spelonk langskwamen geen gevaar voor ze vormden.

In mijn jeugd ging ik vaak daar in de grot boeken zitten lezen. De boeken die ik las nam ik niet meer mee terug naar huis, ik stopte ze in wandgaten van de grot. Aan de wanden hingen zakjes walnoten, rozijntjes, gedroogde dadels en een paar flessen water. Het was een ritueel, bedoeld voor bergbeklimmers in nood.

Uiteindelijk kwamen we aan in de grot. Shamloo en Kimiai waren moe, ze gingen samen met mijn moeder bij de ingang van de spelonk zitten uitrusten.

De koe, die totaal een andere route had genomen, kwam met vertraging aan. Ze ging voor de ingang van de spelonk liggen uitrusten.

De nacht was zo mooi, dat ik hem alleen met een gedicht van Shamloo kon beschrijven:

> Ik raak je aan en ik vind de wereld.
> Ik hoor de tijd wanneer ik aan je denk.
> Het hemelgewelf ben jij.
> Laat me je ogen zien.
> Ik waai, ik regen, ik schijn
> dan.

Anahita zat op een rots naast de koe. Ik stond nu alleen achter de telescoop en ik moest beginnen.

Ik wierp een blik op Shamloo, Kimiai en mijn moeder die stil wachtend in de opening van de spelonk zaten. Ik schrok, het leek alsof ze waren gestopt met het leven.

'Begin maar,' gebaarde opeens Shamloo.

Met trillende handen schoof ik de gouden spiegel voorzichtig richting de massa sterren in de verre verte. Ik boog me voorover en keek door de telescoop. Maar ik zag weer alleen de oneindige massa sterren en verder niets.

Ongeduldig schoof ik driekwart van de spiegeldeeltjes omhoog, zodat ze het bovenlicht van achter die massa sterren konden opvangen. Dat was een goede zet. Ik zag nu verrassend genoeg een ander soort licht, een soort jong, compact licht, zoals witte jonge compacte wolken. Maar dit was alleen licht. Licht boven licht. Nu kwam er onverwachts een opening in dat licht, en er verschenen schaduwen, en niet goed waarneembare bewegingen.

Ik wierp een blik op Kimiai en Shamloo en zei een beetje ongerust: 'Ik zie iets, maar toch ook niets.'

Shamloo vroeg Anahita met gebaren om hem te helpen opstaan. Hij stak met trillende handen een sigaretje aan en liep met moeite naar me toe. Ik zette een stap naar achteren en liet hem door de telescoop kijken.

Met zijn sigaret in zijn hand keek hij een tijdje aandachtig naar de verre sterren. Hij liet zijn sigaretje op de grond vallen, en toen begon hij te vertellen terwijl hij nog aan het kijken was: 'Ik zie onszelf,' zei hij met een stem die wellicht van achter het hemelgewelf kwam.

'Wat?' zei ik.

'Ik zie jou, Kimiai, Anahita, de mevrouw en mezelf,' zei hij. 'Wacht eens even. Ik zie de mens. De Egyptische piramiden.'

Ik keek hem verbaasd aan.

Shamloo vertelde verder terwijl hij nog aan het kijken was: 'Ik zie Mozes, hij staat samen met Salomo, Jezus en Mohammad te praten, ze lachen. Ik zie mensen. Ik zie de mens. Wacht eens even, er komt iemand aan, volgens mij is het God. Hij loopt in mooie gouden schoenen, begeleid door een groep meisjes. Ik zie de mens. Ik zie een man die op een rots zit en met zijn hand onder zijn kin diep in gedachten verzonken is.'

Hij rechtte zijn rug en zette een stap naar achteren. Aarzelend keek ik via de telescoop naar de plek die hij net beschreven had.

Ik zag eerst niets, maar wel weer die massa wit, jong licht. Opeens verschenen weer de schaduwen, en de schaduwen werden nu duidelijker. Verrast, verbaasd zag ik inderdaad onszelf, Shamloo, Kimiai, Anahita, mijn moeder, mijzelf en de koe.

En toen, uit het niets, van achter die massa licht, liep er een meisje met pareloorbellen langs. Ze stopte even, keek door de lens van de telescoop naar mij en ze liep glimlachend verder.

'Kom eens kijken,' riep ik, gek geworden van wat ik net gezien had.

Maar er was een stilte gevallen. Ik zag Shamloo, Kimiai en mijn moeder niet meer, alleen Anahita stond nog voor de ingang van de grot. Verbaasd keek ik om me heen, ik zag ze niet. Ze waren de spelonk in gegaan, ze lagen daar op de grond en de koe waakte over hen.

Ze waren in slaap gevallen, in een diepe slaap.

Ik wilde de spelonk binnengaan, maar toen schoten me de magische woorden van een mens in de oude verloren tijden te binnen:

> En zo ging het tot ze uiteindelijk hun toevlucht in een spelonk zochten.
> Ze zeiden: 'Verleen ons uw genade!'
> In die grot bedekten Wij hun oren en hun ogen voor jaren.
> En als de zon opging, zouden ze haar zien opkomen rechts van de grot.
> En wanneer de zon onderging, zagen ze dat zij zich naar
> links afwendde.
> Daartussen in de holte bevonden zij zich.
> Zij dachten dat ze wakker waren, terwijl ze sliepen.
> En Wij hen naar links en rechts deden wenden.
> Sommigen zouden zeggen: 'Het waren er drie en de vierde was degene die over hen waakte.'

Anderen zouden zeggen: 'Het waren er vijf en de zesde was degene die over hen waakte,' gissende in het wilde weg.

Niemand kende hen.

Wij deden hen ontwaken, zodat zij elkander konden ondervragen.

Een van hen sprak: 'Wij zijn hier één dag of een gedeelte van een dag gebleven.'

Weer anderen zeiden: 'Uw God weet het best hoelang wij hier gebleven zijn. Het is beter een van ons met deze zilveren munt naar de stad te zenden. Wij moeten behoedzaam zijn, als zij erachter komen wie we zijn zullen ze ons stenigen.'

Na het gesprek verliet een van hen de grot met de zilveren munt in zijn handpalm.

Toen hij in de stad aankwam, merkte hij op dat alles veranderd was en dat hij de taal niet begreep.

Ze hadden driehonderd jaar in die grot geslapen en ze wisten het niet.

Daarna voegden ze er nog negen jaar aan toe.

Ik gebaarde naar Anahita: 'Kom. Laten we gaan.'

We daalden de bergen af. Halverwege keek Anahita om naar de plek waar onze gouden telescoop stond, als een gouden monument van de mensheid die op zoek was naar de plek waar zij vandaan kwam. Opeens struikelde Anahita over een steen, ik pakte haar snel vast zodat ze niet zou vallen. Ik wist op dat moment zeker dat ik het hemelgewelf zelve vasthield.

En toen daalden we verder af.

De volgende dag printte ik het complete manuscript uit en ik deed het in een map.

Ik pakte mijn fiets en maakte het manuscript met een elastiek achterop vast.

Ik fietste naar het station. Daar nam ik de trein naar Amsterdam, naar mijn uitgeverij, waar ik een afspraak met Job, mijn uitgever, had. Hij ontving me op zijn werkkamer op de derde verdieping, waar tot aan het plafond boeken in de kasten stonden.

Hij zette een stoel naast zijn bureau voor me neer.

Ik ging zitten.

'Wat wil je drinken?' vroeg hij.

Ik schoof het manuscript naar hem toe.

Delft
September 2023

Verantwoording

Het onderstaande gedicht in het boek is geïnspireerd door het gedicht 'Ode an die Freude' van de Duitse dichter Friedrich von Schiller, uit 1785. Beethoven heeft enkele regels uit dat gedicht in zijn *Symfonie nr. 9* gebruikt:

Vreugde, prachtige, goddelijke vonk,
dochter van het Elysium,
Wij betreden, met vurig verlangen,
hemelse, jouw heiligdom!

Miljoenen!
Zoek Hem!
Hij woont daarboven
achter de hemelboog van de sterren.
Zoek Hem!
En deze kus is voor de hele wereld!

Zarathustra of Zarthusht was een Perzische profeet, filosoof en dichter. Hij leerde zijn volgelingen dat het bestaan het slagveld is van de krachten van goed en kwaad en dat de mens vrij is om zijn plaats in deze strijd te kiezen.

De exacte tijd van Zarathustra's leven is niet bekend. Volgens antieke bronnen leefde hij vijfduizend jaar voor Xerxes.

De teksten van Zarathustra die in dit boek zijn opgenomen, komen uit zijn heilige boek Avesta.

De gedichten die als gedichten van Ahmad Shamloo (1925-2000) in dit boek zijn opgenomen, zijn met respect aangepast om de geest ervan in de Nederlandse vormen te kunnen gieten.

De grote nationale dichter Shamloo (Shamlou) wilde niet doodgaan voordat het afgelopen was met het regime van de geestelijken, maar hij stierf toch. Tot mijn eigen verbazing en geluk kwam hij levend terug in dit boek.

Het gedicht 'Jonge sla' is van Rutger Kopland (1934-2012). Wel heb ik een woord ervan veranderd: het woord 'slap' heb ik vervangen door het woord 'slaapt'. Hier heb ik het ooit met Rutger Kopland over gehad, in 2011 in Groningen: '"Slaapt" maakt je gedicht krachtiger dan die "slap".'

Hij glimlachte. Of hij het ermee eens was weet ik niet, want in die tijd was Kopland net begonnen om de woorden geleidelijk los te laten.

Het gedicht 'mijn moeder is mijn naam vergeten' is van Neeltje Maria Min (1944).

Woord van dank

Mijn dank gaat uit naar:

Zarathustra, voor deze wijsheid die hij sprak: 'Goede gedachten, goede woorden, goede daden.'

En naar mijn voorvaderen met hun telescopen.

Naar Shamloo (Shamlou), die de klassieke Perzische poëzie een nieuwe wending gaf. En hoewel hij overleden is, leeft hij sterk voort in zijn poëzie en onder de mensen in het vaderland. Hij is niet dood en hij gaat niet dood.

En Kimiai, die aan de Iraanse cinema een waardig gezicht gaf.

Naar mijn uitgever Job Lisman, de eerste persoon die weet waar mijn nieuwe boek over gaat.

En naar mijn moeder, die niet wil doodgaan voordat dit afgelopen is.

Ook naar mijn vrouw, die het manuscript als eerste wilde lezen.

En naar collega-schrijfster Iris de Jager, een betrouwbare redacteur, die mij door haar precisie rust geeft.